明代江西文言小说考论

邱昌员 著

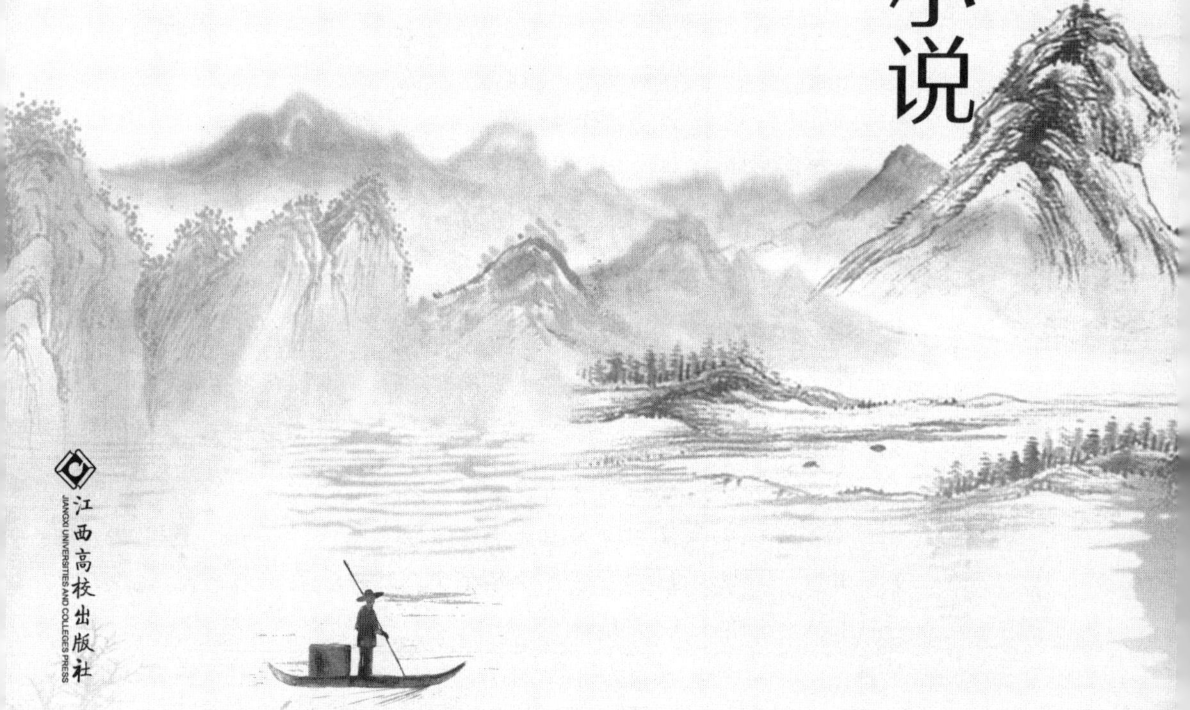

江西高校出版社
JIANGXI UNIVERSITIES AND COLLEGES PRESS

图书在版编目(CIP)数据

明代江西文言小说考论/邱昌员著.--南昌:江西高校出版社,2022.4（2024.9重印）

ISBN 978-7-5762-2577-8

Ⅰ.①明… Ⅱ.①邱… Ⅲ.①文言小说—小说研究—江西—明代 Ⅳ.①I207.41

中国版本图书馆 CIP 数据核字(2022)第 051384 号

出版发行	江西高校出版社
社　　址	江西省南昌市洪都北大道96号
总编室电话	(0791)88504319
销售电话	(0791)88522516
网　　址	www.juacp.com
印　　刷	固安兰星球彩色印刷有限公司
经　　销	全国新华书店
开　　本	700mm×1000mm
印　　张	12.25
字　　数	221千字
版　　次	2022年4月第1版 2024年9月第2次印刷
书　　号	ISBN 978-7-5762-2577-8
定　　价	68.00元

赣版权登字-07-2022-291

版权所有　侵权必究

图书若有印装问题,请随时向本社印制部(0791-88513257)退换

CONTENTS

目　录

绪论 …………………………………………………………………… 1

第一章　李昌祺《剪灯余话》 ………………………………………… 5

第二章　刘定之《否泰录》 …………………………………………… 18

第三章　彭时《彭文宪公笔记》 ……………………………………… 28

第四章　尹直《謇斋琐缀录》 ………………………………………… 38

第五章　刘玉《巳疟编》 ……………………………………………… 50

第六章　徐贞明《潞水客谈》 ………………………………………… 56

第七章　朱孟震《河上楮谈》《汾上续谈》《浣水续谈》《游宦余谈》

　　　　　……………………………………………………………… 66

　　第一节　《河上楮谈》 ……………………………………………… 67

　　第二节　《汾上续谈》 ……………………………………………… 92

　　第三节　《浣水续谈》 ……………………………………………… 98

　　第四节　《游宦余谈》 ……………………………………………… 103

第八章　郭子章《六语》 ……………………………………………… 109

第九章　余懋学《说颐》 ……………………………………………… 123

第十章　刘元卿《贤弈编》 …………………………………………… 135

第十一章　郑仲夔《玉麈新谭》·················· 155

　　第一节　《清言》·························· 156

　　第二节　《偶记》·························· 165

　　第三节　《耳新》·························· 167

　　第四节　《隽区》·························· 173

第十二章　陈弘绪《寒夜录》·················· 177

主要参考文献································ 189

绪 论

明代是江西文言小说创作比较活跃的时期,涌现出了众多名家名作,如李昌祺《剪灯余话》、刘定之《否泰录》、彭时《彭文宪公笔记》、尹直《謇斋琐缀录》、刘玉《巳疟编》、徐贞明《潞水客谈》、朱孟震《河上楮谈》、郭子章《六语》、余懋学《说颐》、刘元卿《贤弈编》、郑仲夔《玉麈新谭》、陈弘绪《寒夜录》等。这代代相续的小说家构建了明代江西文言小说家群体,取得古代江西小说创作的重要成就,书写了江西文学辉煌的一页,并在中国小说史与文学史上独树一帜。

明代江西文言小说题材多样,内容丰富,兼及传奇、志怪、逸事、琐闻等类型,演绎了情节曲折跌宕、形象典型逼真、感情真挚动人的故事,再现了纷纭复杂的大千世界,真实地记录了中华大地十四至十七世纪近三百年政治、经济和文化的发展历程,多层面地反映了那一时期华夏民众的生活风貌、世态人情和社会心理。可以说,这些作品是明代中华民众的生活史、心灵史和风俗史,认识价值、文化价值和美学价值都非常高。

明代江西文言小说大致可以分为四个发展阶段:

第一阶段为明初,主要有李昌祺《剪灯余话》。《剪灯余话》中的篇章或关注古今政事,或叙写爱情婚恋,或表现商人生活,或炫耀才华,多以元明之际的动乱为背景,大力揭露批判种种丑恶的社会现象。同时,这些作品想象奇特,情节曲折,叙事细腻,对后世小说的创作、发展产生了重要影响。因此,《剪灯余话》不仅代表了明代江西文言小说的最高成就,而且和瞿佑的《剪灯新话》一起标志着明代文言小说的复兴,是明代极其重要的文言小说集,具有里程碑式的意义。

第二阶段为明代前期,主要有刘定之《否泰录》、彭时《彭文宪公笔记》、尹直《謇斋琐缀录》等。刘定之、彭时、尹直都是明前期的内阁重臣,因此,他们的小说集多以重大历史事件亲历者的视角关注、描述那一时期的波诡云谲的风云浪潮。

《否泰录》真实地还原了"土木堡之变",再现了国家危机面前明英宗、明代宗、于谦、袁彬等重要历史人物的作为、境遇,客观地评价了"土木堡之变"的历史影响。作品视野宏阔,文辞犀利,议论深入。

彭时《彭文宪公笔记》结合作者二十余年内阁从政的经历见闻,记录了自正统十年(1445)至成化四年(1468)朝廷发生的重大政治事件,存留了众多朝野掌故、典章规制及内阁重臣的奇闻逸事,揭露了明朝廷面临的内忧外患与重重危机,反映了当时的社会状况与政治生态,同时,也展现了作者勤于政事、忧国忧民、高瞻远瞩、忠言直谏的心路历程与性格特征。作品叙事朴素自然,文辞雅洁亲切。

尹直《謇斋琐缀录》存留了众多明中期内阁掌故与朝廷重臣的奇闻逸事,反映了明代最高统治者的荒淫昏庸和权贵阶层的钩心斗角、尔虞我诈、谄媚趋附,揭露了官场腐败、科举舞弊、士风堕落等社会问题,研讨了明代典章制度的沿革演变,提出了一些卓有见解的政论史论,是明代前期社会政治文化状况的真实记录。

第三阶段为明代中期,主要有刘玉《巳疟编》、徐贞明《潞水客谈》、朱孟震《河上楮谈》等。刘玉、徐贞明和朱孟震都是仕途中人,但与刘定之、彭时、尹直不同的是,他们不是内阁重臣,而是地方官员,他们奔波于全国各地,宦游于大江南北,这使得他们有机会接触社会的各个阶层,更深入全面地了解社会现实。因此,他们的作品不再局限于重大历史事件,而是更多地关怀文人士子、贩夫走卒、农夫渔樵、隐士仙客的生活,反映面更加广阔。

如徐贞明《潞水客谈》采用主客问答的形式,塑造了一位关心民瘼、重视农业、积极抗争的地方官员形象。他渴望社会安定富足,在深入调研和了解西北地区气候、地理环境特点的情况下,详细提出了西北水利、农政建设思想与方略。这使《潞水客谈》具有非常独特的文学和文化内涵,既成为中国文言小说史上一部新颖杰出的篇章,又是中国水利建设史上一部非常重要的著作,对西北水利、农政建设产生了深远影响。

朱孟震为官自金陵至陕西、山西、四川、贵州、河北,足迹遍九州,胸怀系天下,他随地著书,一路记载所见所闻而成《河上楮谈》《汾上续谈》《浣水续谈》《游宦余谈》系列小说,官场争斗、平民生活、文坛交游、诗词社团、地域风情等都在他的笔下得到生动的展现,不啻为明中期社会百态的一面镜子。

刘玉《巳疟编》关注樵夫隐士的生活,羡慕科考士子的艳遇欢会,作品篇幅曼长,善于铺陈夸饰,情节丰富,细节真实,文辞华丽,情思婉转,颇具唐代传奇的神韵。

第四阶段为晚明时期,主要有郭子章《六语》、余懋学《说颐》、刘元卿《贤弈编》、郑仲夔《玉麈新谭》、陈弘绪《寒夜录》等。

晚明衰世,国家动荡,朝廷腐败,宦官专权,党派纷争,社会弥漫着淫靡享乐之风,文人士子的生存环境非常恶劣。如这一时期的江西小说家郭子章、余懋学、刘元卿、郑仲夔、陈弘绪,他们或受排挤打击,屈沉下僚,或归隐田园,布衣终生,但他们并没有颓废萎靡,愤世嫉俗,怨天尤人,而是勤奋好学,勤勉著述。由于文网越来越严密,他们的创作虽对现实仍有密切的关怀,但已很难直抒胸臆、直抒己见,于是他们转而向历史选题选材,创作了众多富有特色的类型小说。如郭子章的《六语》关注历朝历代的谚语、谣语、隐语、讥语、谶语、谐语故事,既以"六语"为表现对象,以"六语"为视角观照历史,曲折地反映现实,同时又以"六语"作为小说的结构方式,以"六语"编织故事,制造强烈的悬念,颇引人入胜。故事富有趣味、余韵,别具特色。

余懋学《说颐》则搜集有关动物、植物、器物用具、宅第酒食、僧道隐士等各种类型的历史故事、志怪故事、异闻故事以抨击时弊,弘扬美德。郑仲夔《玉麈新谭》中的《耳新》《偶记》《隽区》等也是分门别类地记载明末掌故、传闻、野史,反映明末社会的政治、文化、风俗状况。刘元卿《贤弈编》、郑仲夔《玉麈新谭》中的《耳新》既采撷历代遗闻掌故,又存留当代传说佳话,是非常典型的仿《世说新语》的"世说体"小说。

陈弘绪《寒夜录》是明代江西文言小说的完美收官,作品直面了明代崩塌前后的社会现实,反映了平民百姓遭受流寇盗贼蹂躏后的艰难生活情状,抒写了作者对明王朝的深深怀念之情,传达出其坚决为明王朝尽忠守节的遗民心志和民族气节。同时,作品也深刻反思明王朝衰亡的原因,揭露了明中叶以后官场腐败、士风堕落、文风虚浮等社会问题,提出了一些卓有见解的政论史论、诗文理论。

总之,明代江西文言小说的繁荣,反映了江西文人对小说文体的接受,体现

了明代江西文人通脱的文学观念,对明清时期文言和白话小说的创作、传播都产生了深刻影响。明代江西小说家是赣文化、中华文化的创造者和描述者,他们虽长于江西,却宦游全国,与其他地区文人、小说家广泛交流,促进了江西文学、赣文化的开放性发展。因而,他们创作的作品既是江西小说、江西文学的杰出代表,有着自己的区域特色,又从一开始就融进了全国这一整体之中,充实丰富了中国古代小说的艺术宝库,是中国古代小说不可分割的有机组成。由此,从这些作品中我们可以认知文学、小说在江西这一方水土的成长史,也同样可以认知中国古代小说的发展史、古代小说观念与小说理论的演变及小说创作艺术的进化,其文学史意义、小说史意义、文化史意义都是深远而广泛的。

第一章　李昌祺《剪灯余话》

传奇小说在中晚唐蔚为大观、迎来高潮后,被宋元两代文人疏离了近四个世纪,至明初终于逐渐迎来了复苏的曙光,其标志即是瞿佑、李昌祺等著名文人创作了《剪灯新话》《剪灯余话》这样优秀的作品。

李昌祺(1376—1452),名祯,字昌祺,号侨庵、运甓居士等,以字行,庐陵(今江西吉安)人。父李伯葵,有诗名。李昌祺二十岁时即文名颇著,科考也非常顺利,明成祖永乐二年(1404)中进士,选翰林院庶吉士,因预修《永乐大典》擢礼部郎中,迁广西左布政使。永乐十七年(1419)李昌祺因过失被撤职,罚役房山,一年后,赦免回京,明仁宗洪熙元年(1425)重新起用为河南左布政使。《明史》卷一百六十一《李昌祺传》记载道:

> 洪熙元年,起故官河南。与右布政使萧省身绳豪猾,去贪残,疏滞举废,救灾恤贫,数月政化大行。忧归,宣宗已命侍郎魏源代。而是时河南大旱,廷臣以昌祺廉洁宽厚,河南民怀之,请起昌祺。命夺丧赴官,抚恤甚至。正统改元,上书言三事,皆报可。四年致仕。家居二十余年,屏迹不入公府,故庐裁蔽风雨,伏腊不充。景泰二年卒。①

李昌祺不仅为人端方正直,政绩卓著,而且才华富赡,学识渊博,修《永乐大典》时,即"僻书疑事,人多就质",著作有《运甓漫稿》七卷、《客膝轩草》、《侨庵诗余》二卷、《侨庵小令》一卷、《剪灯余话》五卷等传世,其中以《剪灯余话》影响最著。

据李昌祺永乐庚子(1420)夏自序,《剪灯余话》的创作经历了近七年时间,因系追摹《剪灯新话》,故称"余话":

> 往年余董役长干寺,获见睦人桂衡所制《柔柔传》,爱其才思俊逸,意婉词工,因述《还魂记》拟之。后七年,又役房山,客有以钱塘瞿氏《剪灯新

---

① [清]张廷玉:《明史》,中华书局1974年版,第4375页。

话》贻余者,复爱之,锐欲效颦;虽奔走埃氛,心志荒落,然犹技痒弗已。受事之暇,掇摭谀闻,次为二十篇,名曰《剪灯余话》,仍取《还魂记》续于篇末。①

据《明史》记载,李昌祺因过失罚役房山(今属北京)是在永乐十七年(1419),序言既自述书成于"役房山"时,则知《剪灯余话》成于永乐十七年。最早的一篇是《贾云华还魂记》,作于永乐十年(1412),是年李昌祺"董役长干寺"。随后的七年,他又陆续创作二十篇,总成二十一篇,编为五卷(第五卷仅收《贾云华还魂记》),以抄本广泛流传。

同在"役房山"时,李昌祺又创作了《至正妓人行》,可能是作于《剪灯余话》成书稍后,故该篇未收入集中,而以单篇的形式在士子间传播。宣德八年(1433),建宁县令张光启刻印《剪灯余话》,翰林院庶吉士、承直郎刘敬将其得到的《至正妓人行》一并交付刻印,编为五卷二十二篇,是为《剪灯余话》的第一个刻本,由此结束了《剪灯余话》长期以抄本流行的历史。② 不过,此后的刊本在卷数编排上仍有变化,如清乾隆五十六年(1791)刊本、同治十年(1871)刊本均三卷,诵芬室丛刊本则为五卷。1957 年上海古典文学出版社《剪灯新话(外二种)》周夷校注本及 1981 年上海古籍出版社再版均为五卷二十二篇。

李昌祺之所以创作《剪灯余话》,有多方面的原因,其自述曰:

矧余两涉忧患,饱食之日少,且性不好博弈,非藉楮墨吟弄,则何以豁怀抱,宣郁闷乎?虽知其近于滑稽谐谑,而不惶恤者,亦犹疾痛之不免于呻吟耳,庸何讳哉?虽然,《高唐》《洛神》,意在言外,皆闲暇时作,宜其考事精详,修辞缛丽,千载之下,脍炙人口;若余者,则负谴无聊,姑假此以自遣,初非平居有意为之,以取讥大雅,较诸饱食、博弈,或者其庶乎?

从上述序言我们可以看到,李昌祺表面上希望人们相信他是"以文为戏",实则不然。李昌祺曾两度奉朝廷之命抚恤灾民,"两涉忧患,饱食之日少",对黎民百姓的苦难和悲哀深有体会,故作品多直面现实的黑暗和人民的苦难。对此,张光启《剪灯余话序》中曾指出,李昌祺欲借小说而劝惩教化,表达他"善可

---

① [明]瞿佑等:《剪灯新话(外二种)》,上海古籍出版社 1981 年版,第 122 页。
② [明]瞿佑等:《剪灯新话(外二种)》,上海古籍出版社 1981 年版,第 120 页。

法,恶可戒,表节义,砺风俗,敦尚人伦之事"之义:"公学问该博,文章政事,大鸣于时。暇中因览钱塘瞿氏所述《剪灯新话》,公惜其措词美而风教少关,于是搜寻古今神异之事,人伦节义之实,著为诗文,纂集成卷,名曰《剪灯余话》,盖欲超乎瞿氏之所作也。"①

李昌祺一生两次被贬,"豁怀抱,宣郁闷"表明其创作小说的目的是宣泄仕途失意的苦闷。另外,李昌祺才华富赡,学识渊博,参与修纂《永乐大典》时,"僻书疑事,人多就质",因此,《剪灯余话》的创作还有炫耀才华的用意。

李昌祺既以如此复杂的心态进行小说创作,在主题和内容上首先选择对朝政、时局、吏治的关注,作品往往塑造幽冥志怪形象,多借古人、神灵、鬼魂之口议论朝政,以古讽今,隐晦、曲折地反映当时的社会现状。如卷一《长安夜行录》即根据唐孟棨《本事诗》之"鬻饼者妻"故事演变而来,记述了唐宁王夺人妻女的罪行,以批判明初藩王的奸邪荒淫。作品叙述了洛阳巫医马期仁夜行迷路,遇见唐代开元时鬻饼师夫妇的鬼魂,鬻饼师之妻讲述了她因美貌被宁王李宪强夺入府的经过,说自己"以死自誓,终日不食,竟日不言,王使人开谕百端,莫之顾也",然《本事诗》却记载为:"唐宁王宅畔,有卖饼者妻美,王取之经岁,问曰:'颇忆饼师否?'召之使见,泪下如雨,王悯而还之。""当时夫婿轻一诺,金屋茵檐两迢递。"卖饼者妻认为这严重失实,抗议道:"厚诬若此,何以堪之?""呜呼!回思尔时,事出迫夺,薰天之势,妾夫尚敢喘息耶?今以轻一诺为妾夫罪,岂不冤哉?"她请求马期仁为她撰文平反数百年来蒙受的冤屈,她的丈夫又补充岐王李范、申王李捴、薛王李业等诸王也都是"穷极奢淫,灭弃礼法"。马期仁闻言大为惊讶:"史称宁王明炳机先,固让储副,号称宗英,乃亦为是不道耶?"作品表面借鬼魂之口讲述前代之事,实际上却揭露了明代上层统治者的荒淫行径,有很强的现实针对性和批判性,因为明代有许多藩王非常残暴无耻,如晋王朱济熿"进毒弑嫡母谢氏,逼蒸恭王侍儿吉祥",齐王朱榑"性凶暴,多行不法",代王朱桂"纵戮取材,国人甚苦",谷王朱橞"遂益骄肆,夺民田,侵公税,杀无罪人"等。② 小说同时对一些无行文人的无耻行径也表示愤慨,这些文人用风流清雅

---

① [明]瞿佑等:《剪灯新话(外二种)》,上海古籍出版社1981年版,第121页。
② [清]张廷玉:《明史》,中华书局1974年版,第3581—3603页。

的文笔来粉饰宁王夺民妻女的罪行,作品批判他们以谎言掩盖事实,美化罪恶。

卷一《何思明游酆都录》写宋代理学家何思明"酷不喜老、佛",尝作《警论》三篇数千言驳斥其徒,结果被鬼追至酆都,得以遍历冥府诸狱,尤其见识了"惩戒赃滥"大狱里的种种酷刑,而罪犯皆"人间清要之官",他们生前"招权纳贿,欺世盗名,或于任所阳为廉洁,而阴受苞苴,或于乡里恃其官势,而吩咐公事,凡瞒人利己之徒,皆在其中"。作品显然是对明初吏治腐败的关注,创作的目的也显然是试图对世人起到"惩恶扬善"之效。

卷三《泰山御史传》同样借幽冥之事反映现实社会,抨击官场黑暗,批判当时的士风。作品写性格端方严毅、正直敢言的文人士子宋珪死后被选为泰山司宪御史。他向朋友介绍阴间的选官制度说:"惟是泰山一府,所统七十二司,三十六狱,台、省、部、院、监、局、署、曹,与夫庙、社、坛、堺、鬼、神,大而冢宰,则用忠臣、烈士、孝子、顺孙,其次则善人、循吏,其至小者,虽社公、土地,必择忠厚有阴德之民为之。"用阴间的任人唯贤来讽刺人间的任人唯亲,劝诫人们要修身向善。他还曲折地讽刺当时的士人:"(阴间)尤重词职。向修文馆缺官,遍处搜访,不得其人。亦有荐三数公者,虽甚文采,而在世之时,不修士行,或盗名欺世,或昧己瞒人,狗媚狐趋,皆有疵之可议。"阴间职位,重视德行,有此要求,竟然在人间难以找到符合条件的士子,可见当时士风之丑陋。宋珪还要将"冥官最所深恶"之"以真乱赝,以愚为贤,使善恶混淆"的人"照依绮语妄言律科罪,付拔舌地狱",要将那些玩忽职守、公行贿赂、结党营私、谄媚逢迎之徒一一拿付酆都,明正其罪。

卷二《青城舞剑录》记元后期社会黑暗,奸臣当道,皇帝荒淫,生灵涂炭,民不聊生,王朝终于覆亡,同时也讽刺了明太祖朱元璋对功臣的残酷杀戮。作品写道士真本无、文固虚为元末威顺王的门客,两人见当今天下"贿赂公行,是非颠倒,天变于上而不悟,民困于下而不知。武备不修,朝政废弛,小人恣肆",讽谏威顺王应当预见元朝崩亡的趋势而早做准备。然威顺王昏庸老朽,反而说他们"病风狂疾",胡言乱语,要惩治他们。两人为避祸,乃遁去隐居。后来形势果如他们所言。明统一后,他们又"君子知微",预见君主会杀戮功臣,告诫功臣应尽快隐退。作品议论道:

高祖为是三杰之目者,忌之之萌也,子房知之,萧何、韩信不知也,故卒受下狱之辱,夷族之祸,子房晏然无恙。夫祸不在于祸之日,而在于目三杰之时。天下未定,子房出奇无穷;天下既定,子房退而如愚,受封择小县,偶语不先发,其知几为何如哉?诚所谓大丈夫也矣。

作品对时政之讥讽是相当明显的,褒扬张良能功成身退、明哲保身,为杰中之杰,实际是讽喻朱元璋诛杀功臣。又卷二《秋夕访琵琶亭记》说洪武初年士子沈韶不愿为官,为避举荐外出经商,次于九江,游访琵琶亭,遇陈友谅婕妤郑婉娥的鬼魂,相与吟哦,谈论旧事,感叹陈友谅杀功臣、亲小人,终于未成帝业。

爱情故事在《剪灯余话》中最具审美价值和艺术魅力,这些作品多以元末明初易代之际的动荡社会为背景,或写人间世俗之婚恋,或写人与神、鬼之间的情爱纠葛,大都情节曲折,跌宕起伏,流溢着浓郁的悲剧情调。男女主人公往往情之所钟,无怨无悔,生死不渝,爱得坚定、执着甚至疯狂。但他们的爱情又多遭到破坏而归于幻灭,诸如礼教伦理、门第等级、陋习陈规的束缚,强盗、恶霸、官痞等邪恶势力的劫掠与阻挠,有时甚至是不忍分离、如胶似漆的过度眷恋,都不免使有情人难成眷属,爱恋的男女双方只落得以死相殉、以死抗争的结果。作者赞赏了人们对爱情的执着追求,反映了在残酷现实面前人们的无奈,显示了反封建的倾向和作者的激进意识。与人世间苦难的爱恋相比,人神、人鬼恋情作品中的主人公要幸福得多,他们实现了人世间男女主人公苦苦寻求、希冀的幸福憧憬,享受了男女主人公旖旎、美丽和温馨的爱情生活,他们的故事实际上是对人间苦难爱恋的映衬。

如卷二《鸾鸾传》写士子柳颖与赵鸾鸾曲折、艰辛的婚恋过程。赵鸾鸾才貌双全,本许配邻家才子柳颖,后来柳家败落,赵母悔婚,命他嫁给富而无文的缪氏,鸾鸾郁郁寡欢。三个月后,缪死;次年冬,柳颖也丧偶。两人征得父母同意,终成眷属。但好景不长,元末战乱突起,鸾鸾被军阀掳去,夫妻离散。鸾鸾受尽磨难,守节不屈。柳颖四处寻找,历尽艰险,终于又得团圆,乃隐居于徂徕山,男耕女织,同甘共苦,相敬如宾。不料柳颖出城负米被贼兵杀害,鸾鸾负尸以归,亲手装殓,积薪火葬柳颖,然后自己也跳进熊熊烈火中殉夫。

卷三《琼奴传》说的是才女王琼奴选婿,继父沈必贵选中家贫而有才的徐苕郎,舍弃暴富而愚鄙的刘汉老,刘家恼羞成怒,诬陷沈、徐两家。徐家被流放辽阳,沈家则远戍岭南,一对有情人被生生拆散。岭南吴指挥看中琼奴,欲娶为

妾,琼奴不从,遭"压以官府",受百般折磨,琼奴被逼自缢未遂,又"逐去他居,欲折困之"。恰巧徐苕郎来南海,与琼奴母女意外相逢,两人成婚。吴指挥以抓逃兵为名,将徐苕郎捕入狱中,杖杀之,藏尸于炭窑内,复来逼婚,扬言:"若又不从,定加毒手。"统治者的骄横可见一斑。琼奴上告,御史傅公为之申冤后,她乃在徐苕郎墓侧池中自沉相殉。本篇故事可谓催人泪下,情节也非常曲折。作品的开端即不落窠臼,琼奴及父母并不嫌贫爱富,看重的是才华和情感,因而选择徐苕郎,然祸根也由此种下。琼奴忠于爱情,不为贫贱所移,不为富贵所动,不为威武所屈,并在惩治恶人、昭雪冤屈后殉情而死。这一光彩照人的女性形象给读者以极大的震撼,作者把她的名字作为小说的篇名,表明琼奴的命运悲剧是作品表现的中心内涵。

卷二《连理树记》是另一篇震撼人心的悲剧。作品写元代时,国史检讨贾虚中与奎章阁授经郎上官守愚相邻,两家门当户对,上官之子上官粹与虚中之女贾蓬莱同读书学画,情投意合,相悦相恋,遂缔结婚约。后来,贾虚中遭人陷害,罢官回乡,家境一落千丈,自感与上官家不配,儿女婚事也因此作罢。后上官守愚出为福州治中,两家得以重聚,再提婚事,蓬莱已许配给林氏,上官粹与贾蓬莱都十分抑郁。值闽中大疫,林生病亡,两家重议嫁娶,两人历尽劫难终于结为夫妻,婚后甚为融洽。为了能经常厮守在一起,上官粹甚至不愿去考取功名。然好景不长,战乱突起,盗匪横行。逃难途中,上官一家全被盗贼杀死,只有蓬莱因贼首欲占为妻侥幸不死。她不惧威逼,请求先葬其夫,盗贼遂配合她挖了一坑,蓬莱站在坑边说:"我能与夫君同穴,死而无憾。"然后,她举刀自刎。盗贼见此大怒,死也不让他们同穴,把蓬莱葬在二十步之外,两坟遥遥相望。后来,他们的坟上各长一树,枝连柯抱,不可分开,人称连理树。这丛密的连理树以无声的力量控诉着人间的苦难。

卷四的《秋千会记》和《芙蓉屏记》、卷五的《贾云华还魂记》虽然是以大团圆为结局,但几对主人公的爱情追求莫不历尽波折、磨难,有的甚至在人间无法实现,只能寄希望于转世或还魂,基调也还是悲剧性的。如《秋千会记》写枢密同金之子拜住窥见宣徽院使字罗众女在院中荡秋千后前往求婚,宣徽院使将女儿速哥失里许配给他。不料过了不久,拜住之父蒙罪系狱,家道顿变;又"阖室染疾,尽为一空",只有拜住幸存。于是宣徽院使夫人悔婚,但速哥失里却不因拜住贫贱易志,坚决不同意悔婚,在被逼改嫁的途中自缢于花轿中。拜住悄悄去停放速哥失里灵柩的寺庙中祭哭时,速哥失里起死回生,两人相携私奔,得以团聚。后来两人生养三子,两子早亡,只有小儿子黑厮做了枢密院使却又经历了亡国之祸,当"天兵至燕"、元顺帝逃走时,黑厮"随入沙漠,不知所终"。

《芙蓉屏记》写真州人崔英携妻王氏赴永嘉任县尉,途经苏州圌山时,船夫顾阿秀见财起意,将崔英推入水中,欲占王氏为儿媳。王氏佯装应允,后趁顾阿秀醉酒时,逃至一尼姑庵中为尼。后顾阿秀到尼姑庵中布施芙蓉图一轴,被老尼张于屏上,王氏见该图为丈夫之作,遂题诗于屏。芙蓉屏被郭庆春买走献给退隐于姑苏的御史大夫高纳麟。崔英落水后因识水性而幸免于难,寄居民家,以卖字画度日。一日卖字入高府,被延为塾师,由此得见芙蓉屏,读王氏题诗后知妻子尚在人间。高纳麟为之多方寻查,终于在尼姑庵中找到王氏,并将其请入府中为夫人诵经,但并不告诉王氏崔英健在的消息。又历半年,高纳麟旧吏为御史,高公使其捕船夫,严惩顾阿秀,崔英夫妇终得团聚。这是一篇十分出色的公案小说,它反映了元代社会动荡的现实,也歌颂了崔英和王氏真挚不渝的爱情。崔英在报仇后赴任时,高御史考验他对王氏的感情,要为他做媒,遭到崔英婉言拒绝:"糟糠之妻,同贫贱久矣。今不幸流落他方,存亡未卜,且单身到彼,迟以岁月,万一天地垂怜,若其尚在,或冀伉俪之重谐耳。感公恩德,乃死不忘,别娶之言,非所愿也。"肺腑之言,情真意切,感天动地。作者娴熟地运用巧合安排情节:王氏避祸尼姑庵,顾阿秀也施画于此;高纳麟得芙蓉图,又买到崔英草书。然而巧合又寓于必然之中,具有真实的生活基础,不露刻意安排的痕迹。作品中人物的刻画也非常成功,王氏随机应变,多才多艺;崔英重情重义,忠诚朴实。本篇小说对后世也有很大影响,张其礼传奇《合屏记》、叶宪祖杂剧《芙蓉屏》、《初刻拍案惊奇》卷二十七拟话本《顾阿秀喜舍擅那物　崔俊臣巧会芙蓉屏》皆据此改编。

《贾云华还魂记》明显受元代小说《娇红记》的影响,是入明后两部模仿《娇红记》的作品之一。《贾云华还魂记》说的是元至正年间襄阳书生魏鹏与居于杭州的贾平章之女贾云华之间的婚姻纠葛,作者斥责王娇娘为"淫奔之女",为了给自己笔下的男女主人公私合提供合法依据而让他们未出生前就已指腹为婚,并改变了《娇红记》的悲剧结尾,让贾云华死后借尸还魂,以处子之身和魏鹏结合，而此后的中篇传奇也就以这种大团圆的结局作为固定模式。值得一提的是对贾云华闺阁的描写：

> 室中安墨漆罗钿屏风床，红罗圈金杂彩绣帐，床左有一殷红矮几，几上盛绣鞋二双，弯弯如莲瓣，仍以锦帕覆之。右有铜丝梅花笼，悬收香鸟一只，余外无长物。房前宽阔仅丈许，东壁挂《二乔并肩图》，西壁挂《美人梳头歌》，壁下二犀皮桌相对，一放笔砚文房具，一放妆奁梳掠具，小花瓶插海棠一枝，花笺数番，玉镇纸一枚。对房则藕丝吊窗，窗下作船轩，轩外缭以彩墙，墙内叠石为台，台上牡丹数本，四傍佳花异草，丛错相间。距台二尺许，砖甃一方池，池中金鱼数十尾，护阶草笼罩其上。

这段环境描写，没有采用骈文方式，周至而有层次，对环境氛围的渲染以及人物性格的衬托都有一定作用。

卷一《两川都辖院志》则塑造了新型的商人形象。作品写京口（江苏镇江古称）人吉复卿与富户赵得夫、姜彦益为友，三人经商来到武林（古时杭州的别称），赵得夫与姜彦益沉溺于温柔乡不能自拔，嫖妓败尽资本，无颜回乡，流落街头。吉复卿义字当头，各借两万两金子让他们重振旧业。不料二人恶习不改，又将钱财挥霍殆尽，并最终命丧青楼。吉复卿装殓安葬了他们，又资助他们的家小，使他们生活有着落，不致流离失所。中国古代小说中的商人形象大都奸诈狡猾，刻薄悭吝，重利轻义。而本篇中的吉复卿却慷慨大方，乐善好施，急人之难，忠于友情，有着"清风高谊"，这样的商人形象在中国古代小说中是不多见的。故事中，也正因为吉复卿有着这样的"清风高谊"，他后来获得了回报。在元末战乱期间，赵、姜二人的鬼魂请命于天，率阴兵护卫他的宅眷，"故虽出入兵戈中，鲜遇惊恐，安然如平时"。故事中，吉复卿寿至八十一，无疾而终，死后又以阴骘得任两川都辖院主。作者借吉复卿之口告诫人们："廉、恕两字符也。惟廉可以律身，惟恕可以近民，廉则心有养，恕则民易亲，民亲化行，能事毕矣。"

《剪灯余话》中还有一类作品记述怪异，是作者炫耀才华的表现。如卷三《武平灵怪录》写漳州人齐仲和夜宿武平已故朋友项子坚破败的归全庵中，有砚、笔、铫、甑、棉被、木鱼、棺材、旧扇等化为人，接待他，与他一起吟诗作赋，至鸡鸣天亮时，忽皆不见，询问之下才知道遇见了精怪。作品明显受到了唐代小说的影响，唐代小说中张荐的《灵怪集·姚康成》、牛僧孺《玄怪录》中的《元无有》《来君绰》《滕庭俊》等都是这样作品。又如卷二《田洙遇薛涛联句记》写风流倜傥的书生田洙与薛涛的鬼魂相遇，一人一鬼喝酒赋诗联句，全篇几乎都是诗句构成，模仿的是唐张鹜的《游仙窟》，借以展示自己的文采。又如卷一《月夜弹琴记》一篇录入唐宋名家的七言诗达三十首之多。卷三《幔亭遇仙录》则借道士清碧先生之口解释、议论《春秋》及其三传，炫耀作者在经学方面的修养。实际上，李昌祺为了炫才，《剪灯余话》中的很多篇章大量引入诗词，阐发议论，以致在一定程度上割裂了情节，使作品冗长，结构松散，影响了美学价值。

《剪灯余话》刻印成书后，向来与瞿佑的《剪灯新话》相媲美而得以广泛流传，甚至成为朝鲜半岛和越南小说发展的源祖。与李昌祺同时代的多位文人曾为之作序称赞这部小说，如曾棨、罗汝敬、刘敬等。

曾棨应该是最早为《剪灯余话》作序的，他在永乐十八年(1420)春即《剪灯余话》书成的第二年就写序称赞《剪灯余话》并描述它的传播情况："秾丽丰蔚，文采烂然，读之者莫不为之喜见须眉，而欣然不厌也，又何其快哉。"曾棨在序中称赞："一日，退食，辄与同列语之(指《剪灯余话》)，则皆喜且愕曰：'迩日必得奇书也，何所言之事神异若此耶？'""夫圣贤之大经大法，载之于书者，盖已家传人诵；有不可思议，有足以广材识、资谈论者，亦所不废。"①他还赞叹《至正妓人行》"其词究博，其意凄惋，诚得元白遗意"，叹为"珠玉"。曾棨(1372—1432)，字子棨，永丰(今江西永丰县)人，永乐二年(1404)状元，授翰林修撰，历官少詹事。馆阁中自解缙、胡广以后，诸大制作多出其手。卒谥襄敏。有《西墅集》十卷传世。曾棨不仅对李昌祺的《剪灯余话》大加赞赏，他自己也曾作类似于白居易《长恨歌》《琵琶行》和元稹《连昌宫词》《崔徽歌》等这样的叙事诗《蓟门老妇歌》：

> 予往年于蓟门中，遇老妇行歌道中，追而问焉，则故元驸马家妓，姓金字芙蓉。元亡，嫁为民家。今虽贫薄，而犹不忘故态，且能道故元时事甚悉。予因作《蓟门老妇歌》以纪之。

曾棨的《蓟门老妇歌》也保存下来了，附于上海古籍出版社本的《剪灯余话》后。曾棨上面的这段话是他在《至正妓人行跋》中说的。两篇作品，一歌一

---

① [明]瞿佑等：《剪灯新话(外二种)》，上海古籍出版社1981年版，第117页。

文,颇有点唐代小说诗传配合的意味,只是二者所叙述的不是像唐代小说诗传配合那样叙述的是同一个故事。

  罗汝敬也在永乐十八年(1420)为《剪灯余话》作序,他驳"所载多神异,吾儒所未信"之论曰:"夫圣经贤传之垂宪立范,以维持世道者,固不可尚矣。其稗官、小说、卜筮、农圃,与凡捭阖笼罩,纵横术数之书,亦莫不有裨于时",而李昌祺此书"举有关于风化,而足为世劝者",且"征诸事则有验,揆诸理则不诬"。又言:"彼其《齐谐》之记,《幽冥》之录,《搜神》《夷坚》之志述,务为荒唐虚幻者,岂得一经于言议哉?"①罗汝敬,名简,以字行,吉水(今江西吉水县),永乐二年(1404)进士,时任工部右侍郎。

  王英也于是年为《剪灯余话》作序,赞此书"博闻广见,才高识伟,而文词制作之工且丽也"。他驳斥"幽昧恍惚,君子所未言"之论曰:"经以载道,史以纪事。其他有诸子焉,托词比事,纷纷藉藉,著为之书。又有百家之说焉,以志载古昔遗事,与时之丛谈、诙语、神怪之说,并传于世。是非得失,固有不同,然亦岂无所可取者哉!在审择之而已。是故言之泛滥无据者置之。事核而其言不诬,有关于世教者录之。余于是编,盖亦有所取也。"他又言作序是为"俾世之士皆知昌祺才识之广,而勿讶其所著之为异也。昌祺所作之诗词甚多,此特其游戏耳"。②王英,字时彦,金溪(今属江西抚州)人,永乐二年(1404)进士,历仕四朝,正统间任南京礼部尚书。

  不过,李昌祺的这部《剪灯余话》在写成之后,很长时间都没有刊行,只是偶尔在朋友间传看。对此,张光启在序中曾说:"既成,藏诸笈笥,江湖好事者,咸欲观则未能。"因为作者李昌祺自序也说"虑多抵牾,不敢示人",甚至"亟欲焚去以绝迹"。③直到宣德八年(1433),也即作品完成十三年后,建宁县令张光启始刻印此书,并有刘敬为之作序称此书所记"皆湖海之奇事,今昔之异闻;漱艺苑之芳润,畅词林之风月,锦心绣口,绘句饰章;于以美善,于以刺恶;或凛若斧

---

① [明]瞿佑等:《剪灯新话(外二种)》,上海古籍出版社1981年版,第119页。
② [明]瞿佑等:《剪灯新话(外二种)》,上海古籍出版社1981年版,第118页。
③ 按:李昌祺《剪灯余话》共有六篇序言,其中曾棨、罗汝敬、王英三序作于书成之后的永乐十八年(1420)春;而张光启、刘敬二序及李昌祺自序则作于《剪灯余话》刊印的宣德八年(1433)。

钺,或褒若华衮;可以感发人之善心,可以惩创人之佚志;省之者足以兴,闻之者足以戒"。又言:"伏惟皇上宵旰图治,九重万几,日昃不遑;异时斯言倘获上闻,一尘圣聪,亦未必不如《太平御览》之一端,以少资五云天畔之怡颜也。"刘敬,字子钦,吉水(今江西吉水县)人,永乐二年(1404)进士,曾官承直郎秋官主事。

《剪灯余话》刊行以后即得以广泛传播,明都穆《听雨纪谈》曾说它"盛行于市井",甚至流传海外,成为朝鲜半岛和越南小说发展的源祖。

《剪灯余话》给后世文学创作带来了不少影响,如《连理树记》被《情史类略》收录;《田洙与薛涛联句记》被收入《艳异编》卷四十鬼部五,还被采作《二刻拍案惊奇》第十七卷《同窗友认假作真　女秀才移花接木》的入话;《芙蓉屏记》《秋千会记》被凌濛初改写成白话小说;《贾云华还魂记》被周清原改成话本。

不过,《剪灯余话》刊行十余年后,到了明正统年间,有人却忌恨它在爱情上的张扬和对政事的讽喻,说它"作猥亵怪乱之语,以荡人志意"(徐三重《牖景录》),说它"词虽近亵,而意皆有所指,故一时缙绅多有心非之者"(张萱《疑耀》),于是它被朝廷列为禁书。国子监祭酒李时勉奏请禁毁《剪灯新话》《剪灯余话》:"近有俗儒,假托怪异之事,饰以无根之言,如《剪灯新话》之类,不惟市井轻浮之徒争相诵习,至于经生儒士,多舍正学为讲,日夜记忆,以资谈论。若不严禁,恐邪说异端日新月盛,惑乱人心。"①而李昌祺虽在生前并未因这部小说而太过影响他的人生,只是难免有"同时诸老,多面交心恶之"(王圻《稗史汇编》卷八十五)之感,死后他却因之受到上层社会的攻击,为此付出了沉重的代价,有了中国古代小说家从未有过的遭遇——景泰二年(1451),李昌祺去世,当时的右佥都御史巡抚江西的韩雍拒绝将这位"廉洁宽厚"的朝廷二品大员列入乡贤祠:

> 庐陵李祯字昌祺,河南左布政使,为人耿介廉洁,自始仕至归老,始终一致,人颇以不得柄用惜之。尝自赞其像曰:"貌虽丑而心严,身虽正而意止;忠孝秉乎父师;学问存乎操履;仁庙称为好人,周藩许其得体;不劳朋友赞词,自有帝王恩旨。"盖亦有为之言也。景泰中,韩都御史雍以告之故老

---

① 李时勉语,见王利器《元明清三代禁毁小说戏曲史料》,上海古籍出版社1981年版。

进列先贤祠中,祯独以尝作《剪灯余话》不得与。(叶盛《水东日记》卷十四)①

陆容《菽园杂记》卷十三也记载:

闻都御史韩公雍巡抚江西时,尝进庐陵国初以来诸名公于乡贤祠,李公素著耿介廉慎之称,特以此书见黜,清议之严,亦可畏矣。②

都穆《都公谭纂》卷上载:

景泰间,韩都宪雍巡抚江西,以庐陵乡贤祀学宫,昌祺独以作《余话》不得入,著述可不慎欤!③

应该说,《剪灯新话》《剪灯余话》被禁毁和李昌祺的遭遇对中国古代小说的发展所产生的恶劣影响是异常巨大的。它反映了小说生存环境、小说接受群体与创作群体之间存在着严重的观念矛盾。有这样的矛盾横亘,又有什么文人敢问津此种文体呢?!瞿佑"有诗名"④,李昌祺参加过《永乐大典》的纂修,作者的赫赫文名和他们对唐人诗心的追踪使二作成为中国小说史上的重要作家作品,标志着明代文言小说创作的最高成就,标志着明代高层文人、诗人对文言小说创作的关注。然而,他们的这种遭遇充分说明,在中国古代,小说的地位非常低下,文人士子不能轻易涉足小说创作,这样的境况当然使正统文人、诗人、上层士子参与小说创作的热情受到沉重打击。至此,明代文言小说创作再没有出现可以追此二者的作品,其创作的状况就如鲁迅、孙楷第二先生所言:

迨嘉靖间,唐人小说乃复出,书估往往刺取《太平广记》中文,杂以他书,刻为丛集,真伪错杂,而颇盛行。文人虽素与小说无缘者,亦每为异人

---

① [明]叶盛《水东日记》,中华书局1980年版。
② [明]陆容《菽园杂记》,商务印书馆1981年版。另都穆《听雨纪谈》、徐三重《牗景录》卷下记载也大同小异。
③ [清]都穆:《都公谭纂》卷上,《丛书集成初编》本,商务印书馆1937年12月初版,第26页。
④ 按:据钱谦益《列朝诗集小传》(上海古籍出版社1983年版,第189—190页)乙集"瞿长史佑"条载,瞿佑少年时即有诗名,"年十四,见廉夫香奁八题,即席倚和,俊语叠出,……廉夫叹赏,谓士衡曰:'此君家千里驹也。'……宗吉风情丽逸,著《剪灯新话》及乐府歌词,多倚红偎翠之语,为时传诵。其在保安,当兴河失守,边境萧条,永乐己亥,降佛曲于塞下,选弟子唱之,时值元宵,作《望江南》五首,闻者凄然泣下。又有《漫兴》诗及《书生叹》诸篇,至今贫士失职者,皆讽咏焉"。

侠客童奴以至虎狗虫蚁作传,置之集中。①

  凡此等文字皆演以文言,多羼入诗词。其甚者连篇累牍,触目皆是,几若以诗为骨干,而第以散文联络之者。而诗皆俚鄙,文亦浅拙,间多秽语,宜为下士之所览观……乃至下士俗儒,稍知韵语,偶涉文字,便思把笔;蚓窍蝇声,堆积未已,又成为不文不白之"诗文小说"(因以诗文拼成,今姑名之为诗文小说)。而其言固浅露易晓,既无唐贤之风标,又非瞿李之矜持,施之于文理粗通一知半解之人,乃适投其所好。流播既广,知之者众。乃至名公才子,亦谱其事为剧本矣。②

总之,《剪灯余话》向来被认为与其蓝本瞿佑的《剪灯新话》相比肩,都是中国古代文言小说史上的佳作,共同成为明代文言小说复兴的重要标志并对后世小说的创作、发展产生了重要影响,非常值得我们重视。

---

① 鲁迅:《中国小说史略》,人民文学出版社1973年版,第178页。
② 孙楷第:《日本东京所见小说书目》,人民文学出版社1958年版,第126页。

第二章 刘定之《否泰录》

《否泰录》是单篇纪实性文言小说,记录的是明代"土木堡之变"——正统十四年(1449)秋,蒙古瓦剌部首领也先率兵南下攻打明朝,明英宗御驾亲征,不料兵败于土木堡(位于今河北省怀来县)被俘,明王朝一时陷入内忧外患、风雨飘摇的处境中。在明代宗朱祁钰、于谦、袁彬等人的努力下,局势终于慢慢稳定下来。一年后,明英宗也得以放还,明王朝转危为安。

刘定之(1409—1469),字主静,号呆斋,永新(今属江西吉安)人。他自幼聪颖,天赋异禀,才思敏捷。父亲教他读书,他每天可诵读数千言;还没有教他作文,他竟然无师自通。一日,父亲发现他所作的《祀灶文》,读后大为惊叹、欣喜,说他有"八面受敌之才",乃激励他勤加磨炼、苦读,说他今后必成"伟器"!果不其然,明宣宗宣德十年(1435),刘定之参加乡试,顺利考取举人,次年参加礼部会试,高中第一名,殿试时再夺第三名探花,授翰林院编修。刘定之时年二十八岁,名动朝野。

翰林院编修任职期满,刘定之晋升为侍读。景泰元年(1450),明代宗朱祁钰即位后,对刘定之也颇为赏识。景泰三年(1452),刘定之迁任司经局洗马,景泰七年(1456),擢升为右春坊右庶子。

步入仕途以后,刘定之大体来说还比较顺利,但也不是一帆风顺。如正统十三年(1448),刘定之弟弟刘寅之与乡人发生冲突,互相攻讦,连累到刘定之,刘定之被逮捕入狱。经过一番波折,冤情才得以昭雪。

天顺元年(1457),明英宗复辟后,刘定之调通政司左参议,仍兼侍讲,不久,晋升为翰林学士。成化元年(1465),明宪宗朱见深继位后,刘定之进太常少卿,兼侍读学士,直经筵;成化二年(1466)春,出任会试主考,十二月,入直文渊阁,参与机务,成为内阁重臣①。翌年八月,刘定之进工部右侍郎,仍兼翰林学士;成化四年(1468),进礼部左侍郎;成化五年(1469)卒于官,享年六十一岁,获赠礼部尚书,谥文安。《明史》卷一百七十六有传。②

刘定之为官耿介清正,忠直敢言,忧国忧民。正统四年(1439),京城发大水,甫入仕途的他条陈十事,大胆直谏:"号令宜出大公,裁以至正,不可苟且数易。公卿待从,当数召见,察其才能心术而进退之。降人散处京畿者,宜渐移之南方。郡县职以京朝官补,使迭相出入,内外无畸重。荐举之法,不当拘五品以上。可仿唐制,朝臣迁秩,举一人自代,吏部籍其名而简用之。武臣子孙,教以韬略。守令牧养为先务,毋徒取干办。群臣遭丧,乞永罢起复以教孝。僧尼蠹国当严绝。富民输粟授官者,有犯宜追夺。"此十事涉及国家法令、吏治、选才、教育教化等多方面,切中时弊,可惜明英宗未予重视。

"土木堡之变"发生后,刘定之又有感而发,向明代宗上疏言十事,提出了边关布防、武器装备、强兵安民、用人选材、外交使臣、整顿吏治等方略大计,告诫皇帝要勇于纳谏、知人善任、卧薪尝胆,得到明代宗的嘉许。

景泰三年(1452),也先派使臣来朝,希望明廷派使臣回访,明代宗不许。刘定之上疏建言与也先修好,但未被采纳。

成化三年(1467),江西、湖广等地受灾严重,百姓生活艰难,而官府仍照常收纳赋税,刘定之又谏言:"国储充积,仓庾至不能容,而此张口待哺之氓,乃责其租课,非圣主恤下意。"明宪宗感其言,"即命停征"。

正因为刘定之敢于谏言,匡扶朝政,故《明史》对其大加赞赏,将其视为明英宗、代宗、宪宗时期的名臣,与李贤、商辂、彭时等比肩。

刘定之勤奋好学,博闻强识,工诗善文,史书赞他"以文学名一时","人服其敏博"。据记载,有一次,有人问他一个宋代人的履历,他竟然将此人家族、履历如数家珍。又有一次,皇帝命他作《元宵诗》,内使太监站立在一旁等候,他竟据案立成七言绝句百首,敏捷神速令人叹为观止。自其入内阁以后,朝廷诏告多出其手,有时"一日草九制,笔不停书"。

---

① 按:明太祖朱元璋洪武十三年(1380)罢中书省、废丞相后,设大学士数员参与机务,称为"内阁"。明宣宗时,"阁职渐崇",明英宗天顺以后,"阁权益重",成为实际上的宰相。

② [清]张廷玉:《明史》,中华书局1974年版,第4696页。

刘定之的学问也广博该洽,对经、史、子、集均有深入研究,著述宏富,有《呆斋集》四十五卷、《易经图释》十二卷、《宋史论》三卷、《六安策略》十卷、《否泰录》一卷等,均收入《四库全书》。

《否泰录》现存版本主要有《顾氏明朝四十家小说》《广四十家小说》《影印元明善本丛书》《豫章丛书》《国朝典故》《历代小史》《纪录汇编》《说郛续》《说库》《胜朝遗事》《今献汇言》等。

关于《否泰录》的创作缘由,刘定之在篇末自述:

> 臣因取目击耳闻,参以杨善、李实所述《奉使录》,钱溥所撰《袁彬传》,约其繁芜,著为此录。盖出征之月,否卦用事之月也,回銮之年,景泰纪元之年也。先之以否,继之以泰,虽则运世,关乎天数矣,名之曰《否泰录》。自以身备史臣,于国家大务不敢不具载,以备遗忘故也。圣神相继于亿万年,抚念前事,岂不增感于制治保邦之良图也哉!

作者认为,"土木堡之变"是国家大务,是重大的历史事件,必须要认真、完整地记录下来,不能被遗忘。这其中的经验教训要好好总结,"岂不增感于制治保邦之良图也哉",以增长治理国家、保境安民的智慧。

作者之所以将作品命名为《否泰录》,当然是取"否极泰来"之意。否卦是《易经》六十四卦之第十二卦,意味着曲折、艰难、混乱。刘定之说明英宗出征之时,甚是不利,出人意料地兵败被俘,天下混乱,是不幸,属"否"。泰卦是《易经》六十四卦之第十一卦,象征着平安、和谐、安宁。明英宗景泰年间平安归来,当然是"泰",后来重登帝位,更是"泰"。刘定之写作《否泰录》,正是要记录明英宗从被俘到回归、明王朝从混乱到安定的"否极泰来"之艰难过程。

《否泰录》的创作时间,刘定之自言是其担任史官之时。《四库全书总目提要》著录时云:

> 初,英宗北狩,也先乞遣报使,景帝不许。定之疏引故事以请,帝下廷议,竟不果遣。天顺改元,定之由右庶子调通政使,历官翰林学士,入直文渊阁。盖以是疏蒙遇也。此书所记,即英宗北狩之事,自言参用杨善《奉使录》暨钱溥所述《袁彬传》。其曰出征之月为否卦用事之月,回銮之年当景泰纪元之年。先以否,继以泰,虽世运而关天数焉。盖所记讫于英宗初归之时,未叙及后来丁丑复辟之事,故其立言如此。其曰身备史官者,正其迁

右庶子时。他书引此,或作阁老刘定之撰者,据其所终之官言之耳。①

《四库全书总目提要》在这里指出,《否泰录》应作于刘定之"身备史官者,正其迁右庶子时"。刘定之任右春坊右庶子是在景泰七年(1456),天顺元年(1457)明英宗复辟,则已调通政司左参议。故此作应作于1456至1457年。但也有的书籍收录、引用此作时,说是阁老刘定之作,而刘定之入阁是在成化二年(1466),这与刘定之自述不符,对此,《四库全书总目提要》已辨明。

刘定之自述自己创作《否泰录》主要是参照杨善、李实《奉使录》和钱溥《袁彬传》,加以自己的亲身经历与耳闻目睹,综合而成。

《否泰录》按时间顺序还原历史事件,叙事起自正统十四年(1449)七月,终于次年八月,大致可以分为六个情节段落。

第一个情节段落是事件的起因。作品追述蒙古被朱元璋逐出中原以后,退归草原。其中一部居于瓦剌,称瓦剌部。瓦剌部自永乐年间归附明廷,时常遣使朝贡。明英宗时,瓦剌部在其丞相、太师也先的带领下,逐渐强大,对明朝廷也变得桀骜不驯起来:

> 今皇帝即位以来,也先每年冬遣人贡马,朝廷厚答金帛,过元旦郊祀始去。然久之渐桀骜不恭,往来通使等变诈翻复,告以中国虚实。也先求以其子结姻于帝室,通使皆私许。也先进马为聘仪,朝廷不知也,答诏无许婚意。也先愧怒,以正统十四年七月初八日入寇。塞外城堡多陷没。边报日至,遣驸马都尉井源等四将各率兵万人出御之。源等既行,司礼监太监王振复劝上亲征,命太师、英国公张辅,太保、成国公朱勇等治兵。朝臣奏疏请留,不允。

作者在这里明确指出,瓦剌部对明廷的背叛一方面是也先桀骜、贪婪,另一方面则是往来通使的"变诈翻复"。最直接的导火索是也先向明朝廷皇室提出了通婚和亲的要求,通使私下答应,却事前、事后都没有向朝廷禀报,致使朝廷并不知情,在答复的诏书中没有提及许婚之事。也先羞恼交加,于正统十四年(1449)七月率各部侵扰明境,明廷遣驸马都尉井源等四将各率兵万人御敌,但交战的结果却是败报日至。于是,明英宗在司礼监太监王振的煽动蛊惑下,御

---

① [清]纪昀:《四库全书总目提要》,河北人民出版社2000年版,第1451页。

驾亲征。朝臣虽然极力劝阻英宗,但英宗刚愎自用,一意孤行,命其弟郕王朱祁钰为监国留守北京,然后亲率五十万大军于正统十四年(1449)七月十六日出征。

第二个情节段落是明英宗被俘的过程。明英宗率领大军出居庸关,经宣府、大同,前线败报不断传来,又逢雷电暴雨,英宗开始有不祥的预感,但此时已骑虎难下:

> 八月十三日,至狼山。虏追及,遣朱勇等三万骑逆战,皆败死,无只骑回。是日,驾至土木。日尚未晡,去怀来城仅二十里,欲入保怀来城。辎重千余辆在后未至,留待之,遂驻土木。旁无水泉,又当虏冲。十四日,欲行。虏已逼,不敢动。兵士束手,饥渴。十五日,虏使持书来,以求和为言。召曹鼐草敕与和,遣二通事与虏使偕去。遂移营逾堑以行,回旋之间,行列已乱,争先奔进,势莫能止。虏骑蹂阵而入,奋长矛以击我军,大呼:"解甲投刃者不杀!"众裸袒相蹈藉死,蔽野塞川。虏丛入中军,宦侍、虎贲矢被体如猬。上与亲兵乘马突围,不得出,虏拥以去。文武军吏幸免者,蓬首赤身,逾山谷,连日饥饿,得达关。虏举我辎重,惟取金银珠宝贵细者。其实虏众仅二万,我师死伤过半矣。

八月十三日,明军在狼山与胡骑大战,结果兵败,退至土木堡。本来可以继续撤退至二十里外的怀来城,因王振带领的辎重部队未及时赶到,大军乃留在土木堡等待,结果错失战机,被也先军包围。土木堡没有水源,将士们饥渴难耐。同时,土木堡地形易攻难守,特别利于骑兵的冲击。因此,两天以后的十五日,明军形势已非常危急。这时,也先又使诈和计,遣使持书求和,并假装撤离。明英宗不知有诈,下令曹鼐起草诏书,同意与瓦剌议和,然后下令拔营,撤出掩体。没有想到,此令一下,又饥又渴的兵士立即失去秩序,陷入混乱,将领们也不能制止。这时,也先军又回身杀来,大队人马直杀至中军帐,明英宗的侍卫虽拼力抵挡,但已无力回天,最终明英宗被也先军俘虏。明军伤亡惨重,重臣英国公张辅、驸马都尉井源等皆战死。实际上,也先军人数只有两万,而明军有五十万,却死伤过半,连皇帝都被掳去。

第三个情节段落是明英宗被俘的消息传入京城后,文武百官的愁怨愤怒。

> 十七日,百官集阙下,颇闻败报,私相告语,愁怨惊惧。出至紫陌,见军

士奔归,疮残被体,血污狼藉。然尚未知上所在也。是日午,遣黄金、珠玉、衮龙缎匹等物,驮以八马,诣也先营,请还车驾。

十八日,皇太后召百官入集阙下,命郕王权总万机,于午门南面见百官,始启事奉令旨施行,众皆谓行且即真矣。数日,内外汹汹不自保。已而,皇太后诏天下,立皇子见深为皇太子。又数日,尚书于谦等弹奏奸臣王振倾危宗社,历数其罪千言。读既毕,王谕以"自有处置"。谦等言:"振罪恶滔天,今日不正典刑,灭其族,臣等皆死于此,不但也。"因痛哭,声彻中外。王起入内,中使将阖门,众拥谦等随入。太监金英传令旨:"且退。"众奋欲捽英。英惧,言令籍没振,遣指挥马顺往。众曰:"顺,奸臣党也。宜遣都御史陈镒。"英脱身入。顺前劝解,辞色稍遽,给事中王竑捽顺首,众争殴之,蹴踏扯裂,顷刻而毙。或就脱顺靴击出其眼,血流门阈。众皆愈怒,求内使王、毛等二人。英使人捽出,亦击杀之。

明英宗被俘的消息传到京城,群臣激愤,尚书于谦上疏弹奏奸臣王振误国,历数他的罪行。郕王一开始还不想处置,只以"自有处置"搪塞,后不得已才派王振的同党、锦衣卫指挥使马顺去查抄王振家产,最终激发了大臣们的愤怒。群臣竟当场将马顺及另两位内侍王、毛殴击致死。此后,群臣又逼迫郕王派都御史陈镒率军抄了王振的家,结果"振宅在宫城内外凡数处,皆重檐邃阁,僭拟宸居,器服绮丽,尚方不逮。玉盘径尺者十面,珊瑚树高六七尺者五、七株,金银十余库,马数万匹"。王振的侄儿王山也是锦衣卫指挥,被凌迟处死,其族人不论少长皆处斩。愤怒的群臣这才平静下来。

第四个情节段落是郕王朱祁钰即位及即位以后与也先的周旋。

国不可一日无君,英宗被俘,天下震动,局势不安。为了安定臣民,皇太后于八月十八日命郕王"权总万机,于午门南面见百官,始启事奉令旨施行"。几天后,又移郕王座入奉天门左,接受群臣朝拜。二十九日,皇太后命郕王早正大位,以安天下。有司择日行礼,群臣一起来到文华殿门,请郕王出来即位,但郕王辞让不允,群臣共言:"祖宗神器不可虚,圣母有命不可违。"郕王见辞让再三,群臣仍力请,只得同意,于九月初六日正式即位。

明代宗即位后,采取了五方面措施来应对当前的危机:

一是选派将帅抵御也先的入侵。如命罗通、孙祥为副都御史,守居庸、紫荆

关;石亨为武清伯,总摄京师军马。十月初九日,也先率兵攻至京城西关外,在兵部尚书于谦的督领下,石亨、孙镗、刑部侍郎江渊、交趾旧将王通、鸿胪寺卿杨善等通力合作,打赢了京城保卫战,杀死酋长铁元帅,大大振奋了人心,稳定了局面。随后四方兵马集合勤王。也先见状不妙,只好夜遁,从居庸关出,将所掠牛羊、人口遗弃于路,以延缓追兵。二十二日,明代宗又派遣杨洪、孙镗、范广等率兵两万,攻击还未撤兵的敌人,二十五日,明军在固安大破敌兵。十一月初八日,敌兵终于全部退去,京师解严,明代宗降诏安抚天下,以杨洪为昌平侯,与副都御史罗通练兵于东教场,石亨练兵于西教场。景泰元年(1450)庚午正月十八日,明代宗遣都督范广等率兵巡居庸等关;二十九日,遣都督石彪等,率兵巡怀来、宣府等边城;闰正月二十六日,郭登在大同又取得大捷。一系列的胜利大大鼓舞了民心、军心,使朝廷上下能同仇敌忾,同时也打击了也先的嚣张气焰。

二是派出使者与也先周旋。十月十七日,以通政司参议王复为礼部侍郎、中书舍人赵荣为鸿胪寺卿,持羊酒往也先营。也先嫌王复官小:"尔小官,可令胡濙、于谦、王直、石亨、杨善等来!"十一月二十三日,也先派遣使者到明廷索要大臣迎英宗驾,要求十二月初三日到他营中,否则又将入侵。明代宗见其言辞甚为傲慢无礼,并不是诚心和谈,于是不予理睬。

三是采取离间计离间也先、普花。十九日,瓦剌普花可汗遣使献马言和,大臣胡濙、王直建议:"普花、也先君臣素不睦,宜受其献以间之。"

四是表彰死于土木堡的大臣。十二月初二日,赠太师、英国公张辅为定兴王,学士曹鼐为少傅、吏部尚书、文渊阁大学士。

五是消灭内奸。也先部之所以敢肆无忌惮地入侵明廷,是因为明廷有许多的内奸向敌人提供情报、报告虚实、导引线路。明代宗命令大臣们果断地处置、消灭这些内奸、内应者:"时畿内降附胡人留居者多,乘时为寇。朝廷重赏购捕,被获者累日不绝。虏稍沮,复遣使言欲和。"尤其是果断处置大汉奸、明英宗贴身内侍太监喜宁令人称道:

> 十四日,宣府参将杨俊执喜宁。喜宁内侍,从太上于房中者。数导虏入寇,上患之。太上亦以虏入寇不已,则和不可必,不和则还京未有期也。恶宁。宁又忌袁彬,尝诱彬入营,将杀之。太上觉其诈,急召彬回,乃得免。及是,彬言于太上,遣宁,将命于俊,索春衣,因遣军士高磐与俱,彬刻木藏

书,系磐髀间,以示俊,俾其来执之。俊既得书,与宁饮城下。磐抱宁大呼,俊从兵遂缚宁。至京师,处以极刑。于是,虏失其向导,亦厌兵矣。十六日,以石亨为征虏大将军,率步骑三万五千人出紫荆关,以巡北边。其后,虏涉春及夏,不复大入。

刘定之在文中之所以比较翔实地记录明代宗即位后采取的种种应对危机的措施,实际上是对景泰历史功绩的大胆肯定。正是因为有了这些得当的措施,明廷风雨飘摇的局势很快得到控制。对此,明人邓士龙编辑丛书《国朝典故》时特别收录《否泰录》,他在按语中肯定道:"景帝当多难之余,而能任贤选将,南征北距,转危为安,易乱为治,其功可谓不细。"①

第五个情节段落是明英宗在胡营的生活情景。明英宗被俘以后,被挟持着经过大同,进入胡地,过猫儿庄、九十九海子,见苏武庙、李陵碑,最后到达黑松林也先的大本营,此后在这里生活了一年多。刘定之记录明英宗在也先大本营生活情景时,坚持"太上在虏营逾年,未尝屈尊"的原则,写也先对英宗非常尊重,一直以臣子的身份侍奉明英宗,礼数周全。英宗也虽在虎穴,却临危不乱,始终保持着国家君主的气节和风度:

> 上入营坐,也先拜,稽首,乃侍坐。宰马设宴,出其妻四人,以次奉上酒,歌舞以为娱。其后,遂奉上居于伯颜帖木儿营,去也先营十余里。伯颜帖木儿与其妻见上,亦如也先礼。伯颜帖木儿每二日献羊,七日献牛,也先每七日献马。二人者每出猎,则又以其所获野马、黄羊之类来献。

第六个情节段落是明英宗的迎归。经过明廷与也先部一年多的周旋,明英宗终于被放还,作者描写明英宗离开也先营的情景:

> 初四日,也先请太上,太上至其营,饯行。也先弹琵琶,其妻奉酒。善等侍饮,执臣礼甚恭。也先叹曰:"中国好礼数!"宴毕,也先送出帐十数步,太上登马乃退。盖太上在虏营逾年,未尝屈尊。也先间见,必致敬曰:"我人臣也,可与天子抗礼哉?"尝欲以其妹事太上,不从,乃止,以此深服圣德。虏人往来窥觇,天容穆然,殊无惨沮。惟问实等,言:"圣母安好?"乃泫然出泪。饮食所余,多以赐中国被虏者。及其将归,莫不悲恋。虏人亦不忍别,

---

① [明]邓士龙:《国朝典故》,北京大学出版社1993年版,第486页。

连日各设筵饯行。

作者在这里显然对也先和明英宗都有所美化。

明英宗被蒙古也先部俘获,拘禁一年多后又被放归,这是一个历史的奇迹,明代以前历朝历代被掳北去的君主、帝王莫不困死于荒漠、雪野,而明英宗却得以全身而归,明人邓士龙在《否泰录》按语中分析其原因时说:

> 英庙北狩蒙尘,虏人悔祸,旋奉驾归,此自古之所无也。固国家国势之强,亦人事有以中其机会。是时郕王监国,不欲急君。边人谢之曰:"中国有主矣,虏人抱空赘而负不义于天下,所以汲汲来归。盖合郑公孙申之谋也!"
>
> ……惟不欲奉迎英庙,只此一事大不是。事虽不是,而英庙之归实由于此。何也?盖无意于迎者,乃所以迎之也;不欲其归者,乃所以趣其归。此意也,景帝不知之也,一时廷臣不知之也。使当时急于奉迎,则彼必以为我所重在此,而挟留为质,以愀中国。如宋之徽、钦,迎请愈勤,而愈不可得矣,委骸沙漠为万世羞。惟不急其君,而无意于郊,则彼以为与其抱空质而无用,曷若归之以树恩。此汉高分羹之谩语,所以谬敌而致太公之归。是故英庙之复归,天也,非人谋之所及也。虽然亦会逢其适也。值我国家气运之盛,而胡虏之无大志也。

《否泰录》不仅在事件记录、描述上非常翔实、有序,在人物塑造方面也有其成功之处。如文中对明英宗的贴身侍卫袁彬就着墨较多,刻画他的一些细节也非常生动传神:

> 二十九日,善等至也先营,也先方出猎。八月初二日回营,与善等相见。太上遣袁彬来会。彬起卧长不离御帐,夜甚寒,则以身为太上温足。彬尝病,太上坐压彬肩背,取粥啖之以出汗。

袁彬是明英宗的贴身侍卫,他忠心耿耿,为明英宗披肝沥胆。作品多次写袁彬随侍明英宗、保卫明英宗的英勇行为,如过大同时,袁彬"以头触门大叫",致广宁伯刘安、给事中孙祥、知府霍瑄出见明英宗,献上蟒龙袍。过紫荆关时,天降大雪,道路泥泞难行,明英宗多次遇险,袁彬亲为执马,小心翼翼护持明英宗。诱杀汉奸喜宁时,也是袁彬冒险智传信息。正因为这样,也先对袁彬也非常忌惮,多次想杀害他,幸亏没有得逞。明英宗对袁彬也倍加爱护,作品写袁彬生病时,明英宗亲自为他按摩压背、喂粥,君臣之间的真挚感情令人感动。

总之,《否泰录》是明中期一部具有纪实性质的文言小说,它以重大历史事件为题材,视野宏阔,比较真实地还原了"土木堡之变",再现了国家危机面前明英宗、明代宗、于谦、袁彬等重要历史人物的遭遇、作为,客观地评价了"土木堡之变"的历史影响,语言平实,人物形象鲜明,有重要的文献价值、文学价值、文化价值,值得我们重视。韩慧玲《刘定之〈否泰录〉的史料价值及其局限性》一文说:"《否泰录》虽然囿于史官的立场、观点、史法,对史料的取舍有局限,但史官的素养也决定了《否泰录》有其自身的优点。首先,作者站得比较高,能统观全局。其次,对重要史料的利用还是充分的。除了有李实、杨善的材料为依据外,还有官方档案文献为依托,勾勒历史事件的面貌比较完整,提供的信息量丰富,对研究明英宗'北狩'事件有重要的参考价值。"[①]这一评价是非常切中肯綮的。

[①] 韩慧玲:《刘定之〈否泰录〉的史料价值及其局限性》,《内蒙古大学学报(哲学社会科学版)》2011年第5期。

第三章　彭时《彭文宪公笔记》

彭时《彭文宪公笔记》是明前期颇具影响力的一部自叙体文言小说集。作者结合自己二十余年内阁从政的经历见闻,记录了自正统十年(1445)至成化四年(1468)朝廷发生的重大政治事件,存留了众多朝野掌故、典章规制及内阁重臣的奇闻逸事,揭露了明朝廷面临的内忧外患与重重危机,反映了当时的社会状况与政治生态,同时,也展现了自己勤于政事、忧国忧民、高瞻远瞩、忠言直谏的心路历程与性格特征。作品叙事朴素自然,文辞雅洁亲切,值得我们重视并深入研究。

彭时(1416—1475),字纯道,又字宏道,号可斋,安福(今属江西吉安)人,明代中期内阁重臣、政治家、小说家。

彭时年少时即号才子,于明英宗正统十三年(1448)戊辰科科考夺魁,状元及第,授翰林院修撰。次年,英宗御驾亲征蒙古瓦剌部,郕王朱祁钰监国,诏令彭时与商辂同入内阁参与机务,然适逢继母亡故,彭时欲循礼回乡丁忧,上疏力辞,但郕王不允,要以国事为重,夺情视事,彭时只得拜命。不久,彭时又晋升为侍读学士。科举及第的第二年即能参大政,跻身国家的最高权力集团,这在明代并不多见,彭时可谓首开其端。

景泰元年(1450),因"土木堡之变"爆发,朱祁钰继位,是为明代宗,亦称景泰帝。此后,明王朝与瓦剌战事稍有停息,彭时再次请求为母守孝,虽得到允准,但亦有忤旨之嫌,故服除后,被命供事翰林院,却不再入内阁。年余,彭时迁左春坊大学士,参与修纂《寰宇通志》,书成,迁太常寺少卿。

天顺元年(1457),"夺门之变"发生,明英宗成功复辟,他在文华殿召见彭时,说:"你是我正统十三年擢录的状元吗?"彭时点头称是,第二天,英宗即命他复入内阁,兼翰林学士。自"三杨"之后,由皇帝亲自擢入内阁者仅彭时与岳正两人,可见明英宗对他的赏识。

明宪宗即位后,成化元年(1465),彭时进兵部尚书,第二年秋,乞停职归乡省亲。成化三年(1467)二月,彭时被诏还朝,参纂《英宗实录》,加太子少保,兼文渊阁大学士,冬季,改任吏部尚书。成化五年(1469),彭时得病求告退。休养三个月后,宪宗下诏促归,享受"免朝参"之特权与荣誉。成化七年(1471),彭时旧病复发,共七次请求致仕,宪宗均予挽留。成化十一年(1475)三月,彭时卒,享年六十,赠太师,谥文宪,《明史》卷一百七十六有传。

彭时一生历英宗、代宗、宪宗,深得三朝皇帝之信任和重用。他忠诚耿直,清正廉洁,兢兢业业,鞠躬尽瘁,为一代贤相、名臣。故史赞之曰:"时立朝三十年,孜孜奉国,持正存大体,公退未尝以政语子弟。有所论荐,不使其人知。燕居无惰容,服御俭约,无声乐之奉,非其义不取,有古大臣风。"①

彭时著述现存不多,主要有《彭文宪公集》八卷,含序、记、墓志铭八十八篇,诗一百三十六首,另有《彭文宪公笔记》。②

《彭文宪公笔记》,又名《可斋杂记》,记事起自正统十年(1445),止于成化四年(1468),是彭时自述其科考、从政经历与见闻的一部文言小说集。故事信笔而记,不署标目。从小说集的流传情况来看,书当成于其致仕前,《可斋杂记》为自命名,后人刊印时改称《彭文宪公笔记》。《四库全书总目提要·卷一四三·子部五十三·小说家类存目一》著录并评述曰:

> 此书述其生平阅历,始正统乙丑,在国子监肄业,多称李时勉善教事。次叙廷试第一及入翰林事,多陈梦兆机祥及诸琐事。次记景泰初入内阁事,所载英宗北狩,额森内侵,夺门复辟,曹吉祥谋逆,皆甚寥寥,王文入相事独详。叙周、钱二太后并尊及钱太后祔庙事,往返曲折甚悉,盖平生经济在策项忠一事,平生大节则在此一事。证以本传,一一相合,知非诡词以自炫。惟称景泰初内外所御以于谦、陈循同功,似非公论。又记张英、刘长子之冤,以时方省亲,自家至京,不及申救为解。然其后时在内阁,亦未闻申攘功之诛,正觥法之罪,仅以笔记存公论,殊无谓也。时本贤相,殆以此自识其过乎?③

《彭文宪公笔记》有一卷本,如明代邓士龙《国朝典故》本;也有二卷本,如

---

① [清]张廷玉:《明史》,中华书局1974年版,第4687页。
② 沈津:《明代别集》,《文献》1991第4期,第224页。
③ [清]纪昀:《四库全书总目提要》,河北人民出版社2000年版,第3662—3663页。

明代沈节甫《纪录汇编》本、顾元庆《顾氏明朝四十家小说》本等。不过,两种版本篇目、内容基本相同。

《彭文宪公笔记》自述人生经历、自述心志,首先为我们塑造了彭时清廉自守、安贫乐道、不与世俗同流合污、不依附权贵的自我形象,表达了作者对人生穷达的超然态度及高洁品性的追求:

> 是年,徐、李被黜,有负权宠者语人曰:"我欲荐彭某入阁,因未与接识,故未果。"其人传言曰:"可往一见之,彼必喜。"予对曰:"素不惯往见人。"有相爱者曰:"今人持重赂求见不可得,尔徒手一见何伤。"予曰:"承厚爱,然决不能往。"去年,当诸公合谋时,有沈司历者,三次来家见邀,予避之不敢见。萧聪郎中又谓予曰:"沈是有力者,使来进用之机在此。今不见,后将有悔。"予曰:"我本无他望,何悔之有?且去年既自守,不图进,今往见人求拔,虽进亦可耻也。"是时,李宜人闻此言,亦曰:"官自来为好。不然,虽做尚书,亦何足为荣?若无事,只如此过,亦足矣。"予甚重其言。及入阁之命下,始知显晦自有时,非人谋所能与也。

彭时从政的时期正是明王朝政坛剧烈动荡的几十年。在这几十年里,接连发生了"土木堡之变""夺门之变"、曹吉祥谋逆等一系列重大政治历史事件,各种政治人物、政治集团围绕着权力、地位、利益展开了激烈而残酷的争斗,把持朝政的权奸如走马灯似的更迭频繁。朋党相争、阉宦干政是为朝廷常态,尔虞我诈、钩心斗角、谄媚依附、杀戮异己、跳梁小丑、不择手段等词语都难以形容彼时时代之混乱、政治之黑暗、吏治之腐败。要在这样的环境中独善其身何其困难,加之彭时是青年才俊、深受皇帝赏识,因此从一开始就成为各色权奸腐蚀、拉拢的对象,时人也多劝谏彭时不要甘于孤高、耿介自守,而要顺时应变、随波逐流,以图飞黄腾达。但彭时自重自爱,宁静淡泊,出淤泥而不染,不走依附权贵的仕进之路,保持了自己高洁豁达的气节和情怀,无怪乎其后来成为一代名相。

彭时能为三代皇帝重用、成为一代名相,不仅缘于其优良的品性,还在于其处理繁杂的国家政务时,表现出的头脑冷静、见识卓越、举措得当。彭时有运筹帷幄、决胜千里之才,如成化四年(1468)其对满俊(满四)反叛的用兵决策就特别能说明这一点。是年七月,宁夏平凉开城土官满俊纠众反叛,大肆劫掠,声势浩大。陕西守军派行阃参将刘清带兵镇压，大败而回。兵部急命陕西、宁夏、延绥三处合兵杀贼，仍抵挡不住，死伤数千人，大量军器辎重被夺，于是再调京军前往，以都督刘玉为总兵、副都御史项忠提督军务。叛军听说重兵前来，乃退至石城山顶坚守。刘玉总结与叛军交手的经验教训，决定不贸然出击，而是分兵七路，深沟高垒，团团围住石城山，欲困死叛军。不料副将毛忠逞匹夫之勇，私自出兵登山进攻，复招败绩。战报传至京城，朝廷震动，国人恐慌，担心"安史之乱"再次发生。兵部尚书程信对刘玉、项忠失去信心，再命抚宁侯朱勇领四万京军前去替代。朱勇实际上也无良策，只好悬赏"生擒贼首一人，与世袭指挥使，赏金五百两，银数千两，共擒者赏亦然"。彭时见诸大臣、将帅莫不张皇失措，于是站出来决策，让朱勇暂停行动，要人们信任刘玉、项忠的指挥与部署，指示刘玉、项忠英勇再战。不久，项忠奏报，经过几个月的围困，贼兵已疲，不日将破之。然程信等人仍然心怀疑虑，固执地要让朱勇出战，彭时坚决反对：

奏至，上命太监怀、许、黄三人召兵部于阁下计议。程曰："事急矣，行不可缓。"时曰："前者贼四出攻劫，诚可骇惧。今日依山自保，我军围守甚固，不一两月贼必穷困，可擒取也。京军何用再行？"商助予言曰："观项布置，贼不必忧矣。"程意不平，曰："项今退在平凉，亦不可知。何谓为固守耶？"尚书白圭、侍郎李震相视不言。时曰："彼分布已定，无故何以退？且京军行何时可到？"程曰："来年二三月。"时曰："如此则缓不及事矣。事之成败，只在岁中，然以项奏词观之，胜可必矣。京军不行为宜。"诸太监皆曰："然。"因问边军去否，时曰："边军亦不必去。"商曰："边军去，无害也。"乃令边军行，留京营军将不遣。程又请差锦衣千户一员，去看动静，已准行矣。时闻，请追止之曰："去看无益，徒失将士心。"程忿忿出危言曰："项忠军若败，必斩一二人，然后发兵去。"众不察，群然和附，以为止军不行必失关中。相知者咸为时惧，私问曰："止军不发，何所见？"时曰："观项疏曲折，知贼决可平。但彼既闻已遣将，亦不敢自任故也。"众犹未信，汹汹益甚。至十二月二十，边捷音至，知以十一月二十一日执满四等，贼寨悉平，群言始息。

事实证明，彭时力挺项忠、坚拒临阵换帅的决策是非常正确的，这一决策虽置自己于风口浪尖，甚至有"被斩"的可能，但避免了前线将士之军心动摇、前后方之互相猜忌、前后军之互相干扰,使既定的军事部署得到坚决执行,而这正是战胜叛军的关键。相比于程信等人的首鼠两端、茫然浮躁、色厉内荏,彭时的机智应变、审慎果敢、知人善任跃然纸上,而这也铸就了彭时从政经历中最为辉煌的一页,成为历史佳话,为人称道。①

《四库全书总目提要》说彭时"平生经济在策项忠一事",实际并不尽然。《彭文宪公笔记》还记载了彭时多次在朝堂上忠言直谏、勇于抗争的事例,从中我们可以看到,彭时不愧为一个以天下为己任、敢于担当的贤能之臣。

如天顺五年(1461),殿试后选庶吉士时,英宗下旨,令内阁大臣李贤全部选用北方人,南方人只有似彭时者才可用。彭时并不因为英宗喜欢自己就扬扬得意、缄口不言,他认为朝廷如此选贤任能是有问题的,他先是对李贤说:"立贤无方,何分南北。"接着,他又对前来宣旨的太监牛玉道:"南方士岂独时,比优于时者甚多也。"最终,他与李贤等三人同到吏部担任主考,选出十五人,其中南方三人(《明史》记有六人)。

又如天顺八年(1464)正月,英宗驾崩,宪宗即位,廷议两宫太后尊号。太监夏时为逢迎宪宗生母周贵妃,提出:"钱皇后久病,不当称太后,应由周贵妃独享尊号。"此议当即遭到李贤的反对,彭时也支持说:"朝廷所以服天下,在于正纲常。今为此举,反遗所当尊,岂不乖大伦,失人心,于圣德所损多矣。"夏时又说:"子为皇帝,母当为太后,岂有无子而称太后耶?宣德中自有例。"所谓"宣德中自有例"是指明宣宗朱瞻基曾因胡皇后无子将其废黜,改立孙贵妃为皇后。李贤听了,沮然色变,以为难以阻挠,不敢再抗争,目示彭时起草诏书。其他"同议者心知不可,皆不发言"。而彭时不为所动,继续据理辩驳:"今日事与宣德年不同,胡后曾上表让位,退居别宫,故正统不加尊号。今日名分固在,岂得不尊?"太监说,既然这样,你们就依照此例,为钱皇后起草让位的表文。彭时说,先帝在世时没有实行,现在这样做就是胆大妄为。如果做臣子的一味曲意顺从,那将成为万世罪人。夏时厉声警告彭时:"你总是这样怀有二心,将来要追究你的罪责。"彭时不亢不卑地拱手向天说:"太祖、太宗神灵在上,谁敢有二心?钱娘

---

① 龚小峰:《项忠与满俊事件》,《东南大学学报(哲学社会科学版)》2002年第2期,第60页。

娘已无后,何所利为之争?所以不敢不极言者,为全皇上圣德,非有它也。若推大孝之心,则两宫同尊为宜。"彭时的这一倡议终于得到大家认同,钱娘娘、周贵妃被同尊为皇太后。几天后,另一太监覃吉到内阁对众臣说:"同尊二母是上位本心,但屈于亲母,有难言者,而不知礼之人且欲逢迎于其间,非二先生力争,几误大事。为人臣正当如此。彼默默者徒享厚禄,何为?"一干没有开口的内阁大臣都感到非常惭愧。

成化四年(1468)六月,钱太后去世,就其陵寝又出现了争议。太监夏时、傅恭等主张不与英宗合葬,别葬西山。司礼监官员不敢应声,彭时却不容置疑地否定别葬,说:"此一定礼,无可议者。"他联合众大臣进本,反复向宪宗谏言合葬的重要性。但宪宗担心合葬"于周娘娘有碍",欲内批"别择地"。最后,彭时率领公、侯、驸马、伯、文武大臣一起跪伏在文华门号泣哭请,声闻内宫。宪宗与周太后仍欲施缓兵之计,传语让大家先行退去,再作商议,彭时回答:"不得命不敢退。""人心如此,天理所在,伏望朝廷俯从群情。"宪宗与周太后无奈,只好"特赐允诺"。

从上述诸例我们可以看到,彭时在处理人才选用、国家礼制等政务时,从不谄媚苟同、曲意迎合,而是敢于犯颜直谏、据理抗争,即使忤旨得罪也坚持到底。他的同僚也因此非常敬服他,如《明史》记载李贤就曾说:"彭公,真君子也。"《四库全书总目提要》赞他"平生大节则在此事"。

《彭文宪公笔记》不仅自述心志,长于展现作者自我形象,而且在记述国家、朝廷重大历史事件时,描述翔实,细节毕陈,可以补史家之阙,可以提供新的认知视角。如作品记"土木堡之变"发生后,朝臣异动与郕王继位的经过曰:

己巳八月,车驾北狩。郕王监国,于午门外视朝百官,纠劾奸臣误国。方读弹文未起,锦衣卫指挥马顺从旁叱各官起去,给事中王竑遂起,先捽马顺首,曰:"此正是奸党,当除去。"监国退,百官用手脚击踢马顺至死,仍击死内臣二人,各官义气愤发,至于如此。是日,予居忧未出,闻之惊骇,盖土木败绩,固非常之变,而此举亦非常之变也。八月二十九日,予居忧,忽校尉至门,宣唤入朝,有令旨:着商辂、彭时与陈循每同办事。时具启辞,不允,令专心办事,内臣促送入内阁乃去。是日,文武百官具本伏文华门,请郕王即位。王再三辞让。尚书王直、于谦、陈循等咸以宗庙社稷大计为言,力请不退。会太后命亦下,乃许以九月初六日即位。盖是时人以危疑,思得长君以弭祸乱,故不得已为此举,亦事之变也。

正统十四年(1449)八月,蒙古瓦剌部首领也先率兵入侵,边报日至。英宗在司礼监太监王振等人的鼓动下,仓促亲征,结果于土木堡兵败被俘。消息传到京城,朝野震惊,百官义愤,群起弹劾,攻击奸臣误国,直至将锦衣卫指挥马顺及两名皇帝宠幸的太监打死,并拥立郕王朱祁钰即位。又如记天顺五年(1461)曹钦叛乱谋反事件:

  辛巳年七月二日,昭武伯曹钦反。钦,乃太监吉祥犹子也。吉祥在宣德、正统中屡领兵出征,麾下多达官,骁勇善战,结以恩惠久矣。天顺元年,与石总兵亨迎复功,亦恃有此,钦以此骤升伯爵,颇骄恣。锦衣卫指挥逯杲发其事,稍裁抑之,遂有反谋。适朝廷遣兵部尚书马昂、怀宁伯孙镗征西,早朝,谋领达官突入为变。达官中有曰马亮者知之,夤夜诣至恭顺侯吴瑾家言之。瑾以告孙镗,具本达于上,朝门未开而反者至矣。杀逯杲并寇都御史,取其首,举火攻门,纵横于门外,势可畏,朝官多避匿不敢出。惟李贤一人被执,贼党屡挟之以刃,得不死。比明,孙镗会出征官军御之,战于四牌楼,抵暮乃平之。吴瑾以战死。当是时,变起仓卒,在营将士散处于家,且无甲胄器什。非孙镗有西行之卒,何以御乱不测,然亦岂非宗社有灵使之然欤?

曹钦自恃其养父曹吉祥助英宗复辟有功,骄横恣肆,反谋昭彰。其叛乱能被剿灭极其偶然,幸有其部下达官马亮密告恭顺侯吴瑾,也恰巧有兵部尚书马昂、怀宁伯孙镗征西之兵尚未出发,否则,"变起仓卒,在营将士散处于家,且无甲胄器什",如何应对谋反的虎狼之众,国家又将陷于何种乱局,令人难以想象。

彭时忠实记录历史事件的同时,还大胆进行评述,提出比较客观公允的观点与看法。如其强调朱祁钰继位称帝是受命于母后、百官拥立,肯定其在"非常"情况下维护了国家的统一和稳定,治国也比较有方:"景泰数年中,敬礼大臣,宽恤民力,赏罚亦无甚失。独易储、废后二事为害义,所以失人心者在此也。"而不似有的人那样视之为篡位、僭越,否定其历史功绩。又如评曹钦、石亨谋反:"或谓迎复之举,曹、石二家为首事,虽顺而行之以逆,伤国体、坏朝政多矣。不三年而石败,又三年而曹败,虽迟而受祸尤烈,报应之理,为甚明也。乱臣贼子可以鉴矣。"

正因为能够比较客观地评判、认识历史事件，彭时有时甚至同情流民起义，反过来谴责滥杀平民的朝廷官员，如关于满俊反叛，彭时"疑此徒服役久，今忽反，必有不得已者。请敕镇守官军，问激变之故"，认为可能是官逼民反。满俊被俘至京后，情况果然："太监亲问之。乃云被刘清并指挥冯杰剥削不已，且又追捕为盗，不得已遂反，非有它故。因下刘清、冯杰于狱，鞫问得实，诛之，中外称快。"从字里行间我们可以清楚地看到彭时的情感倾向。又如：

> 北方流民屯聚荆襄山中，以数十万计。有往邓州劫李氏财物者，有司捕之急。因拒敌，官军杀数人，遂纠众反。贼首千斤刘、刘长子、苗龙、苗虎等，以石和尚为谋主，势甚猖獗。事闻朝廷，命尚书白圭、抚宁伯朱勇同唐太监率师往征之。至南漳，湖广总兵李震率土兵来会，方议进取，贼拥众出。抚宁伯有疾，白公督李震分道截遏，一鼓挫其锋，贼退保巢寨，官军乘胜进攻，破之，擒千斤刘并苗龙等。石和尚、刘长子以计脱走，深入险阻。抚宁病愈，自领兵搜剿。有襄阳艾总旗者，隶都督喜信、指挥张英部下，一日忽遇刘长子，欲杀之，艾曰："官军即寻石和尚，于尔无干，你若能擒石和尚，必重有升赏。"约与俱见张指挥，张具酒食劳之，长子信以为然，遂入山擒石和尚。出诣军营，则诸将争功，忌张英，以得贼赃为名捶杀之。仍以刘长子、石和尚为俘获，献于朝廷。法司依原奏鞫罪，刑于市。众知其故，多为张英、刘长子称冤，法司虽知，无从辩正，竟杀之。噫！为此者，何其不仁至是哉？予闻其详如此，故记之。盖论杀长子后，予方以省亲自家至，亦以不及救为恨。

北方流民啸聚，抢掠民财，刘长子虽为首领之一，但后来与官军合作，帮助官军擒获另一首领石和尚，朝廷却仍背弃承诺将其处死。剿贼功劳最大的官军指挥张英因诸将争功而被诬"贪赃"横遭杀害。法司明知两人冤情，却不能纠正错误。这在彭时看来，都是朝廷极其"不仁"的行为，他也以自己未能救得二人为遗憾，禁不住为二人称屈喊冤。这些也都体现了彭时关心民瘼、仁爱体恤的情怀。

当然，彭时的评价也有失当的地方，如评英宗复位后诛杀于谦、王文等人曰："岁丁丑，改元天顺。是年正月，太监曹吉祥、武清侯石亨等与副都御史徐密

谋举兵,迎太上皇帝复位,执于谦、王文、范广杀之,罢黜陈循等十余人,充军为民,罪其迎外藩也。然实无此事,特诸人欲张己功,假此以为名云."将所有罪责推在曹吉祥、石亨身上,有失公允。又如作品多处赞扬明英宗:"比见上英明大度,乐用人言,真圣主也""上自复位以来,明照百辟",均为溢美之词。再如在处理钱太后陵寝问题时,明宪宗明明偏向周太后,行为有违礼制,彭时仍赞曰:"盖此事非上曲全孝道,何以至此。真盛德主也。"这可能与身为皇帝近臣的彭时在任职期间写作本小说集有关——这决定了他不得不"为尊者讳言""为尊者溢美"。

彭时科举高中状元,一生从政,一直处于权力顶层,对明代的典章规制、政坛风俗非常熟悉,因此,《彭文宪公笔记》也记录了一些明代职官制度的由来与演变,如:

> 翰林同寅皆尚齿,与诸司不同,然必以类分,学士自为一类,侍读、侍讲自一类,修撰、编修、检讨自一类,等级截然不少紊,盖其所从来久矣。翰林官惟第一甲三人即除授,其余进士选为庶吉士,教养数年而后除,远者八九年,近者四五年,有不堪者复改授他职,盖重其选也。然职清务简,优游自如,世谓之玉堂仙,好事者因谓一甲三人为天生仙,余为半路修行,亦切喻也。

小说集还存留了众多朝野掌故、奇闻逸事,揭露了朝臣间的钩心斗角与结党营私,其中比较尖锐的一则为:

> 束鹿王公,自正统中任都御史,甚有名誉,晚与中贵王诚厚相结纳,欲入内阁。是时阁下已有陈、高、萧、江、商五人矣,而王难言,私以语高,高遂为具奏,请添入,有"不拘烦剧、闲散"之语。及会议,陈不知其意,谬曰:"我于烦剧中举萧维祯。"高遂曰:"我举王公。"奏上,果用王。当时人皆骇愕,多咎陈欲私乡人,故激成此事,然不知陈无意而高有意也。

王文为了能进内阁任职,进入最高权力集团,竟攀附宦官,结纳权贵。高谷为培植党羽,与宠臣沆瀣一气,巧使伎俩,私相引荐,最终达到目的,其狡诈阴险、心机复杂的形象栩栩如生。两人的品性都深为作者鄙夷。

彭时还在小说中回溯了自己求学及科举高中的经历,尽情赞叹了他的两位老师,一为国子祭酒李时勉,一为国子监学正魏龄。作品追忆李时勉尽心尽力为国造就人才,他对学生"督励尤切,夜读务尽二更,将五更,复令膳夫提铃循门唤起读书,或自潜行以察勤惰,无灯者令人暗记,明示责罚。自是灯光达旦,书声不绝,学者感激相劝焉"。他论时事或诗文,"言简而确,婉而有味,听者忘倦"。彭时赞曰:"平昔涉历艰险,操存有素,故祸福不足以动其心。如此,真有古人气象。""是年夏,先生引年致仕,及秋而行,诸生用旗帐鼓乐群送,出崇文门,至城东南乃别。百余人同予送至通州,候发舟而后归,无不泣下者。是举前此所未有,是足验先生得人之深也。"又赞学正魏龄:"守官清白,独不受诸生赘礼,果不负先生之待意。"其崇敬之情也溢于言表。

总之,《彭文宪公笔记》不失为明前期颇具影响力的一部自叙体文言小说集,小说集内容和反映面与明前期纷繁复杂、风起云涌的朝政格局、国家危机相比,虽略显单薄,但叙事朴素自然,文辞雅洁亲切,描述细腻真实,细节毕陈,故事引人入胜,塑造了主人公勤于政事、忧国忧民、高瞻远瞩、忠言直谏的形象、性格,从中也可见古代"状元文学"的人文内涵。①

---

① 彭鲜红:《由历代状元观赣人"文节俱高"的人文内涵》,《江西财经大学学报》2004年第2期,第110页。

第四章　尹直《謇斋琐缀录》

《謇斋琐缀录》是一部琐闻、逸事类文言小说集,集中作品叙事质朴自然,文辞切直雅洁,存留了众多明中前期内阁掌故与朝廷重臣的奇闻逸事,反映了明代最高统治者的荒淫昏庸和权贵阶层的钩心斗角、尔虞我诈、谄媚趋附,揭露了官场腐败、科举舞弊、士风堕落等社会问题,研讨了明代典章制度的沿革演变,提出了一些卓有见解的政论史论,是明代中前期社会政治文化状况的真实记录。

尹直(1427—1511),字正言,别号謇斋,泰和(今属江西吉安)人,明中叶文言小说家。明代宗景泰五年(1454)预礼部会试中第二名,廷对赐进士出身,改庶吉士,授翰林院编修,先后参与纂修《寰宇通志》《大明一统志》。明宪宗成化元年(1465),充经筵讲官,参与纂修《明英宗实录》《宋元纲目》等,书成后,擢升为侍读学士。成化十一年(1475),尹直迁礼部右侍郎,不久,丁父忧回乡守孝三年。成化十五年(1479)服除后,因与吏部尚书尹旻交恶,尹直被外放为南京吏部右侍郎,旋改南京礼部左侍郎。此后八年,尹直一直未有升迁,郁郁不得志,乃与内阁大臣万安、吏部左侍郎彭华、右通政李孜省等人结盟,以图仕进。成化二十二年(1486)春,李孜省劝说明宪宗把尹直召回北京出任兵部侍郎,遭到尹旻的坚决反对。五月,尹旻之子尹龙被曝勾结官吏、收受贿赂,时议哗然,尹直与万安、彭华等群起攻之,尹旻终于倒台。九月,尹直升户部左侍郎兼翰林学士,入内阁,参与机务;逾月,复晋兵部尚书,加太子太保。

弘治元年(1488),明孝宗朱祐樘继位,进士李文祥、御史汤鼐、姜洪、缪樗、许斌言,给事中宋琮、庶吉士邹智等人弹劾尹直任礼部侍郎、户部侍郎、兵部尚书以至入内阁,皆"夤缘攀附,皆取中旨"(皇帝自宫廷发出诏令不通过中书、门下,直接交付有关机构执行,称为"中旨"),"帝于是薄其为人,令致仕"。尹直不得已回乡闲居,更号澄江居士,以著述自娱。弘治九年(1496),尹直上《承华箴》为皇帝祝寿并贺太子成年,实希望借此被召见,复出任职,但明孝宗还是拒绝了他。明武宗正德六年(1511),尹直卒于家,享年八十五岁,谥文和。明代著名文人、政治家杨廷和为其撰《神道碑》,《明史》卷一百六十八有传。

从尹直一生政坛行状来看,历代宗、英宗、宪宗、孝宗四朝,有正直敢言、抨击时弊等值得赞赏的作为,如《明史·本传》记载,修《明英宗实录》时,总裁想革去明代宗朱祁钰帝号。尹直虽官职卑微,却据理力争,认为明代宗在位七年,受命于母后,在"土木堡之变"中维护了国家的统一和稳定,功大于过,不能视为篡位谋逆者,不应去帝号,此论最终为朝野认同。又如成化二十二年(1486),占城国王古来因被安南国追缉,来到明廷求援,明廷欲将其送还,尹直建言:"彼穷来归,我若驱使还国,是杀之也。宜遣大臣即询,量宜处置。"同年,贵州镇巡官奏报苗人反叛,请朝廷发兵剿灭,廷议拟从之。尹直经过认真分析,认为这可能是镇巡官为邀功而故意制造事端,谎报军情,不可盲信,乃派官员前往探查,果然如此。① 从这些事件中我们可以看到尹直忠诚仁厚的一面,看到他的政治智慧和远见卓识。但尹直也有"躁于进取"、结党营私等为时人和历史诟病的行径。

尹直工诗能文,著述主要有《澄江诗文集》《澄江别集》《名相赞》《南宋名臣言行录》《皇帝名臣言行通录》《明良交泰录》《謇斋琐缀录》《积成录》等。

《謇斋琐缀录》共八卷,《四库全书总目提要·卷一百四十三·子部五十三·小说家类存目一》著录。据作者八十一岁高龄时所作《謇斋琐缀引》,知书成于正德二年(1507)八月左右。至于创作缘由,作者也有自述:

> 予自入仕至归田,五十余年来,所得于耳目者不可胜纪。每见楮笔在前,辄录一二,词无藻绘,事无类次,积久成秩,命之曰《琐缀》。然其中有近制旧典可以备参考,善恶邪正可以寓劝戒,清平雅谑可以资娱笑,固未必无补于史氏之遗佚。而其阐幽讦伏,窃取春秋之义。自贻近讪之罪,则亦有不得而辞其责矣。②

由此可知,《謇斋琐缀录》中作品基本源于作者的亲身经历,事多求实,内容丰富,是一部比较典型的琐闻、逸事类文言小说集,故《四库全书总目提要》评

---

① [清]张廷玉:《明史》,中华书局1974年版,第4531页。
② [明]尹直:《謇斋琐缀录》,台湾学生书局(屈万里《明代史籍汇刊》影印明蓝格钞本)1969年版,第1页。

曰:"是书所载,多明代掌故,于内阁尤详。于同时仕宦黜陟,恩怨报复之由,亦颇缕悉。"①陈大康《明代小说史》也说:"是书以人立题,叙明代各名臣事迹。书中所载掌故甚多,于内阁尤详。"②

《謇斋琐缀录》存留的内阁掌故,首先反映了明代最高统治者的昏庸无能、荒淫诞妄。众所周知,明代皇帝多沉溺酒色、荒于国政,有经年甚至几十年不上朝、不视事、不接见大臣者,最典型的是晚明神宗皇帝朱翊钧。实际上,早在明中期的宪宗皇帝已开其端,《謇斋琐缀录》卷二有一则记载他长时间不临朝,与臣僚百官"悬隔",内阁重臣连他身边的老太监都很难见到,更不要说见他本人了,因此君臣上下"情意不通"。成化七年(1471)十一月下旬,因为积累了许多要事待决,且有所谓"彗星出现"的"天变"发生,彭时等内阁大臣一再要求觐见,明宪宗不得已同意了。但在觐见前及觐见的过程中,中官太监反复交代、暗示大臣们"不宜多言"。大臣们将政事奏报后,宪宗只机械地回应:"已知,卿等宜尽心办事。"彭时请求他传旨"慰问"颇有"怨望"的武官,他也敷衍了事地让大臣们自己去办理:"卿即传旨与该部。"随即匆匆离去,"自后再不召见",大臣们无可奈何。到了后来,大臣们也滋生惰性,再不求面见皇帝了,有事只让太监"择而转闻",宪宗也"无不允从"。本则故事可谓入木三分地揭示了明代朝廷的腐败、糜烂。

《謇斋琐缀录》在批判最高统治者的同时,也对代宗、英宗、宪宗三朝的馆阁大臣诸如被称为"三杨"的杨士奇、杨荣、杨溥,永乐十三年(1415)状元陈循,正统十三年(1448)状元彭时,太子少保于谦等人予以大力关注,记录了他们形形色色、千姿百态的遗闻逸事,塑造了众多独具一格、性格鲜明的历史文化名人的形象,再现了明中叶的政坛风云。尤其值得我们注意的是,《謇斋琐缀录》通过"土木堡之变""夺门之变"等历史事件演绎了皇权更迭过程中各式人物的粉墨登场、匿影藏形,生动逼真地刻画出把持朝政、迫害忠良的奸佞小人如徐有贞、石亨、尹旻、汪直之丑恶嘴脸。其中,刻画徐有贞最为浓墨重彩,用了一系列故事来描写。卷一写正统十四年(1449),"土木堡之变"发生,郕王即后来的明代

---

① [清]纪昀:《四库全书总目提要》,河北人民出版社2000年版,第3633页。
② 陈大康:《明代小说史》,上海文艺出版社2000年版,第692页。

宗召集大臣商议对策，官员徐珵说自己能识星象，根据星象变化，他认为应将都城南迁。这一荒唐的建议遭到群臣的讥笑和反对，徐珵从此名声大坏，虽屡获荐举也难以升迁。后来他去拜求阁臣陈芳洲（陈循）帮助，陈芳洲建议他改名徐有贞，又托内阁首辅商辂举荐，才终于擢为左佥都御史，被派往治理黄河水患。卷三记载徐有贞图谋补缺国子祭酒，辗转请托于谦保举，不料明代宗有知人之明，回绝说："徐有贞虽有词华，然其存心奸邪，岂堪为祭酒？若从汝用之，将使后生秀才皆被他教坏了心术。"至景泰八年（1457）正月，代宗病重，徐有贞与石亨、张𫐄等发动"夺门之变"，助英宗成功复辟，被授兵部尚书，入内阁。徐有贞飞黄腾达以后，即刻翻脸，不仅不知恩图报，反而对陈芳洲、商辂等进行打击，尤其是蛇蝎心肠地迫害拥立代宗的于谦、王文：

> 英庙初复辟，徐有贞等嗾言官诬劾王、于二少保等以召立外藩不轨事，至谓"事虽传闻，情实难容"，下多官会问。于俯首不辨，但言："辨也死，不辨也死，朝廷敕得我，众人亦不肯。"惟王文析折条辨，众莫能难。萧都宪维祯谓："事出朝廷，不承亦难免。"总兵张𫐄，即封太平侯者，瞋目语萧都云："此辈自犯，如何谓出朝廷？"萧若不闻。时刑部刘清旁欲回语，张𫐄怒斥之曰："看你这等脸嘴，也不是这才料。"而一时附势者皆轩轩然。刑科给事中尹旻，当众奋然攘臂拳，脚踢王、于二公，且谓："此二奸臣，正好殴。"识者含笑。越明日，有贞等遂升旻通政参议。

从故事中我们可以看到，徐有贞唆使言官弹劾于谦、王文，是这幕历史丑剧的总策划、总导演；总兵张𫐄挟持震慑众大臣，是迫害忠良的急先锋；尹旻趋炎附势，攘拳叫嚣，不啻为跳梁小丑。实际上，明英宗也认为于谦有功于社稷，本不忍对其下杀手，徐有贞却坚持说："不杀于谦，则今日之举无名。"这句话最终导致于、王二人抄家被斩。徐有贞蹭蹬下僚时，千方百计攀附陈芳洲、商辂、于谦，一旦得志、手握权柄，则翻手为云，覆手为雨，以怨报德，必置忠良于死地而后快，其反复阴险的小人形象跃然纸上，无怪乎明代宗说他"存心奸邪"，尹直也感叹"其亦可谓蜜口剑腹者欤""有贞心术真险矣哉"。

"存心奸邪"，把持朝政，引发朝臣争斗、倾轧、攻讦的不仅有徐有贞，还有锦衣卫指挥使门达，卷四曰：

> 至天顺七年，锦衣指挥门达，总督官校缉事，兼镇抚问刑，权倾中外，道

路以目,人莫敢言。自计得以进言、别是非于御前者,惟李阁老贤与袁指挥彬二人而已,谋排去之。乃捃撦数十事,上欲法行,不以彬沮,谕之曰:"从汝拿去问,只要一个活袁彬还我。"彬既下狱,考讯苦楚,莫能自白。时有一艺人杨暄,善倭漆画器,号"杨倭漆"者,愤然上疏论救。达欲并中李阁老,逼杨暄供指为李所主使。杨惧拷死于狱,乃诳达曰:"此实李所主使,但我言于此,无人证见,不若请会多官廷诘,我对众言之,李无得辞。"达信之。明日,遂遣二官径诣阁门,要李出午门听对。时李方自东宫讲退,陈安简、彭纯道乃诘曾得旨否?曰:"未也,且暂去一对。"二公沮之。及至多官会问时,杨大言曰:"死则我死,我何敢妄指人?我一市井小厮,如何见得阁老?鬼神昭鉴,此实门达教我指也。"达失色,于是彬得从轻调南京锦衣卫带俸,杨亦得免,人义之。李有从兄任安庆府同知,达又遣校尉往缉之,务欲倾李。寻以英庙上仙得免,达坐劾谪戍。

权倾朝野的门达容不得任何人"卧于榻侧",他要除去阁老李贤、袁彬,千方百计、不择手段地罗织构陷。明英宗也真是昏聩无比,竟"从汝拿去问",致使袁彬无端遭受百般拷掠。朝中大臣无一人敢仗义执言,最后倒是一个卑微的市井艺人伸出援手,直陈是非,以智慧营救了朝廷重臣。作品用强烈的对比揭示出朝廷纲常荡然无存,满朝文武丧失人格品性。

而西厂总管、大太监汪直所制造的朝政混乱、吏治腐败、蜂聚蝇逐、谄媚趋附简直可以说是无以复加了。卷六记其掌权经过曰:

初,汪太监出厂,士夫无与往还,惟都御史王越世昌日往候之,滋久相得。一日,司马项忠途遇汪,既过始觉,追回,下舆谢过,汪不为礼。寻以事遣校卒直上部堂,词色颇厉,项亦不之礼。王素垂涎代项,复毁短之,汪以是衔项,拾掇之,项危甚。乃约诸堂上疏汪过恶,尹冢宰旻不从。项遂具草,词意剀切,令郎中张瑾、姚璧持诣诸堂上佥名,而送稿于尹,俾收以自别,尹即潜报汪。疏入,上怒,罢厂,命汪回理司设监事。汪泣奏:"此非外臣意,实黄赐、陈祖生二人所嗾。"且中黄以他危事,遂不容二人,见辞,出调南京。时御史戴缙以九年满,久不得升,陈言汪所行皆公,不宜革罢。汪即奉命仍旧刺事,缙亦骤进用。汪首发项过,廷鞫,项词颇真,俱有来历,竟坐赃罢。商阁老见机求去,乃升少保,赐敕给驿而回。汪权势愈炽。锦衣带俸千户吴授营求从汪书办,绶颇知书,汪任之,历升指挥,掌镇抚司事,言听计从。而一时诸大臣皆因越附汪,深自结纳,乘势嗾科道诋排异己,许各自陈。李都堂宾、董司寇方遂皆如请,余未允。不浃旬,薛尚书远、滕兵侍昭、程户侍万里、杨鸿胪宣、刘寺丞瀚复被劾退,廷绅侧目。而翁世资补薛缺,余子俊补项缺,御史冯瓘补寺丞缺,则以首为鹰犬之故,时成化丁酉五月日也。

成化十三年(1477)初,西厂刚刚建立时,朝臣、士大夫对汪直深为蔑视,只有都御史王越等极少数人巴结逢迎。汪直为树立威势,借故诋毁打击司马项忠。项忠还击,上疏弹劾汪直,不料吏部尚书尹旻暗中将弹劾内容告知汪直,使汪直有所准备。明宪宗在调查汪直时,任御史九年之久的戴缙为图谋升迁突然主动跳出来为汪直辩护,使汪直渡过难关,稳掌大权。项忠被罢,首辅商辂见势不妙,主动辞去。此后,群臣蜂拥依附汪直,一时贤良被斥,宵小盈庭,权宦鹰犬遍于天下。卷七、卷八两则进一步描述汪直炙手可热、"朝绅诣附"之情状:

> 成化十三年五月,王越加太子太保,进兵部尚书兼都察院左都御史,增正一品俸,仍掌院事。时越特为汪直所厚,吏部尚书尹旻偕诸卿或欲诣直,属越为介,私问越跪否?越曰:"焉有六卿跪人者耳?"越先入,旻私伺之。越跪白讫,叩头出。及旻等入见直,旻先跪,诸人皆跪,直大悦。既出,越尤旻,旻曰:"吾自见人跪来,特效之耳。"(卷七)

> 成化间,太监汪直用事,朝绅诣附,无所不至。其巡边地,所在都御史皆铠甲戎装,将迎至二三百里,望尘跪伏,俟马过乃兴。及驻馆,则易小帽袆禩,趋走唯诺,叩首半跪,一如仆隶,揖拜之礼,一切不行。以是皆见喜,遂得进升工部、兵部、户部侍郎。时有谚云:"都宪叩头如捣蒜,侍郎扯腿似烧葱。"奔竞之甚,良可笑也。(卷八)

兵部尚书王越、吏部尚书尹旻及其他内阁重臣一起去拜见汪直,途中尹旻问见面时要不要下跪,王越假意正气堂堂地说:"焉有六卿跪人者耳?"到了汪直家中,王越先进去了,见了汪直立即下跪叩头,这一幕被尹旻偷偷看在眼里。待尹旻与其他重臣进去后,尹旻带领大家也下跪叩头。出来后,王越抢先责备尹旻,谁料尹旻答曰:"吾自见人跪来,特效之耳。"王越哑口无言。王越、尹旻恬不知耻、见风使舵的谄媚丑态被描述得十分真切。在尹直看来,六部尚书职高位

尊,是馆阁重臣、百官帅首、士子领袖,他们担负天下厚望,理应襟怀坦荡、一身正气,成为万民学习的楷模,人人景仰的典范,谁料竟为一己之富贵,"奴颜婢膝于阉竖",巴结依附于太监,这实在是玷污士林、纲常沦丧、遗臭青史的丑行。正是在"六卿堕落"的影响下,处处可见"望尘跪伏"之状,媚权风习炽热,官无操守盛行,奔竞、趋附不以为耻,御史、侍郎甘为仆隶,真是可笑可鄙,不能不加以愤怒地声讨。

有明一代,朋比盈庭,党争激烈。尹直半生为官,既谙官场玄机,复卷入其中,对朝臣间的钩心斗角、尔虞我诈、互相倾轧深有体会,因此多在《謇斋琐缀录》中编织故事痛加抨击,宣泄不满。如卷二十一则写景泰年间,朝廷欲修《续资治通鉴纲目》一书,于是内阁诸重臣"各荐所知",争先恐后将自己的党羽安插进来,结果有病的、年迈不能动的都来了,仅有两个能动的参议丁珵、尚宝司卿宋怀却在入馆当日争吵对骂,将史馆闹得鸡飞狗跳、乌烟瘴气、斯文扫地,时人讽刺曰:"生老病死苦,史馆备矣。""识者以是知此书毕竟无成,盖执笔者多非其人也。"而卷一的挞伐则更为切直:

> 景泰间,高少保先生以陈芳洲先生独见宠任,乃疏请内阁增人,实欲援知己自助,意属钱原溥。方私托商先生赞之,良久不应。高曰:"商公,如何?"商先生曰:"再看。"殊不知二公素不相得,如水火然。及疏下内阁推举,芳洲曰:"疏中有云,不拘繁剧衙门,则三法司亦可举。若然,则吾所知者,萧维祯也。"意实不在萧,特以沮钱耳。高先生遽改举王千之先生,又所以沮萧,于是千之遂有入阁之命。后千之深服芳洲之识量,而甚不足高之狭隘,竟用不合。时谓高先生自生一敌,然千之好恶固不私也。

高少保表面要内阁增人,实为培植党羽,与陈芳洲争宠。他私托首辅大臣商辂赞同,商辂却故意模棱两可,使奸耍滑,欲坐收渔翁之利。陈芳洲巧使伎俩,暗度陈仓,荐萧维祯而得王千之,使高少保"偷鸡不成蚀把米"。高少保、陈芳洲、商辂三人居心叵测、诡诈阴险的形象栩栩如生。

当然,《謇斋琐缀录》也不完全是邪恶丑陋的展览,作为对比,它也关注了明廷中一些正直廉洁之臣,彰显了微弱的浩然之气。如卷一写坚持抗击外族入侵、反对投降逃跑的官员罗亨信:"土木既败,边城多陷,宣府孤危。既而,朝议复召宣府总兵官率兵入卫京师,人心亦皇皇,或欲遂弃其城,众纷纷争就道。都御史罗亨信不可,仗剑坐当门拒之,下令曰:'敢行有出城者,手斩之。'众始定。城中老稚欢呼曰:'吾属生矣。'因设策捍御,督将士誓死以守。虏知有备,不敢攻,北门锁钥赖以保全,亨信之力也。"又如卷六写官员何廷秀在刑部广东司任职时,强调"法者,天下之公",他铁面无私,执法如山,连一向横行无忌的锦衣卫官兵都惧而不敢犯事了。不仅如此,他还严于律己,清正廉明。作品列举了他四次拒收礼、金事例——中进士初出仕时拒父亲学生之礼、在福建任职时拒受上级镇守太监之礼、升职后拒收被其荐举官员的报恩礼、致仕时拒收同僚之贺礼,作者高度赞扬其为发自肺腑、源于心性的真廉,而不是如某些官员那样沽名钓誉的假廉。

尹直长期在礼部任职,复曾担任天顺四年(1460)、成化二年(1466)等多届会试考官,他对明代科举考试状况有较深入的认识和了解,因此,《謇斋琐缀录》记录了不少科考趣事。如卷三记成化二年(1466),状元罗伦、榜眼程敏政同出其门下,他感到非常自豪:"一时士夫皆谓予有目力。"卷四载:"南京国子监内号房皆无门限,而成贤门门字无钩。太祖谓秀才皆出用,不宜限隔,故门皆去限。且怒詹孟举书门字有钩,即以粉涂钩画,至今粉迹宛然。"卷七载:"景泰甲戌,廷试第一甲孙贤面黑,徐溥面白,徐辖面黄。时谓铁状元,银榜眼,金探花。"

不过,在《謇斋琐缀录》中,尹直更多思考明代科考制度的公平性、合理性等问题,直面科考的种种弊端。如卷一记永乐年间,因需要精通"四夷"语言的翻译人才,选入翰林院译书的举人、监生在会试时可被优先录取,但录取后,授职仍限以译书为主。这一培养特殊人才的举措至景泰中开始变异,译书学子在乡试时即可优先,会试登第后便可授职御史,而成化时则进一步沉沦:"资稍可进,辄习举业,译书不复精,徒止为科第之捷径,故争趋者众。"又如在卷四,尹直对官员子弟坐享父荫、固守门第等级的"任子荐"制度表示不满:"成化丁亥二月,奏准在京三品以上官员子孙许一人送监读书,照例出身。"

科举制度不仅在年长日久的实施过程中沉沦变异而丧失其公平合理性,更因权势的干预、金钱的渗透产生腐败问题,营私舞弊现象屡见不鲜,《謇斋琐缀录》对此批判也很深刻。如卷二记景泰七年(1456)的顺天府乡试,只因内阁重臣王千之、陈芳洲两人的公子双双失利,便被借故弹劾为"违制"而重开考试,最终使二公子通过才作罢,主考刘宣化、黄廷臣也几乎被论罪。权贵们对科考的

干预可谓是肆意妄为、明目张胆,科考的腐败可见一斑。有过之而无不及的是天顺元年(1457)的会试:

> 天顺初元,会试同考官多出于权贵所荐引。及揭晓日,录文谬误,去取徇情,谤议汹汹,无名诗词纷然杂出。一排律云:"圣主开科取俊良,主司迷谬更荒唐。薛瑄《性理》难包括,钱溥《春秋》欠主张。吴节只知贪贿赂,孙贤全不晓文章。问仁既是无颜子,配祭如何有太王?告子冒名当问罪,周公系井亦非常。阁老贤郎真慷慨,总兵令侄独轩昂。榜上有名谁不羡,至公堂作至私堂。"盖许道中之子及石亨之侄皆以私取,而录文则语题节去颜子,起"克己复礼为仁",孟义本公都子之言,而云告子,故诗中备言之。其他招拟祭文,不可胜纪。(卷二)

此次会试舞弊之情状真是登峰造极。先是考官均为各路权贵所荐引,这就为"去取徇情"埋下了伏笔。果然,阁臣许道中之子、石亨之侄"皆以私取"。而这些徇私录取的纨绔子弟胸无点墨、不学无术,"录文谬误",错讹百出,士林一片哗然,"谤议汹汹",讥讽与声讨之声铺天盖地,"至公堂作至私堂"正是邪恶侵蚀科举制度的必然结果。

与抉剔科举制度的多种弊端相联系,尹直对明代士风的扭曲异化也细加洞察、深恶痛绝,他在卷五曾痛心疾首地感叹:"士习日漓,炎凉异态,可胜慨夫!"在他看来,"士风澜倒"既表现为朝廷肱股的"贪禄固位",也表现为文人士子的道德沦丧、不学无术、欺世盗名。不过,非常耐人寻味的是,尹直在对士风问题进行抨击时,矛头竟直指当时的两位山林名士吴与弼、陈献章(尹直作"陈宪章")。如卷五写天顺初年,曾助英宗复辟的石亨擅权,为免于似徐有贞、门达等权奸一样倒台得祸,他招吴与弼至京城,"遇以重礼",欲借吴与弼堵四方文人之口、收天下士子之望、买万千黎民之心。而吴与弼不辨忠奸,甘为石亨利用。他来到京城后,广与权贵来往,多受权贵厚礼,以结识势要沾沾自喜,他特别收集"朝绅名刺为一帙",要将其"传诸子孙,见一时之荣"。他见朝廷高官时,"迎接逾礼","造门拜谢",卑恭无比;见一般官员与士子,则"止称秀才",颐指气使,极其傲慢。从京城辞归后,吴与弼愈加卖弄风雅,骄怠成性。成化二年(1466)的状元罗伦在休官后去拜访他,他故意两次不见,欲罗伦"三往而后见之"。他还曾因其弟行为不检,罔顾体统,"自褫冠蓬首,裹衣束裙,杂稠人中,跪讼于府庭",后又再诉于布政司、按察司,几乎沦为弄讼小人,时任翰林院编修的同乡官员张元祯作书斥责其"久窃虚名,为名教中之罪人"。尹直还说自己通过交谈,发现吴与弼对"下学上达之妙,不能条析",所论时政,"皆经生之恒谈,无大裨于治教。且词语寂寥,学术可知",指斥其并无真才学,"实不副名,贻笑斯文"。在卷七中,尹直又丑化陈献章曰:

> 陈宪章蚤习举业,领乡荐,上春官,屡不偶,乃卒业成均。从众拨历记选而归,诸经魁乃相与作诗赠行,劝其不必出仕,而归隐终身。宪章喜得此名,益务诡异,高谈阔论。后以举者言,征到京,吏部欲如例试而后授官。乃托病,潜作十绝颂乡宦梁方太监,方言于上,授检讨。致仕,轩轩然自以为荣。杨维新谓其既托病不能谢恩辞朝,乃即日乘轿出城,辄张盖开道,不胜骄态,此岂知道义哉?后梁方以其所颂十绝刻梓示人,丘仲深遂采以载之《宪庙实录》中,亦可谓遗秽青史矣!张汝弼赠宪章一绝云:"平生浑未识舟砂,赤土时将向客夸。忽悟自家丹一寸,辰砂犹自隔天涯。"盖讥其不得进士,乃假道学以欺人,若使得一第,亦必进取不已也。

尹直笔下的陈献章品德低下,学问荒疏,诡诈迂阔,"假道学以欺人"。他不仅写诗谄媚太监梁方,"遗秽青史",且常常"乘轿出城""张盖开道",行为招摇,骄态万方,是不知真道义者。尹直认为,正是吴与弼、陈献章这样一些所谓的山林名士"欺世盗名"引发了明代士风的堕落,使一代士子丧失了节操。而在诋毁吴与弼、陈献章的同时,尹直又在小说中抬高、美化自己,同是卷七曰:

> 宪庙自尹同仁父子败露,睿照近侍之蔽,凡有进称臣下之善者,辄斥之曰:"汝尝说尹旻好,今何如?"以是无一人敢言。司礼诸太监尤深自退避,不复可否。凡诸司奏题本,悉送内阁定拟。时直初被擢任,感激图报,而素性又疏愚戆亢,不知顾忌,遇事辄尽言无隐。万、刘二公尝私戒约:"无尽言,恐忤旨,事不复来。"予曰:"不来下问,政或愆缪,我辈无责。若来问,而不以正对,则是欺罔,有愧于古人,有孤于委任矣。"盖宪庙圣意常以人臣具本进谏,是欲沽己之名彰君之过。直遇事辄言,不用本,未有不允。或始违而终从,或顿悟而乐听,一年之中,政令允当。呜呼!自古君臣相遇为难,相得尤难。夫以宪宗皇帝龙姿日表,仁孝诚敬,锐意图治,使得辅相大臣皆开心布诚,弼违守正,治道可兴,太平可望。奈何徇私忘公者多,竟莫遂其

大有为之志。及至晚年,益励精明,简在意隆,溘焉上宾,君臣相遇相得其难如此,天意果何如耶? 深可慨也。

尹直在这里标榜自己性情慇厚、知恩图报、忠言直谏,与明宪宗君臣相得,以至"一年之中,政令允当"。

实际上,吴与弼、陈献章都是明代硕儒、理学大师,他们安贫乐道、守义不仕、苦乐穷理,分别创立了"崇仁学派""江门学派",将程朱理学、阳明心学推向了一个新的发展阶段。他们的学术思想和人品气节都深为后代学者黄宗羲、顾炎武、王夫之、纪晓岚等景仰,尹直却把他们描述得如此不堪。尹直自己也并不全似其自我描述的那样品行端方、忧国忧民,他"性矜忌,不自检饬","居心刻忮,务逞己私"之性格缺陷和人生污点还是客观存在的。由此看来,《謇斋琐缀录》虚构、夸饰之小说特征相当鲜明,尹直在创作中倾注了较为鲜明的情感,有时爱憎之情溢于言表,甚至不免掺杂了个人的好恶,无怪乎《四库全书总目提要》说他:"好恶之词,或所不免""直之所记,当亦有所激而然欤"。① 但也不可否认,其揭露明代士子"徐言缓步,摇首闭目,矫激于昭昭,而惰行于冥冥,欲以欺世盗名而卒败露,为世所消者不少",鞭挞明代士风日下的情状,均切中当时之肯綮。

尹直早年任翰林院编修、经筵讲官、侍读学士,后来又先后在六部中的礼部、吏部、户部、兵部都待过,最高至翰林学士,"明敏博学,练习朝章",对历代典章制度非常熟稔,因此《謇斋琐缀录》还广泛涉及明代众多典章制度的沿革演变。如卷一记载了明代变"宰相制"为"内阁制":"国初,革中书省不设宰相。永乐初,乃设内阁,选翰林六七儒臣居之,职知制诰,日备顾对,参决政机,隐然相职,而官不过学士。"卷四记载了"题本制"——明代定制的以官署名义向皇帝报请处理军、政、钱粮、刑赏事务的文书制度,与"奏本制"并行,公事用题本,私事用奏本②——的有关规定:"今制,题本用白棉纸,四叶一接,末一接不许四叶。尽纸所长,每叶六行,每行二十字,字比奏本颇大,不尽拘洪武正韵字。尽其年月独占一叶之中,盖末语或题或旨或知或闻字,许占年月叶上一行,过二行

---

① [清] 纪昀:《四库全书总目提要》,河北人民出版社2000年版,第3663页。
② 赵彦昌、王红娟:《题本制度考》,《档案学研究》2010年第4期,第91页。

则年月必须过一叶矣。"

《謇斋琐缀录》的开阔视野还表现在尹直对许多疑难争议史事进行分析,提出卓有见识的史论,如卷八就上溯到汉文帝、晁错,探讨了朝廷"卖官鬻爵"的历史渊源。《謇斋琐缀录》偶尔也记录官员、士大夫的往来笑谈,颇具魏晋俳谐小说《笑林》之遗风:

> 正统中有一侍郎与一都御史同饮,适有犬绕桌行,左右叱之。侍郎云:"休叱,他在这里巡按。"都御史答云:"你看他是狗也是狼?"近时,都宪侣钟与通政强珍在南都同饮。强自执壶劝侣酒曰:"要你饮四钟。"侣答曰:"你莫强斟。"盖前二公以职事相戏,此二公以名相戏,互嘲捷发,亦可奇矣。(卷八)

此外,《謇斋琐缀录》中甚至编撰了少量志怪故事,如卷八中的一则:市民居潜夫妇不幸亡故,母亲郑氏寡居,无依无靠。家中田地房产,皆为侄子居松盗卖,郑氏最后冻馁而死。某夏夜,居松之妻萧氏为鬼魂迷入岭后塘中,双手紧扯塘边树根以自救,至次日清晨方为家人寻见,侥幸不死。萧氏苏醒后,自言遇居潜夫妇之鬼魂骂曰:"为尔夫妇荡我业,致我母死于冻馁,今必置汝于死。"作品最后,尹直评论说:"嗟夫!人死则魂升魄降,无形无声,无所知矣。孰意居潜之阴灵不泯如此哉!故具录之,不惟著鬼神之迹,抑亦为不肖子弟荡覆先业,不顾诸母之养者戒。"从此评论及《謇斋琐缀引》中可以看到,尹直深受史传观念影响,接受了传统之"实录""补史"小说观,[①]认为小说乃史传之附庸,可以补正史之阙失,故材料求真求实,多记录耳闻目睹之事(尽管尹直在创作实践中并未完全做到这一点),同时希冀作品可资劝惩,能裨补时世、怵惕人心,有益于教化。

总之,《謇斋琐缀录》通过众多朝野遗事、琐闻、掌故,真实地再现了明中前期的政治历史文化状况,是我们研究、认识明代社会的重要材料。同时,作品叙事质朴自然,文辞切直雅洁,情节曲折跌宕,人物形象鲜明,有较高的美学价值,值得我们重视。

[①] 方正耀:《中国小说批评史略》,中国社会科学出版社1990年版,第45页。

第五章　刘玉《巳疟编》

《巳疟编》是一部规模非常小的小说集，不乏名篇杰作。作品或关注樵夫隐士的生活，或羡慕科考士子的艳遇欢会，篇幅曼长，善于铺陈夸饰，情节丰富，细节真实，文辞华丽，情思婉转，颇具唐代传奇的神韵。

刘玉（生卒年不详），字咸栗，万安（今属江西吉安）人。明孝宗弘治九年（1496）考中进士，授辉县（今辉县市）知县。在任上，他发放米粟赈济饥荒之民，上奏朝廷请求蠲免当地的税务，万千百姓得以休养生息，恢复生机。他因政绩卓著，被擢升为御史。御史任上，他耿介清正，大胆直言，常常犯颜切谏。孝宗宠信佞臣，连连"传奉任官"（即不经过吏部选拔讨论、不经过廷推等选官的正常程序，就直接任命官员），对此，刘玉抗疏说："传奉不已，继之内批，累圣德，乞皆罢之。"但明孝宗不予理睬。明武宗即位后，灾异迭见，刘玉又上疏要武宗从六件大事上修身反省。刘玉还特别敢于和贪官奸臣做斗争。宦官吴忠奉命遴选后妃，借机大肆贪腐，刘玉将事件直奏最高统治者。尤其是刘瑾专权横行期间，刘玉不仅不谄媚依附，反而上疏直言："刘瑾等佞幸小臣，巧戏弄，投陛下一笑。顾谗邪而弃辅臣，此乱危所自起。况今白虹贯日，彗见紫微宫，星摇天王之位，民穷财殚，所在空虚，陛下不改图，天下将殆。乞置瑾等于理，仍留健、迁辅政。"①昏聩荒淫的皇帝仍然置之不理。刘玉见报国理想无法实现，遂称病辞归。而刘瑾奸党则开始了对他的打击报复，将他逮至狱中，百般折磨。后刘瑾伏诛，刘玉又被起用，先后出任河南佥事，迁福建副使，皆兼管学政。正德十五年（1520），刘玉擢升至南京右佥都御史，提督江防。宁王朱宸濠反叛作乱，攻打安庆时，刘玉率舟师赴援，为平定叛乱立下大功，抚治郧阳。明世宗即位，召刘玉为左佥都御史，很快又进右副都御史、左副都御史，此后历任刑部右、左侍郎。嘉靖六年（1527）秋，因受"李福达之案"牵连，刘玉被削职，遂隐居于乡，不久，

---

① ［清］张廷玉：《明史》，中华书局1974年版，第5354页。

卒于家。明穆宗隆庆初年,赠刑部尚书,谥端毅。刘玉为官清廉,居所极其简陋,仅能庇风雨。刘玉非常博学,著述众多,在天文、地理、兵制、刑律方面都深有研讨。《明史》卷二〇三有传。

刘玉也是明代中前期重要的小说家,留存下来的文言小说集《巳疟编》,规模不大,只有十五则故事,主要记载明初的朝野传闻,集琐闻、逸事、志怪、传奇于一体,文言小说的种类非常齐全。如:

> 魏国公家一对鸳鸯砚甚奇。两砚并处,则砚水自流,光彩润泽。分则与常砚无异。

本故事写奇异的器物,是典型的琐闻。又如:

> 信州人袁著夜经废宅,遇一黑面妇人,自称裂娘,堆双髻,衣红褐,佩两金环。正语间,忽不见。著疑惧,旋走退,宿于故知家。明日复至其所,但见污尘中积褐一堆,拨开得一把剪刀,乃知昨所遇者,剪刀精也。

本故事写信州人袁著遇见化身为黑面妇人的剪刀精,属志怪小说。又如:

> 秦愍王声妓,为当时冠,有弄娇者绝美。时左布政王廉,会稽人,极有文名,人皆称为交山先生,王重之。会宴,出弄娇以行酒,一坐纵观,廉独端首正视。王问故,廉对曰:"昔李白止闻其声,今臣得见其面,为幸多矣。何敢纵观?"

这是逸事小说。左布政王廉面对美色端首正视,毫不动心,从侧面反映出他的性格和操守,说明他是一个富贵不能淫、严谨自律的官员,加之他有文名,故受到作者及时人的推崇。又如:

> 南夷魁离国进绝色十人,服以金丝,敷霞钮花之衫,垂以泉润,穿云鸣玉之佩,轻疾便捷,手足相当,能为迷心舞。于军前舞之,则三军解体。元顺帝命雪,雪代脱,脱出十人以随雪。雪至高邮与张士诚战,十人舞于阵前,两军士卒皆倒戈。熟视士诚弟信,素号骁勇,乃出其不意突阵,连刺数载,十人皆坠马走。士诚遂挥军奋击雪,雪大败。

本篇故事写元顺帝得到南夷魁离国进贡的十名绝色美女,让她们在两军阵前跳所谓的"迷心舞",以图扰乱张士诚义军军心。没想到张士诚的弟弟张士信不吃这一套,他骁勇善战,勇猛地突入阵中,将十女挑落马下,从而大败元军。故事辛辣地嘲讽了元顺帝的荒淫昏聩,他不修德,不能治理好国家,在面对义军时竟幻想借旁门左道的方法战胜义军,真是可笑可鄙。

《巳疟编》中最富审美价值的是两篇传奇作品。我们先看第一篇《张廷瑞歌姬》:

> 成都路总管张廷瑞,有一歌姬,词色俱美,年十九而卒。张甚哀之,葬于城北石斛山下。至正间,以省试事,士人并集。时值暮春,天气和风送暖,丽色牵人。汶川秀才穆敬之厌于嚣纷,将为浴沂之游,从散花楼下出北门,登诸葛武侯读书台,又北走十余里,徘徊久之。见相近烟翠中一座山,秀才复行数里,乃是石斛山也。山下重楼大厦,似一富人之室,门掩一扉,一女子傍扉而立,且吟曰:"十日春阴一日晴,春来犹觉晓寒轻。萧条病骨残花瘦,次第闲愁蔓草生。映户新波平野沼,倚楼山色绕墙阴。东风早晚持樽酒,去听横塘杨柳莺。"又吟一绝曰:"倚门悬望续弦胶,彩庭棋子懒将敲。春愁何自莺频唤?海棠亭畔杏花梢。"秀才听之,心揣其风情雅致,非娼家之女,必孀居之妇,故有"续弦胶"之句,于是从往窥焉。其女欣然有就生之意,生亦以言挑之,两情遂合。生诘其姓氏族里,女曰:"妾张幕府之爱女也。小字多娇,幕府去官时,以道路沮塞,留妾嫁于此山之富人。不幸富人半世而徂,家计伶仃,使妾无持门之托。际此风景,少年中能禁落花流水之念乎?是以倚门而望,寄之吟诗也。郎官至此,得非天赐乎?"遂握生手与之同行,延入后堂,但见馐馔绝精,弦歌簇拥,女浓妆以酒劝生曰:"今夕愿与君结百年之好。"生避席曰:"敬之知书之士,夫人孀居之妇,无媒妁而私会,其如国法何?况糟糠在室,父母未命,总曲成之,乌得以此身久事夫人乎?"女曰:"荒山中岂问媒妁?有亲与妻,待成之,复有处也。"生辞不得已,相与成礼,引生周历屋宇,指其彩庭曰:"此月心绿紫蕊绳所结也。"指其石围处曰:"此藏形窝也。"指其寝曰:"此息蠹之室也。"指其寝前案曰:"此逍遥几也。"指其库曰:"此白杵藏也。"指其隙地曰:"此无为园也。"复置酒与生尽欢。凡再宿,生别去,以古桐琴遗之,约数日再会。女以手中所执桐花风扇赠生,又口占一绝赠送之云:"临行折柳送吾郎,北往南飞两可伤。眉叶腰条君取去,情重丘山切莫忘。"生遂南归。及他日再往,无复所见,唯草间一冢而已。兵荒间形骸暴露,所谓庭者,兔丝与藤所结也;窝则墩也;

寝则棺也;几则棺前石案也,曰消遥者,消魂之意。生触目感伤,乃悟是鬼,涕然而别。

本篇是典型的"传奇法而写志怪",故事写汶川秀才穆敬之科考期间外出石斛山游玩,巧遇独居的美貌女子,两人两情相悦,成就了两宿欢会,后来发现乃是人鬼情缘。作品文辞精美,情思婉转,敷陈铺叙,而且融入了韵味悠长的诗歌,其美感直追唐代传奇中的精品。

《鲁子京游中南山记》是《巳疟编》中的又一篇佳作:

  陕西鲁子京,勇力过人,性不喜营产业,日以樵猎为生。有搏虎法,见虎则先伏于地,俟其来即以药刀刺其喉,虎应手而毙。药刀九曲五尖,取欢举山劫律草捣汁淬其锋,虎当之则虎毛腐裂,五喉九结无不破伤。虎亦畏之,屏迹远处,武功赖以安静。一日,游中南山,山险不可入,旁有支山曰地脉,颇有行径,遂缘径披榛而进。进数里,岩石峥嵘,松林蓊郁。又行数十步,南转由土岭上,自岭至大谷。又数里,谷中有太乙元君湫,池水甚清,鱼殊不可识,一云是太乙君所畜者,或赤鳞,或金尾,或繁鬐,或露角;又有一种,毳,毛遍身,首尾栾聚,望之如雪团也,因呼之为毳白。谷左右三十里名福地,峰嶂环拱,峻削壁立,惟少阳峰平坦可登。登之以望中南,见中南迥出云表,山皆俯仰攒集,翠碧交辉,恍若仙宇神境也。水帘峰下有飞流涧,涧之上天成一桥,桥处山泉乱落如雪。有数骑行过,遥闻人语云:"是此悬螭,喷珠排空,走玉仇灵屿,若见必将歌。泻霄步玄,冲敌之矣。"须臾,一簇人拥盖至,盖制垂苏九旒。京疑是神仙,乃隐密林中窥之。见二人各执一器,似斧形,而三口短柄,以辟重岩。忽开明洞达,别一天地,内有琼宫珠殿,回廊曲槛,延蔓数百里,浮青之垣、抱一之坊、倚碧之宇、涵元之阁、东文之楼、绮星之室、浩怡之囿、云子之田具在焉。人称此器为逼梁钢,而谓此洞为漾辛州也。少顷,一卫士跨白驴而入,背负一金字牌云:"洪涓使者督南天祁光会。"随后数十人,扬旗而至,亦入洞去。旗皆七彩贯琪,凡大者一十三,小者不可胜计,只见大书"丹籯",标榜不一。或云赤城同刷,或云小有署郎,或云天市司禀,或云榴花宫直,或云玉楼学士,或云雁都分御,或云生洲宝帐掌籍,或云太岳府西清文正,或云侍宸,或云木史,或云陆兵大统

制,或云八洲都首领,或云东井纠知,余不能悉见。有三人开一处殿宇,殿名紫极,一人峨冠绛绡袍,一人奎冠碧醮袍,一人委冠青缕袍。殿设银津玉女锦帏,列幡节各十数,对张文琳案,两序置乐舞之器,有景銮、要管、红律、沉句、曲略、且平、吴衍、凌斜、削棘、掬指、端翟、风根、瑶横、的奕等名。景銮似鸾形而大,吹之声如鸾,可以召鸾鸟。要管三节,长三尺二寸,刻龙形,吹之类龙吟,可以召诸仙。红律,六孔,用六人吹之,声宽缓,曲尽其妙。沉句,击之以节乐。曲略,圆而扁,中虚,用若木枝敲,声自别。且平,琴之类,鼓之和气欻然。吴衍,神箫达八风者,随窍吹则世间变风。凌斜,舞干也。削棘,天棘草为之,十根迭为上下。掬指,曲戚也,以足舞之,惟蹈云阶、踏青阳步,步交可用。端翟,华干也。风根,舞于风中,离空三丈。瑶横,以玉为篩,以八玲舞之,声备八音。的奕,舞之以聚异香。于是,荐雪孙之膳,露囊之浆,诸仙人毕集,乐舞并作,出金闺玉女葛零令、罗半髻、虞汉卿、卫子文、冀星环、皮禄衡、桂少娃、郑一春数十人,歌蹋海、摇山、催霞、玩月词,作飞鸿、跃凤、促筋、泼脉舞,弹千徽之咫,拨九转之披,终即戴夺秀巾、舞落阶、枝头蕊一曲。神仙各散去,重岩如故。京遂有尘外想,谢绝妻子,入深山求道。永乐间,年八十余,日常卖药,市上人莫能识之。乃题句东城云:"一入青山数十年,无心不结旧时缘。归来惆怅荒凉地,尽是高官共有钱。"又云:"地是人非未百年,欢孙弄子总徒然。未若长啸深山里,配地凌光意独全。"后有人遇于牛首山,挥盖策马,数十人执流金绿羽障,形似月圆,四面拥簇,人欲趋避,大呼曰:"我长安鲁子京也,汝勿避。"人惊惧叩头,因请其故。京曰:"我自入山将及百年,已署名仙籍,上帝暂命我掌天苑使事。"言讫,山后一群奇兽奔至,随之而去。此人亦寻旧路出,世上始知有鲁子京仙人也。

本篇故事以陕西樵夫鲁子京为主人公,用了三个情节段落渲染了他的性格特征和人生经历。第一个情节段落写他善于搏虎,老虎都畏他,"屏迹远处",使他家乡一带安宁平静。第二个情节段落写有一天,他来到中南山的支山地脉山游玩,只见山势险峻,岩石峥嵘,松林翁郁,风景非常优美,恍若仙宇神境。出人意料的是,他还真看到了非常壮观的神仙聚会。神仙聚会时,彩旗飘扬,各种音乐、舞蹈令人目不暇接,乐器之繁富、精美让人叹为观止。第三个情节段落写他有了这次经历后,对神仙世界充满了向往之情,他遂离开妻儿,入深山求道,后终于成仙。本篇故事篇幅较长,文辞华丽,铺陈夸饰,情节丰富,细节真实。山景的描绘,颇有意境情趣。仙人聚会时音乐舞蹈的场景再现也想象奇特,别具一格。作品将山光之美、仙境之美、音乐舞蹈之美融合在一起,使作品颇具唐代传奇的神韵,成为明代文言小说中的杰作。不过,刘玉的这两篇精美佳作一直没有得到人们应有的重视,这是非常令人遗憾的。

总之,刘玉的《已疟编》虽然作品并不多,但有了《张廷瑞歌姬》《鲁子京游中南山记》两篇佳作,即足以奠定刘玉明代杰出小说家的地位。

第六章 徐贞明《潞水客谈》

徐贞明是明中期著名的小说家、水利专家,他在他的文言小说名著《潞水客谈》中详细提出了西北水利农政建设思想与方略,强调了兴修西北水利、开垦水田种植水稻的必要性,细致论析了先在京东地区试验后于西北循序推广、疏导为主兴利除患、屯垦拓田等可行性步骤,构建了西北水利农政建设的理想蓝图,其科学性、预见性值得肯定,充分体现了徐贞明的远见卓识和忧国忧民情怀,对后世的水利农政建设思想及西北地区的开发都产生了深远影响。

徐贞明(? —1590),字孺东,贵溪(今属江西鹰潭)人。明穆宗隆庆五年(1571)举进士,历任浙江山阴知县、工科给事中、太平府知事、浙江处州府推官、兵部主事、尚宝司丞等职,明神宗万历十八年(1590)卒于家。

徐贞明是明中期著名的小说家、水利专家,《明史·本传》称他"识敏才练,慨然有经世志"。万历三年(1575)七月,被征出任工科给事中的徐贞明向朝廷上奏《请亟修水利以预储蓄疏》,提出兴修西北水利、开垦水田、发展农政的建议,但遭工部尚书郭朝宾以"水田劳民,请俟异日"为由驳回。徐贞明本想再次上疏,不料旋即受御史傅应祯案牵连,被贬为太平府知事,只得作罢。在赴太平府任职途经通州潞河(即今白河、北运河)时,徐贞明"终以前议可行,乃著《潞水客谈》以毕其说"①。

在《潞水客谈》中,徐贞明采用主客问答的形式,详细提出了他的西北水利、农政建设思想与方略,使《潞水客谈》具有非常独特的文学和文化内涵,既是中国文言小说史上一部新颖杰出的篇章,又是中国水利建设史上一部非常重要的著作,对西北水利、农政建设产生了深远影响。②

徐贞明谈西北水利、农政建设,首先表现在他认为当政者应当重视西北的

---

① [清]张廷玉:《明史》,中华书局 1974 年版,第 5883 页。
② [明]徐贞明:《丛书集成初编:潞水客谈(及其他五种)》,中华书局 1985 年版。

水利建设,应当树立"亟修"的理念:"乃拊膺叹曰:当今经国之计,孰有大且急于西北水利者乎?"

在徐贞明看来,西北地区气候条件比较恶劣,旱涝无常,而且水利不修,原有的水利设施也多已损毁,"闻陕西、河南故渠废堰,在在有之",以致水害横行,百姓遭殃:

> 昔禹播九河入于海,而沟洫尤其尽力,固以利民,亦以分杀支流,使不助河为虐也。周定王后,沟洫渐废,而河患遂日甚。今河自关中以入中原,泾、渭、漆、沮、汾、泌、伊、洛、瀍、涧及丹、沁诸川,数千里之水,当夏秋霖潦之时,无一沟一浍可以停注,于是旷野横流,尽入诸川,诸川又会入于河流,则河流安得不盛,其势既盛,则其性愈悍急而难治。

鉴于此,徐贞明在《潞水客谈》中反复论证、强调西北水利建设的迫切性:

> 夫雨旸在天,而时其宣泄,用以待旱潦者,人也。

> 西北之地,旱则赤地万里,潦则洪流万顷。惟寄命于天,以幸一岁之丰收。夫丰收岂可常恃哉!

旱涝由上天主宰,只有充分发挥人的主观能动性,做好水利建设,才能旱涝保收,有备无患,避免"寄命于天"、靠天吃饭的命运。因此,徐贞明认为,当政者治理西北的首要任务就是倡导兴修水利,"盖劝农而兴水利,牧养斯民之首务也","惟水利兴而后旱潦有备"。

徐贞明努力廓清人们的认识误区,希望人们不要对"水利而易视之",忽视水利建设,以为水利建设无足轻重。他提出兴修水利才能根除水害,才能合理地利用水资源:"乃西北之人,方苦于水害,而不知水利。夫水之在天壤间,本以利人,非以害之也。聚之则害,散之则利,弃之则害,收之则利""不知水害未除,正由于水利未兴也"。

兴修水利不仅在于根除水患,更可以改善人们的生活、生产条件,扩大可资利用的耕地资源。西北地区地域广大,兴修水利就可以开发出许多能够种植水稻的水田,"疏为沟浍,引纳支流,使霖潦不致泛溢于诸川,则并河居民,得资水成田,而河流亦杀,河患可弭矣"。"西北非无田之为患,而不垦之为患""水利兴而旷土可垦",反过来说,如果不重视水利建设,则水患频仍,沃土流于荒野,非国家长治久安之计:

西北之地,夙号沃壤,皆可耕而食也。惟水利不修,则旱潦无备。旱潦无备,则田里日荒。遂使千里沃壤,莽然弥望,徒枵腹以待江南,非策之全也。

徐贞明总结历史经验,认为自上古三代以来,凡是水利建设完备的地区都获得了迅猛长久的发展,成为万民向往的富庶之地,如魏襄王时,史起引水灌邺,邺因而富;秦国在嬴政当政时,因修郑国渠而强;汉武帝时,赵中大夫白公引泾水注渭中,渭中因而富饶;汉景帝时,文翁穿湔江,扩建都江堰,蜀地再臻繁盛;东晋以后江南的开发也是水利先行,"民日聚而利日兴","日垦日辟,而财富遂甲于天下矣"。因此,古往今来,兴修水利莫不是利国利民的好事、要事。

徐贞明并不限于西北之局部利益,仅从消除水患的角度倡导人们重视水利建设,他还站在全局的高度、从全国利益出发,多层面地论证西北水利建设的必要性,条分缕析地指出兴修西北水利可对国家带来的重大利益有十四种之多。如他认为,西北兴修水利,大力发展水田,种植水稻,既就近解决了京畿及西北地区军民的一部分粮食供应问题,又缓解了东南地区的漕粮压力,使"生齿日繁,每人浮于地"的东南之境能够休养生息;既减少了转运的耗费和劳苦,减轻了百姓的赋税和徭役负担,又无须担忧粮道之被堵、输供之意外,可谓一举而多得。他说:"东南转输,每以数石而致一石,民力竭矣。而国计所赖,欲暂纾之而未能也。惟西北有一石之入,则东南省数石之输。所入渐富,则所省渐多。先则改折之法可行,久则蠲租之诏可下。东南民力,庶几复苏。"徐贞明针对明廷定都北京已逾百年,然至今"财赋全仰于东南之漕",粮源过度依赖于东南的现状,告诫"谋国者","近废可耕之田,远资难继之饷",岂"长久万全"之计,是非常危险而不可取的。

徐贞明还认为,掘沟洫、开水田及田间种植的榆枣桑栗可以有效地阻挠异族铁骑入侵,是保护西北平原的重要屏障,于无形中加强了国家的防御能力:

井田沟洫既以辟土而宜民,亦以设险而御侮也。今则西北平原千里,寇骑长驱,无有阻隔。若使沟洫尽举,岂有此患?而且田间各植以榆、枣、桑、栗,既可资民用,亦可以设伏而避敌。

水利既修,还可以大兴屯垦,民屯、军屯并举,"田垦而人聚,人聚而谷足,可以省远募之费,可以苏班军之苦,可以停句补之烦"。戍边部队的兵源将非常充足,原有募兵制、班军制、句补制的种种弊端都迎刃而解。

西北兴修水利,扩大了耕种面积,可以授田于民,可以抑制豪强之兼并、势家之隐占,可以仿古井田之制,"画井居民,哀多益寡,使民与地均";可以安顿游民,使游民安土重耕,"有田开其治生之端",生活无忧,减少了流贼的产生,消弭了民乱产生的因素,将使社会更为安定,一方水土"教化可行,俗尚自美"。

徐贞明认为,在西北地区兴修水利并不似有人想象的那样逆天而行,不可成就,而是有许多得天独厚的条件,在天时、地利等方面都获得了相对有利的因素:

> 南方披蓑而耕,抱湿而获,恒与雨相值。而长夏时,苗将立槁,反不得一沾濡为快。乃西北雨多于长夏,而耕获之时少,天时则然也。东南地势高下相悬,数日不雨,则桔槔之声,人力为竭。考之古者,畎深尽许,遂深二尺,沟深四尺,洫深八尺,浍深二仞而已。未有如东南转水于数仞之深者。至若京东,山之涌泉,溢地而出,河之支流,等地而平,不易易乎?且东南濒海,岁多潮患。盖海之势趋于东南,辽海以及青、徐,则有海之饶,而鲜潮之患,是地势使然矣。

西北四季分明,夏种时雨多,秋收时雨少,顺天应人,比南方春秋淋漓、夏季反而多旱更有利于农业耕种。西北地势平坦,河与地平,不似南方河流多奔腾于深山峡谷中,西北也没有潮患,这些都使西北水利的兴修比东南地区"尤易易也"。

在对西北水利建设的利弊得失、必要性、可行性做了深入细致的分析以后,徐贞明提出了具体的方略和原则:

首先,循序渐进,步步为营。"特始之京东数处,因而推之西北",即先在京东地区试行,积累一定的经验和成效后,逐渐推广至畿辅,最后辐射、覆盖整个西北地区:

> 盖先之数处以兆其端,而京东之地,皆可渐而行也;先之京东,而畿内列郡,皆可渐而行也;先之畿内列郡,而西北之地,皆可渐而行也。在边陲则先之蓟镇,而诸镇皆可渐而行也。至于濒海,则先之丰润,而辽海以东,青、徐以南,皆可渐而行也。

至于为什么要先在京东地区试行,徐贞明是这样考虑的:"京东者辅郡,而蓟又重镇。矧其地负山控海,负山则泉深而土泽,控海则潮淤而壤沃,兴水利尤易易也。"这里的地理位置重要,自然条件相对优越,兴修水利、开垦水田最为便捷,能够迅速收到成效,"诸州邑,泉从地涌,一决而通,水与田平,一引而至,比比皆然"。他自西至东一一列举这一带可兴修水利、开垦水田的地方,如"遵化西南平安城,夹运河而下及沙河铺地方,又铁厂涌珠湖以下至韭菜沟、上素河、下素河百余里,夹河皆可成田"。濒海可以成田的地方,如"自水道沽关、黑崖子墩起,至开平卫南宋家营之地,东西度之百余里,南北度之百八十里,皆隶丰润",现在是"萑苇弥望",如将其开垦为水田,甚至可以和吴越濒海的千里沃野、鱼米之乡相媲美。

其次,向古人学习,采用疏导的方法,既灭水患,又要"资水成田",引水灌溉,才能多方造福于民。

从《潞水客谈》来看,徐贞明颇有尚古情结。他推崇井田制,对明以前历代重要的水利建设了如指掌,赞赏有加。因此,他特别提倡以古为鉴:"古者耕耨必于井田,其制畎达于沟,沟达于洫,洫达于浍,浍达于川,纵横因其地势,以取利于水。"同时,他也强调不能照搬古人之成法,要因地制宜、因时制宜:"今诚自沿河诸郡邑,访求古人故渠废堰,师其意不泥其迹,疏为沟浍,引纳支流,使霖潦不致泛溢于诸川,则并河居民,得资水成田,而河流亦杀,河患可弭矣。"所以,他总结出最直接而有效的办法就是:

> 夫治水之法,高则开渠,卑则筑围,急则激取,缓则疏引。其最下者,遂以为受水之区,各因其势,不可强也。然其致力,当先于水之源,源分则流微而易御,田渐成则水渐杀。水无汛溢之虞,田无冲激之患矣。

治水先要审视地势的高下,地势高的地方可以开渠,以引高处之水灌溉农田,地势低平的地方可以筑围,以开垦水田、种植水稻。治水还要照应水流的缓急,要善于开掘数量、规格适宜的支河疏导、分流洪水。最低洼处则设为蓄水区,既能阻遏洪水的凶猛势头,减少其破坏力,又可作为灌溉之水源。要特别重视经营河流的源头、上游,因为源头、上游之水流量较小,流速较缓,容易控制,最有利用价值。如他提出,桑干河常常在下游怀来、卢沟桥、彰仪门等地频发水患,若能在其源头、上游之地浑源州、保安境内即引水为田,则桑干河的问题将迅速得到解决。又如"元城洼、罗家湾、郝家庄、高桥铺、章家桥,皆连阡黑壤,废为水区,非不可田,顾以下流受黑洋等九河之水,非先致力于其源,未可邀利于旦夕而终贻水患也"。

徐贞明提出治水最重要的宗旨是,排泄有泛滥之害的洪水,引流无冲激之患的"资水",疏导与利用相结合。

再次,兴修水利与屯政相结合。徐贞明认为,西北地区地广人稀,在兴修水利的过程中,可能人力为竭,因此要"多方招募","募愿就之民经略其端","举屯田"解决之。

一可招募南人,解决南方人浮于地而西北方却有地无人耕种的矛盾:"今若招抚南人,使修水利以耕西北之田,则民均而田亦均矣。""今南人应募而至者成市。"

二可招募没有土地的游民浮户:"今天下浮户,依富家以为佃客者何限?募而集之,可立致也。募农以修水利,以举屯田。"

三可招募兵士:"兵之悍壮者,耻于负锄。而其羸弱者,又怯于荷戈。驱兵为农,势固难行。惟募之为农,简之为兵,则心安而力奋也,政无不举矣。"他认为,对参与屯垦的士兵要"计亩行赏","此赏一行,万顷不难得者",必将"野无旷土,军有余粮"。

四甚至可以招募罪犯:"无财宜配远方者,亦得近属于田亩之间,以力垦田而收其赎。"

为了能成功招募到垦田之人,徐贞明又提出招募的策略:"优复业之民,立力田之科,开赎罪之条。"所谓"优复业之民",就是关心流离失所的游民,减免他们的赋税、徭役,甚至给他们提供赈贷,吸引他们投身到土地垦殖上来。"立力田之科"就是建立"垦优则仕"的机制,赏大力垦田、领人垦田的人以官职:"听富民欲得官者,能以万井耕,则为万夫之长,千夫、百夫亦如之。先试以虚衔,缓其征科,俟其田入既饶,积蓄既充,则命以官而董征其税。就所征者,给以禄,佩之印,得世其官,而练集其耕夫。""开赎罪之条"就是让有罪之人或捐资以助垦田,或直接发配他们垦田。

徐贞明认为,之所以实行此三策,是因为要在平民百姓中加以引导,让民众"灼然知水利可兴,则必有竞劝而争先者"。只有用特别的政策引导,招募垦田之人的问题才能迎刃而解,如果"未尝一日倡之,而遂曰习俗游惰,难以变易,其可乎"?

最后,兴修西北水利,要随机应变、长修长备,不能一劳永逸,不可因噎废食。

有人提出,在西北兴修水利,有种种难以克服的困难,"一难于得人,二惮于费财,三畏于劳民,四患于任怨,五狃于变习"等,此前有人尝试,多以失败告终,如"怀庆纪太守,尝因丹沁支流,疏渠成田,民颇利之,纪去田亦随废。又如真定杨中丞家居,亦尝摹南人缘水垦田,岁入甚饶,及滹沱河旁决,瞬息变为桑田矣"。对此,徐贞明一一加以辨析,认为西北兴修水利,固然有一时的困难,"难于得人"可以通过有关政策解决,"费财"只是先投入后产出,损一时之费与万顷水田及今后的田税收获相比是微不足道的。兴修水利,开垦水田,只要做到既不"妨小民之业",又不"夺豪右之利",真正为百姓着想,真正让百姓获益,又怎么会劳民和被社会埋怨呢?另外,天下没有事"不烦而先集者",要得到千载之利,当然要潜移默化百姓的"好逸之习",要充分调动他们的积极性,才能取得成功。因此,徐贞明认为,西北兴修水利要迎难而上,不能急功近利,要"积久存成",积小为大,"二岁开其始,十年究其成,而万世席其利",只要深谋远虑地经营,一定可以成功,为万民与子孙谋得长久之福祉。

徐贞明在构想他的西北水利建设思想与方略时,曾进行了充分的实地考察,他写道:"则又裹粮,属二三解事者,走永平濒海近山之境,相度而经略之。既得其水土之宜、疆理之详,始信其事之必可行。""予所属一二解事者,盖遍历山海之境,阅两月而返,披图出示,如指诸掌也。"正因为他对西北地区的地理环境、山川走向非常熟悉,他构想的蓝图才能非常美妙,虽然有些地方不免迂阔,但整体还是切实可行的,尤其是他的方略中的循序渐进、疏导、屯垦三步骤,既取法前人如元代虞集等人的思想,又有自己独特的见解,是非常有价值的。也正因为这样,他的这一思想和方略曾被付诸实践,并有所成效:

谭纶见而美之曰:"我历塞上久,知其必可行也。"已而顺天巡抚张国彦、副使顾养谦行之蓟州、永平、丰润、玉田,皆有效。①

徐贞明还曾亲自主持京畿地区的试验。万历十三年(1585),内阁首辅申时行支持徐贞明的方略,"请开畿内水田",御史苏瓒、徐待,给事中王敬民,户部尚书毕锵等都上疏赞同。于是朝廷在这年的九月,任命徐贞明兼监察御史领垦田使,主持西北地区水利建设,徐贞明"乃躬历京东州县,相原隰,度土宜,周览水泉分合,条例事宜以上",结果一一被采纳。于是,他"先诣永平,募南人为倡",按他的规划在京东永平试验,结果半年下来即大见成效——"至明年二月,已垦至三万九千余亩"。于是徐贞明"遍历诸河,穷源竟委,将大行疏浚",准备在西北地区全面推行,不料"北人惧东南漕储派于西北",担心利益受损,以畿辅人御史王之栋为首上疏,"言水田必不可行,且陈开滹沱不便者十二",反对继续推行,"帝卒罢之"。徐贞明只得黯然东归,一腔热血付东流。

徐贞明的西北水利农政建设思想与方略对后代产生了深远影响。稍后的著名农学家徐光启对徐贞明予以充分肯定,他将《潞水客谈》改称《西北水利议》收入《农政全书》中,并在《凡例》中说,西北水利"始于元虞集,而徐孺东先生《潞水客谈》备矣"。同时,他也指出徐贞明方略的不足:"北方之为水田者少,可为旱田者多。公只言水田,而不言旱田,不知北人之未解种。旱田也,惟国是裨。"②他总结提出了"旱田用水五法"——"用水之源,用水支流,用水之潴,用水之委,作原作潴以用水",就大力吸收了徐贞明等前人的治水经验。

清人朱云锦赞美《潞水客谈》说:"谈畿辅水利者,……京东沿海一带,则元虞文靖、明左忠毅皆尝建论举行,而徐尚宝《潞水客谈》尤详核切实。"③清康熙时的进士许承宣著《西北水利议》一书,提出西北各省治水屯田纲要,直接继承了徐贞明的思想和方略。④乾隆时的柴潮生认为"水性分之则利,合之则害,用之则利,弃之则害","今生齿日繁,民食渐绌。臣愚以尽兴西北之水田,开东南

---

① [清]张廷玉:《明史》,中华书局1974年版,第5883页。
② [明]徐光启:《农政全书·西北水利议》,上海古籍出版社1979年版,第308页。
③ [清]朱云锦:《潞水客谈书后》,见徐贞明《丛书集成初编:潞水客谈(及其他五种)》,中华书局1985年版。
④ [清]许承宣:《西北水利议》,见《续修四库全书·史部》第7册,上海古籍出版社2002年版,第402页。

之荒地,则米价自然平减","遴遣大臣经理畿辅水利以济饥民,消旱潦,且转贫乏之区为富饶"①,其主张也与徐贞明一脉相承。嘉庆道光时,吴邦庆《畿辅水利丛书》、潘锡恩《畿辅水利四案》、林则徐《畿辅水利议》等建设京都水利、疏通漕运等方略莫不可以见到徐贞明《潞水客谈》的流波余韵。

从小说的角度来看《潞水客谈》,这部作品别开生面,富有理趣,文学和文化内涵丰厚,不乏美学价值和认识价值。

首先,作品采用了主客问答的形式叙述故事、编织情节,层次井然,引人入胜。主客问答的文章结构方式常见于"赋",如枚乘的《七发》、宋玉的《对楚王问》、司马相如的《子虚赋》、苏轼的《前赤壁赋》等。文言小说是后起的文体,曾大力向"赋"学习以形成自己的文体特性,故时有作品借鉴和采用这种结构方式,如唐代传奇名篇张鷟的《游仙窟》等。这种结构方式的显著特色是以疑问推进故事,善于设置强烈的悬念并渐次解开,从而形成较为曲折的情节,渲染跌宕起伏的情感,也有利于作者把握作品的叙述节奏,做到开合自如、反复照应、叙述细致、渐入胜境。本篇正是采用了这一经典的结构方式,虚设主人公徐子征与客一问一答,由徐子征绘声绘色、声情并茂地将自己构想的西北水利与农政建设蓝图一一展现。徐子征与问客看似两人,实为一体,其内心复杂的情感得以真实地流露,赋予作品强烈的感染力,也使徐子征的西北水利和农政建设构想较好地征服了读者。

其次,作品塑造了徐子征这样一位忧国忧民、积极抗争却屡受排挤打击、屈居下僚的正直官员形象。徐子征心怀国家,情系民生,渴望社会安定富足。他深入思考富国富民、解决民瘼的策略,积极开展社会调查,谙熟国家的气候、地理环境,大力推动水利和农政建设。为此,他上下奔走,大声疾呼,不畏艰难,不畏强权,苦心孤诣。然而,朝廷权贵们却笑其迂阔、恨其耿直、嫉其有为,对他残酷中伤、排挤打击,致使他壮志难酬,终成无用武之地的悲情英雄。这样独特的悲情英雄形象无疑将很好地丰富充实中国文学艺术典型的长廊。

再次,作品议论时政、揭露时弊、抨击黑暗,言辞剀切,鞭挞无情而尖锐。作

---

① [清]赵尔巽:《清史稿》,中华书局1976年版,第1569页。

品相当深入且生动真实地再现了明中期的社会状况,如官员的互相倾轧、贪污腐化、尸位素餐、欺压民众及豪强之兼并、盗匪之强横、贫民之流离、水旱之戕民等,因而也是我们研究晚明社会的重要材料。

总之,徐贞明在《潞水客谈》中提出来的西北水利农政建设思想与方略虽然不尽完美,但其科学性、合理性、预见性值得肯定。它充分体现了徐贞明的远见卓识和忧国忧民情怀,对后世的水利农政建设思想及西北地区的建设发展都影响深远,甚至对今天的"西部大开发"也不无启示,同时它也是中国明代文言小说独树一帜的名篇。

第七章　朱孟震《河上楮谈》《汾上续谈》《浣水续谈》《游宦余谈》

朱孟震是明代多产的小说家。他成长于江西，为官始于金陵（今南京），辗转至陕西、山西、四川、贵州、河北等地，宦迹遍九州，行路半天下。政事之余，他随地著书，勤勉地记录所见所闻、交游剧谈、朝野遗事，用他自己的话来说是"存故实，阐幽微，补逸漏，纠讹谬，托讽谕，考文辞"，"隐僻怪异，可资抵掌者"，由此而成《河上楮谈》《汾上续谈》《浣水续谈》《游宦余谈》等四部小说集。这四部小说集内容包罗万象，故事形形色色，生动反映了明代中叶社会生活的方方面面，不啻为那一时期社会百态的一面镜子。

朱孟震，字秉器，号郁木山人，新淦（今江西吉安新干县）人。据邹佳锦《晚明江西文言小说研究》考证，朱孟震当生于明世宗嘉靖九年（1530），卒于明神宗万历二十一年（1593），明穆宗隆庆二年（1568）进士。① 《同治新淦县志·卷八·人物志·宦业》记其生平曰：

> 朱孟震，字秉器，新淦人，麻阳知县瓒之子。幼颖异，善属文，以《春秋》领嘉靖戊午乡荐，戊辰成进士，授南刑曹主事。……出领重庆守，岁却黔中，接济饷千余缗，擢潼关兵备副使。黄河改流，得腴地以给军糈。分守西河，发粟赈饥，流移赖以全活。癸未迁四川按察使，狱多平反，请于台使奏罢。岁采大木三之一，兼理四川左辖，清帑藏侵蚀。会羌叛军府徐元大引赞幕府，与将军李应祥筑黄沙坝，断羌归路。事平，赐金帛，加二品服，转贵州左辖。水西宣慰安国亨为边患，示以威信，亨惧服。戊子入为顺天尹，定吏农杖之法，俸宝一清。晋通政使，封驳得体。会邹元标、孟养浩乞早定储位，疏奏，帝震怒，上《敬天勤民箴》。乙丑值边警，阁臣王家屏疏孟震治军

---

① 邹佳锦：《晚明江西文言小说研究：以朱孟震、刘元卿、郑仲夔、陈弘绪为例》，赣南师范学院 2013 年硕士学位论文，第 12 页。

严肃,奉命巡抚雁门、山西、三关。矿徒张守清聚众据矿,以计擒之,功上报可。辛卯疏请归,赐玺书,岁时存问。癸巳进兵部尚书,掌京营戎政。诏至,已病。卒于家。

由此可知,朱孟震自幼天资聪颖,于明穆宗隆庆二年(1568)三十八岁时考中进士。科考成功,走上仕途后,他曾历任南比部尚书郎、重庆太守、潼关兵备副使、四川按察使、贵州左辖、顺天尹、通政使、右副都御史、山西巡抚等职。其自序也曾提到:"戊辰之岁,备乏南刑曹……甲戌春,奉命来守渝。"其后,他"备秦关,分守西河,总宪全蜀。旬宣贵竹,尹顺天,司银台,出抚三晋"(《朱秉器文集·卷一·郁木生自叙》),是"生平宦辙所至,殆遍九州"(《游宦余谈小引》)。并且,朱孟震是一位清正廉明的能吏,他赈济流民、减民役税、攘除盗贼、安定边境、忧国忧民,每任均卓有政绩,深得朝廷之倚重和百姓的敬仰。

朱孟震学识渊博,为学勤敏,著述甚丰,据《四库全书总目提要》著录,主要有《朱秉器集》八卷(其中文四卷、诗四卷)、《玉笥诗谈》四卷、《河上楮谈》三卷、《汾上续谈》一卷、《浣水续谈》一卷、《游宦余谈》一卷。

第一节 《河上楮谈》

《河上楮谈》是朱孟震的第一部文言小说集,也是他篇幅最长、影响最大的小说集,我们首先来看《河上楮谈》之成书。《河上楮谈》完稿后,朱孟震有《河上楮谈序》曰:

> 曩余在金陵,往从诸长者游,得闻所未闻。遇曹中无事时,取架上书诵一二过,稍细绎其义,偶见管一斑。又忆往昔长老所称说,一一命楮生录之,积几成帙。会领渝州守,郡故繁,又多奔走之役,更不暇理。既由渝守移潼关,关地虽当险塞,然簿书少暇,宾客轩盖来有时。是岁夏五月,天雨,闭门独坐琴鹤轩中,取曩所录阅之,意稍会,又更益数语,追念金陵旧好及生平所知交,亦略疏其出处大概,存之为《停云小志》,以示不忘。盖旬有二日而毕,视曩日三倍之,乃删其繁杂,取可以代客言者,都而命之曰《河上楮谈》,而附以志。其言漫无诠次,惟所手录为先后,曰:"庶几籍以赘客无事呫呫为也。"或曰:"桃林之塞为函谷,即今关内地。昔柱下史乘青牛过焉,

关令尹喜强为著书,其言五千故在也,言道德者师之。河上公者,当汉景帝时,结草河湄,为庵居之,景帝从授柱史。言已,云雾晦冥,天地斗合,失其所在。彼二氏所言何如哉?而子顾从河上为是也?"余曰:"唯唯,否否。夫子不云乎,不有博弈者乎,为之犹贤乎已?余兹备抱关之吏,幸皇路清夷,桴鼓不惊,不以其暇从牧猪儿抵跣呼枭卢,又不解弈,不能效蛛丝蝉蜕,弊其精力,为烂柯者所窃笑。吾庶几为此,即不得称贤,于无所用心殆将免矣。倘以是质之长者,为《发墨守》,俾浅陋曰有益,又讵知非厚幸哉,则吾籍吾谈多矣。因叙次其语,弁之以俟后之日。"万历己卯夏六月朔,秦关散吏郁木山人朱孟震书。

这篇序非常清楚地交代了《河上楮谈》的创作缘由、成书过程。《河上楮谈》记录的是朝野之见闻、交游之友人、读书之偶得,早在隆庆二年(1568)就已完成草创。是年,作者三十八岁,科考成功,授南比部尚书郎,在南京任职。此后的十一年,作者官场奔波,由南京而重庆,由重庆而潼关,忙于宦业,无暇顾及,直到明神宗万历七年(1579),朱孟震来到潼关兵备副使任上,五月时,因天下大雨,偶得闲暇,于是将往年的草稿搜寻出来加以整理,花了十几天时间删繁就简、润色校编,撰成卷一之六十四则、卷二之七十六则,共一百四十则故事。随后,作者意犹未尽,又忆起生平知己与文坛旧交,特别是金陵青溪诗社的一众诗友,将他们的遗闻逸事与诗文趣谈,汇编成卷三,命名曰《停云小志》。三卷合为《河上楮谈》,大体可算是一部兼具志怪与逸事之作的小说集。

这篇序还谈到了作者创作此小说集的目的。文章假借他人之口,质疑作者为什么要创作这样一部小说集,嘲笑他是不是要向老子著《道德经》和河上公注《道德经》学习。朱孟震回答自己创作此小说的意图主要有三:一是偶有闲暇,自己不会喝酒嬉闹,不会赌博游戏,不会蝇营狗苟、投机钻营,又不想无所用心,浪费时间,空耗精力,于是创作小说;二是创作这部小说"以赘客无事咕咕为也",也可以供人们消遣,作为茶余饭后的谈资;三是朱孟震谦逊地认为此小说只要能在某一方面可供人们借鉴参考,以发现某些典籍、文化问题,互相切磋讨论,以提高人们认识,丰富人们的文化生活,自己就感到非常庆幸。朱孟震所说的《发墨守》是一个典故:《后汉书·郑玄传》称,任城何休爱好《公羊》学,遂著《公羊墨守》《左氏膏肓》《谷梁废疾》,郑玄乃作《发墨守》《箴膏肓》《起废疾》,

何休见而叹曰："康成入吾室，操吾矛以伐我乎？"此典故意指文人间的学术讨论、文化辨析。由此三意图可以看出，朱孟震已在一定程度上认识到小说创作的社会功用和娱乐功能，这种认识虽然仍非常粗浅且并不自觉，但也是非常难能可贵的。

由此，我们也可知《河上楮谈》书名之由来与内容。"河上"指河上公，河上公，亦称河上丈人、河上真人，相传为齐地琅琊一带方士，其所著《河上公章句》为较早且流传较广、影响较大的《老子》注本，但其姓名、生地无人能知。《神仙传》载："河上公者，莫知其姓名也。"东晋葛洪在《嵇中散孤馆遇神》中说："纪年曰：东海外有山曰天台，有登天之梯，有登仙之台，羽人所居。天台者，神鳌背负之山也，浮游海内，不纪经年。惟女娲斩鳌足而立四极，见仙山无着，乃移于琅琊之滨。后河上公丈人者登山悟道，授徒升仙，仙道始播焉。有嵇康者，师黄老，尚玄学，精于笛，妙于琴，善音律，好仙神。是年尝游天台，观东海日出，赏仙山胜景，访太公故地，瞻仙祖遗踪，见安期先生石屋尚在，河上公坐痕犹存。"楮，落叶乔木，叶似桑，其树皮是制造桑皮纸和宣纸的原料，古时亦作为纸的代称。楮生即指书生。概括起来，"河上楮谈"即自己向河上公学习而创作的一部清谈之作。《四库全书总目提要》评曰：

> 是书多述旧闻轶事，间或评论诗文，考证典籍，亦颇喜谈神怪。其《停云小志》一卷，记当时文士颇详，所载诗篇，多可采录。其论文宗王世贞，推为明代第一，则当时耳目所染，无足深怪。其辨王祎、吴云事甚有典据，而逊国一事全沿史彬《致身录》之讹，引证愈多，舛谬愈甚，与所论元顺帝出宋后事，同一误信之失。其论《史记》讹字最确，而《前辈博雅》一条，不知《清江集》之现存。又误以《孔传六帖》为三孔所作，疏驳亦甚矣。①

《四库全书总目提要》指出，《河上楮谈》中的作品种类主要有"旧闻轶事""诗文评论""典籍考证""神怪故事"，其中"旧闻轶事"即是志人小说，"神怪故事"为志怪小说，而"诗文评论""典籍考证"的有些作品涉及诗文创作本事，也是志人小说；有些则纯为作品记录，具有文献价值，却并不是现代意义的小说作品了。

---

① ［清］纪昀：《四库全书总目提要》，河北人民出版社2000年版，第3301页。

我们首先来看志人小说。朱孟震中进士后,步入仕途,南京成为他官宦生涯的起点。在这里,他结识了许多"长者",得到他们的指点、帮助、栽培,逐渐成长起来。因此,朱孟震对这一时期的生活印象深刻,他深情难忘那里与"诸长者游"的情形,十几年后还津津乐道诸长者的"称说",因此,《河上楮谈》中首先值得我们重视的是描述这些长者形象的作品。如卷一《许先生》:

予师许石城先生,家金陵,以尚宝卿致政。家居二十年,游情山水,文酒自娱。性喜客,客来命酒必醉,夜漏下五鼓,不辍也。金陵当吴楚之会,每门生故人来访,先生必留连信宿,诸官留都者率以岁诞日奉酒为先生寿,先生辄赋诗张宴为乐。予一夕诣先生,时王太仆在上元,先生折柬招与共饮,自日午洗酌,烧灯竟夕,仍起浮大白三,出门曙矣。尝举所为诗笑谓余曰:"平生爱我无如酒,凡事输人不但棋。"先生之寄兴远而达矣。钱塘周银台兴叔,工为诗,最不易许可,每称说先生诗曰:"今称诗者仅得一二,辄自谓过人。若清新隽逸,雄浑古雅,无所不有,则石城之在白下,当称大家矣。"予领渝州,先生赠之诗云:"久游宪部蜚清誉,新拜名邦惬壮心。来往词林听戛玉,飞腾云路羡横金。节过巫峡才逾健,堂对岷江泽共深。从此登台瞻渐远,几时重和《白头吟》。"又《寄怀》诗云:"论文常下白雪司,别去俄惊二载余。正指巫山看片月,忽从淮水得双鱼。甘霖此日随熊轼,灵鹊来年送隼旟。宦达有谁敦夙好,知君高谊古人如。"

作品中的许石城先生善饮、能诗,他豪迈洒脱的个性、与作者间真挚的师生之情被表达渲染得淋漓尽致。又如卷一《胡廷尉》:

廷尉练溪胡公,名叔廉,为人和易,居乡尤退约,绝不以势位加人。乡有武断者凌之,亦不校也。尤喜奖进后辈。余与同年朱文卿在邑庠时,公时取其文读之,辄击节称许。闻余为先人卜地,即推所卜与之,不少吝。又令其弟约余为文会,会毕,公每寝辄起呼烛,把诵写评品称说乃复寝。余读书虹沙,公一日放舟,同李广文访余,谈论连日。夜将别,取酒临江坐钓石上,令童子摘黄菊入杯中,饮数爵,因诵杜公诗曰:"旧摘人频异,新香酒暂随。"又嘱余曰:"吾乡所望二三君,幸勉力自爱已。"咨嗟良久,别去。后二日,公卒。嗟乎,公似有前知者矣。公在分宜当国时,厚自韬晦。在省中,若《策房情》等疏,皆国大计。后分宜胄子纵日甚,公稍忤其意,即托疾归。

令临海时,值海上飓风水溢,居民漂溺,死者万计,公一一行视其地,为收而掩之。又识今司寇王公,为婚秦氏,延之官舍,卒成其学。夫人刘氏,温州二守谦夫女,兄贤而多识,尤知书。公在省中,一日曝所交游书,夫人间视之,为品词语藻,谬情相与真伪,验之良然。里中妇或从夫人夸公荣达,夫人辄颦曰:"主上英明,百官廪廪,将顺不暇,朝承恩,暮赐死,非虚言也,何荣达之有?"公卒后三月,呕血死。

胡廷尉的个性与许先生颇有不同。作品写他为官时关心民瘼,不愿卷入官场纷争,不把最高统治者的宠渥视为荣耀。最为可贵的是他为人和易,善于提携后进,时常对自己勉励有加。作者对他的景仰崇敬之情跃然纸上。

像这样的作品还有卷一的《黄给练》《前辈风节》《前辈博雅》《朝见一人捧》《胡后坡》《黎先生》,卷二的《陈宪使》《梁公》《王中丞》等。

《河上楮谈》对明代帝王的故事也颇加关注,如卷一《高皇圣度》讴歌明太祖朱元璋的丰功伟绩:

> 高皇帝廓清海宇,驱逐腥膻,而又不阶尺土,以有六合,自有帝王以来,功烈之盛,无与为比。惟汉高起泗上亭长,灭秦诛项,为几近之,然汉高不事诗书,轻士谩骂。高皇帝既克太平,即延礼儒臣,陶安李习方取金陵,即遣使聘秦元之,访问政事,而又时引儒臣谈论经义。作为诗文,天藻焕发,真不世出之主也。及元主既殂,为谥曰"顺",后获其孙买的里八剌,封为"崇礼侯",屡遗书幼主,又与其臣刘仲德、朱彦德书,令谕幼主取其子归。至七年九月,竟遣宦者,咸礼表卜花帖木儿送归,仍厚赐而面谕之曰:"尔本元之子孙,国亡就俘,囊欲即遣尔归,以尔年幼,道里辽远,恐不能达,今既长成,朕不忍令尔久客于此,故特遣归,见尔父母亲戚,以全骨肉之爱。"又谕二宦者曰:"此尔君之嗣,不幸至此,长途跋涉,尔善视之。"又致书幼主,大矣哉。帝王之度,涵盖天壤,所谓商周终愧德,尧舜敢论功者,讵独区区征伐政事之间哉?

作品将明太祖与汉高祖进行比较,指出明太祖能诗文,在夺取天下的过程中尊敬儒生、重视人才。从历史实际来看,内容还比较客观。怀柔亡元幼主,其情、其言虽不免虚伪,但以此作为统一天下的重大策略,也确可看出朱元璋的过人之处。

朱元璋善于笼络人心,手下自然有勇于为其牺牲的人。卷一《胡惟庸》写一宦官:

> 太监云奇,南粤人,守西华门。迩胡惟庸第,刺知其逆谋。胡诳言所居井涌醴泉,请太祖往观。銮舆西出,云虑必与祸,急走冲跸,勒马衔言状,气方勃悴,舌駃不能达。太祖怒其犯,左右挝捶乱下。云垂毙,右臂将折,犹奋指贼臣第。太祖乃悟,登城眺顾,见壮士披甲伏屏帷间数匝,亟返椶殿,罪人就擒。召奇,则息绝矣。太祖追悼奇,赐赠葬,令有司春秋祀之,墓在太平门外钟山西。

胡惟庸谋反,设计欲杀害明太祖,情势千钧一发。太监云奇得知,急切欲告诉明太祖,他冲撞并拦下朱元璋銮舆,却由于过于紧张而结舌,无法用清晰的言语将真相告知明太祖,被明太祖误会将其捶杀。但其肢体语言却最终使明太祖明白过来,从而避免了宫廷政变的发生。故事惊心动魄,扣人心弦。太监云奇的忠心耿耿、明太祖的多疑暴虐都得到较好的表现。

又如卷一《建文遗事》写明代建文帝的故事:

> 建文君之生也,顶颅颇偏,高皇抚之曰:"半边月儿也。"又与文皇侍奉天殿,高皇曰:"风吹马尾千条线,可对之?"建文曰:"雨洒羊毛一片毡。"文皇帝曰:"日照龙鳞万点金。"又试《新月诗》云:"谁将玉指甲,掐破青天痕。影落江湖里,鱼龙不敢吞。"高皇盖策其不终,而知其必免于难也,乃匣髡缁及牒度授之曰:"有变发此。"及靖难师至,发之,乃"杨应能度牒"也,遂削发披缁,从地道出。有程济者,朝邑人,有道术,为岳池教谕,常寝食朝邑,而治岳池事不废,先上书言:"某日西北兵起,击至京。"下狱。后兵起,以编修充军师。徐州之捷,诸将树碑记功,济一夜往祭碑,人皆不测其意。后文皇见碑,怒令左右椎之,再椎,遽曰:"止,按碑索诸将名族之。"独济姓名以椎得脱。至是与御史叶希贤从,每遇险,几不能脱,赖济以术免,遂自湖湘入蜀,由蜀入贵州程番店自云寺,由程番入云南武定,居狮子山,复由闽,最后入广西横州南门,居寿佛寺十五年,僧徒聚者日众,又遁居南宁陈步江一寺,僧聚如初。又云南宁,云游四方。正统五年,复至广西思恩,适知州岑瑛出,当道立,呵之不避,索度牒视之,乃杨应能也,因自言曰:"此非吾姓名,吾朱允炆也。自金川失守,大内起火,吾潜由地道以出,由湖湘入蜀、

云、贵、闽、广,转徙流落,今四十年,老矣,愿送骸骨归。"瑛大骇,闻于巡按御史,送赴京,寓大兴隆寺,号"老佛",程济从焉。京城内外僧拜谒无虚日,皆曰:"此海外高僧科道。"官恐其惑众,乃下狱。朝廷不忍,以太监吴亮经侍建文,使审视老佛。既见亮,即曰:"汝非吴亮耶?"亮佯曰:"否。"曰:"我昔御便殿,食子鹅,弃片肉于地。汝时手执壶,狗餂之。何诳我也。"亮伏地哭,不能仰视,复命毕,自经死。老佛入西内,卒葬西山,不封不树。程济者,后不知所终云。或曰:朝廷命三四老中官视之,皆不能认,最后一人至,建文曰:"我昔欲杀曹贼,掷下金枪,误中一人,是汝也。今疮瘢在乎?"解襟示之,遂抱颈大哭,良久乃止,诸中官为之掩泣。盖曹国御文皇帝,败归,建文锁之太庙,持金枪谓曰:"国若亡,尔必先死于此。"后城破,不及杀。云鄞人黄润玉为广西提学,见建文君跣坐藩堂曰:"我朱允炆也。"长身巨鼻,声如洪钟。是岁升思恩为思恩府。先建文君焚宫时,文皇疑匿僧溥洽所,以他事禁锢洽。又命给事中胡濙以访张三丰为名,又遣太监郑和等下西洋,遍物色不可得。

本则故事写建文帝朱允炆在"靖难之役"后,被赶下皇位,逃出皇宫,此后的四十多年,他出家为僧,在湖湘、蜀、云、贵、闽、广等地辗转流落,到处逃亡,最后回到京城,与宫中的几位老太监相见。作品篇幅较长,情节曲折,将明代宫廷争斗的情形完整细致地展现在读者面前。

《河上楮谈》不仅以建文帝朱允炆的经历反映明代的宫廷争斗,其酷烈情形还从一些大臣、江西乡贤先达的遭遇中得到再现,如卷一《练中丞遗事》:

> 练死于靖难。文皇帝怒其不屈,诛及十族。余先族祖及先宜人吴氏祖俱以诗朋谪戍,其他以片纸只字株连者几千余家。练有一妾一女,靖难前俱留淦,后就先生金陵。先生一见,辄泣下不止,盖知二人者不能死也。先生死,俱发浣衣局。仁皇帝时,女得归嫁东坊陈氏。今淦有练小女户云:"练之先,由三洲居城东坊,为东坊民,而祖籍尚有人。靖难时,或死或窜,俱无存者。今三洲有村农姓练氏,盖远孙也。"罗太史洪先过三洲讯之,因哭以诗曰:"三洲烟草暮江滨,未闻遗墟泪下频。破冢有山归别主,远孙无食寄贫邻。百年天地谁非幻,千古纲常独在身。莫为英雄倍惆怅,天涯多少未归人。"

明成祖为了夺取皇位,竟然对众多大臣"诛及十族","其他以片纸只字株连者几千余家",其残酷真是无与伦比。《金文靖》进一步写"靖难之役"带给士子大臣们的不同命运:

> 练中丞子宁,金文靖幼孜,少在胶庠相友善。中丞谓文靖曰:"子他日为良臣,我必为忠臣。"二公后俱以《春秋》魁多士。临《春秋》之盛,盖自二公,后稍传安成。今人知安成之盛,不知二公实始之也。中丞死靖难,而文靖从成祖,入内阁。其劝班师及密谋不发丧,最有功社稷。《传》云:"公处僚友能让乡父老。"相传成祖谓公"金老实"。然以文贞、文敏之才,同心共济,愈于忌贤者远矣。至却或人之请,卒不为子弟求禄,老实者不当如是耶?良臣之期为不负矣。

练子宁以死保节,做了建文帝的"忠臣";而金文靖(金幼孜,谥文靖)投靠明成祖,官至文渊阁大学士,成为明成祖的"良臣"。一对同窗好友走出了不同的人生之路。

《河上楮谈》不仅关注明太祖、建文帝遗事,也关注曾与明太祖朱元璋争夺天下的起义军领袖,同情他们的功败垂成,总结他们的经验教训。如卷一《明玉珍父子》:

> 重庆,古渝州也。胜国时,明玉珍据其地,国号大夏,今府治即其殿基,谯楼即午门也,旧刻"天下太平"字尚存。余一日登玩其上,见所悬"奉天殿"金字扁置积尘中,亟命毁去。横江铁锁三,今故在督粮倅宅中。一日,搆小轩,发土有石龙二,蜿蜒丈许,口有穴,似当时宫中注水具,然基湫隘殊甚。渝形胜固奇,第山石参差,势急促无停注,涵蓄之意,仅有险可据耳。他载记谓据成都,误也。明氏当宇内扰乱,独据一方,颇能抚有其众。天兵至,彭氏母子就太平门面缚,不血一刃,民得免兵革,渝人至今犹称明主人云。余及见之,左丞者戴寿也。右丞万胜者,黄陂人,智勇兼人,玉珍宠爱之,甚妻以弟妇,号二,开国之功,胜居八九。玉珍殂,升即位,胜与知院张文炳有隙,密使人杀之,内府舍人明昭因娇彭后旨杀胜。保宁守将吴友仁以胜死非辜,遂据城不受命,戴寿攻之。友仁登城语曰:"使参政文彦彬来,吾即降矣。"彦彬入,乃告寿,杀明昭。友仁出,诣寿军驰至重庆谢,遂为君臣如初。升性温雅,好辞赋,其赋《桂花诗》云:"万物凋零我独芳,花心金

粟带微黄。莫言紫小难堪玩,露冷风清天地香。"升降后封归义侯,后送高丽。彭氏召入官,俱不知所终。

元末群雄并起,各路义军割据一方,逐鹿中原,明玉珍是其中的一位义军领袖。明玉珍(1329—1366),原名瑞,字玉珍,湖广随州(今湖北省随州市)人。元至正十一年(1351),元王朝风雨飘摇,农民起义风起云涌,如火如荼。明玉珍集乡兵千余人屯青山,结栅自固,至正十三年(1353)冬参加徐寿辉义军,任元帅。至正二十年(1360)夏,陈友谅杀徐寿辉,自立为帝,明玉珍不服,转战入蜀,自称陇蜀王,之后,受刘桢等人拥立称帝,国号大夏,定都重庆。至正二十六年(1366)春,明玉珍病故,庙号太祖,其子明升继位。明太祖洪武四年(1371),大夏国为朱元璋所灭。本篇故事写的是明玉珍、明升统治蜀中的故事,写到其小朝廷的争斗情形,对明玉珍父子较为宽仁地统治蜀中地区还是比较赞赏的。又如《关铎万胜》一则:

关铎,崇仁人,豪侠负气。尝北游,赋诗有:"西风吹醒英雄梦,不是咸阳是洛阳。"后以策干刘福通,号关先生,与破头潘、沙刘二等破元、泽、潞等州,掠塞外,焚上都,转破辽阳,兵不留行,遂度鸭绿江,入高丽。高丽王奔耽罗海岛中,其臣纳女请降,将校以下皆配以女。铎恃姻娅,荒妮无备,高丽密縶其马山间,一夕传王命,但非国人皆杀之,关、沙遂死。万胜者,黄陂人,壮年智勇兼人,明玉珍爱之,妻以弟妇,称明二。玉珍僭号改元,以胜为司马,复姓万。二年,遣胜攻云南。胜兵不满万,咸以一当百。二月抵云南,元梁王孛罗先二日走,屯金马山以自固,夷部皆震惧,约降。遂上《平云南表》曰:"大军甫发于三巴,逾月遂平乎六诏。"又曰:"慨念中华之贵,反为左衽之流,在位贪残,生民困悴。"又曰:"初临乌撒,蛮酋迎款以供输。继次马湖,敌垒望风而奔溃。"因以驯象为献,玉珍遣使劳之。初,胜之入云南也,元兵不测其多寡,既孤军深入,馈饷不继。梁王获胜亲吏,知胜兵仅八千人,又皆疮痍,遂聚兵大理。胜知情,见势屈,乃引兵还。夫以汉唐全盛不能克六诏,而有高丽二人者,转战倏忽,俾二国之人智不及,守勇不及,战坚城,重险若履平地,可不谓才略过人哉。铎以骄淫死,胜以孤军敝,使铎左右有人,胜、邹、李继至,又得主而事,则二人者,当前与英、卫论功,后从蓝传纪绩矣。

本篇写到的关铎是刘福通手下的将领,万胜是明玉珍帐下大将,他们领兵杀入高丽国、云南六诏,最后却"铎以骄淫死,胜以孤军敝",功败垂成,令人惋惜。但他们豪侠负气、智勇兼人的性格特征还是深得作者的赞赏,因此作品是把他们视为一代英豪来进行塑造的。

朱孟震的父亲朱瓒也是朝廷官员,《江西通志》记载其非常清廉,爱护百姓,铲除邪恶,卓有政声。因此,《河上楮谈》在追忆他人先祖事迹的同时,也不忘彰显自己父辈的业绩,如卷一《武昌风水》:

> 先大夫教武昌时,初试诸生,见文藻特甚,然三十年无一第。因询之,皆云学官面樊湖,旧有堤扞外水,岁久圮坏,气涣而泄,宜稍筑旧堤。又西山据其右,东为民居,卑弗称。乃谋于邑宪使孟公、大尹陈公、经历方君及耆民刘君、典膳严君辈,先大夫首捐俸为倡,孟公辈皆捐资若干,庠生诸父兄各若干,乡义士各若干,属孟公主其籍,而刘司出纳。先大夫日取酒,邀孟公从堤上行督,其县民踊跃鼓舞,即菜佣、樵子皆争前出一钱为助。又立文昌武安庙于堤之左,为右塔其上,堤成,县人争命曰"朱公堤"。又题学门曰:"文笔插天扫动九霄星斗,义堤止水养成万化龙鱼。"于是诸生各携书就学舍业,几百人。每旦,先大夫坐堂上为讲"四书"经义,毕,次命以题,诸生争自奋励,诵声洋洋,彻晓不辍。是岁,熊中丞桴首领乡荐,次李绪,次孟公子仿,次方君、孙某。自后科第不绝,咸归功先大夫,至肖像立专祠云。

本篇故事表面上写风水之地的选择和营造对武昌学子科举考试的影响,但实际上是指出人力才是带来一方教化的决定因素。朱瓒要改变武昌地区的学风,他采取的办法,一是号召大家捐资助学;二是改善办学环境;三是严格教学,言传身教,督导有方。在他的"三步骤"引领下,武昌地区的风尚一变,人人向学,蔚然成风,才造就了"科第不绝"的现象。由此看来,朱瓒的智慧、品格确是难能可贵。

《河上楮谈》中,还有许多科举故事,如卷一《练中丞恩遇》:

> 乡先达练先生子宁,洪武乙丑廷试第二,余乡人至今称为"练状元"。盖是科会试首黄子澄,次先生,次丁显。及廷试,丁首选,次先生,次黄子澄。先是高皇帝夜梦三丝坠地,将胪唱以子澄年少,论议过激,稍抑置二甲第一,而以二甲花纶易之。三人者姓名俱有丝,适与梦叶。高皇帝喜甚,俱

赐状元,授翰林院修撰,于是京师有"黄练丁,丁练花"之谣。余乡旧有状元坊,在学官之左,余少时犹及见之,今毁矣。

科考关系着千万士子的命运,科考成功是无数文人士子的梦想,然而科考充满了偶然与必然,因此,科考故事往往引人入胜。本篇写同科考试,明太祖竟定了三名状元,虽然与历史事实不一定相符,却满足了无数士子对理想的向往,因而脍炙人口。卷一《玉笥梦》自述其科考曲折与感悟:

> 玉笥山去邑城三十里,山有九仙,其梦征灵验,与闽九里湖大约相类。余读书虹沙时,黎先生汝登每约余游,已又中止。一日又书来约,余乃以前事诘之。先生再缄书,坚约,期以翼日晨往,舟舆已戒。是夕,余梦从先生游至山半,有道者来迓,共止一亭中,设木案、石砚各一,又出一册请余二人题,因告曰:"前有闽人游此,指亭前松咏之。其时十月,谓寒易尽而春且至也。"二人领之。黎先生乃留诗二,余续而和之,中有云:"江边细雨看花入,陌上春云傍马飞。"因忽觉,夜四鼓矣。余呼友人彭体升曰:"玉山之游已矣。"问云何,余曰:"余已得一梦,是山灵告我矣。"及明,先生遣人报舆夫中夜为蛇啮足,不得行,因以梦复之。次年戊午,余试事毕,将放榜,移舟候之。夜半,风大作,质明微雨,余乃从江上赴鹿鸣。体升因来,诧前梦之异,且贺曰:"春云傍马,殆来岁事耶?"次年,余下第还。至戊辰进士,盖二句先后十年乃应。又业师周先生易才名籍籍,乙卯下第,后往祈梦,梦入县城观春。主人陈氏者,肆中列一香筒甚大,问之,云:"此被中用者。"因行至县,见众人舁一大案,余坐其上,见先生不为下,心怪之。又行,见余表弟乡进士吴子明据一凳以饭,为道其事,子明曰:"尔无怪,尔不闻县尹所出对耶?"问之,云:"青出于蓝,会见鹏程万里。"下句先生不肯言,先生笑而去。及归,乃以梦告余,且贺曰:"昨鲁生惠一香筒,宛如梦中者,兹已应,他可知矣。"戊午,余中试。子明以是秋补廪生。饭谓廪也。

本篇故事记载了作者和业师周先生的两个梦。作者梦见的是他与友人黎先生结伴游玉笥山事,周先生梦见的是其入县城观春事。奇异的是,这两个梦都预示作者将金榜高中。因此,作者记录这两个梦,实际上是借此以抒写其曲折的科考历程与沧桑的科考心路。

士子们的求学道路充满艰难,科举过程更是痛苦不堪,卷二《甄生滑稽》也做了曲折的反映：

> 嘉靖初，济宁甄生者最称滑稽。有中官某闻生名，邀入舟次，生一见辄大哭，中官问之，曰："公大似我母。"中官不觉失笑，乃厚赠之。又庠司训某责束脩，甄不能具，颇遭诟詈。一日，晨诣斋曰："昨夜中与妇起，发藏中数百金，因共妇约，以金若干置产，若干作室，若干供酒食，若干赠答，若干偿贷，又若干以奉门下。"司训问安在，曰："梦也。"司训怪之。生曰："甄，贫士。若非梦，将何以奉先生？"司训愧而止。

本篇故事塑造的甄生思维敏捷，语言诙谐，机智幽默。他先是讽刺中官即太监不男不女，而太监竟无知不懂；继而讽刺学校司训不体恤贫困学生，频频詈骂、逼迫学生交缴束脩，从而反映了士子求学的艰难并折射出明代社会的不公、污浊。

《河上楮谈》还记录了一些隐逸文人的故事，如卷一《石潭戒舟人》：

> 石潭先生笃学好古，起居最慎，然颇近迂。相传先生计偕买舟北上，戒舟人曰："舟止许去岸三尺。"舟人曰："秀才第闭船窗，无出外，我则如约。"于是先生居舟中，舟人竟放舟中流不知也。先生后觉之，竟不北上，终其身不仕。

这位石潭先生真是谨慎而迂腐，他乘舟北上参加科考，与船夫约定，船行河中，只能离岸三尺，以免危险。当他发现船夫没有遵守这个约定时，竟中止行程，放弃科考，终身不仕。卷一《花状元书楼》写一位有特长的士子：

> 花状元家藏书甚富。鲁之先有隐者某，博学嗜书，尤善象戏。鲁授徒东鲁，积束脩几二百金归，道钱塘。适乡富商数人以象戏与他贾角，输直百金。见鲁至，请与之角。鲁先从旁观，知其以二马胜。次日与角，尽还诸商直，并得玛瑙衫一。乃从花氏游，尽捐所得书，以大舶载归。鲁故藏书，诸达官过淦，必从鲁借观。今微矣，书散逸殆尽。余家所得第大仓一稊耳。

士子鲁某博学爱书，又擅长下象棋。他藏书甚富，珍本很多，多有达官贵人借观，后来全部献给了花状元。花状元却没有保藏好，竟致散逸殆尽，不禁让人唏嘘，沧桑感十分强烈。又如卷二的《惠逸人》：

> 华州张明府维训为余言惠逸人事，余请传之。传辞多不具载，载其概。惠逸人者，名沐，字子新，自谓"一松子"，东西南北人也。或曰上世惠妃族，

以事谪秦中北里籍,乃为秦人。逸人志气轩豁,好古书,习名贤法帖。长安张太微与武功康太史、鄠杜王太史、盩厔王东谷游终南,见逸人诗有佳句,遂引以游。逸人一日款有司,求籍长安大村里。按察孙公限韵令赋雪竹。逸人曰:"请无拘礼法。"乃解衣,睥睨良久,挥笔题曰:"谁人种此琅玕玉,引得清风俗尚淳。待月忽疑青凤至,凌霄常与白云亲。浑如娥女清残粉,清似夷齐不受尘。独有岁寒君子节,肯随桃李竞芳春。"孙大称赏,因为系籍长安,自是名益振振起矣。康太史延之武功,作诗为赠。然性至孝,秋夕忽闻促织,感而咏曰:"我问促织音,月下泪双落。嗟我白头亲,寒衣着未着?"康怜其意,赠予还里。后从云总戎征,入为幕客,乃游皋蓝,历云中,又入承天。平生奇崛,不平之气间寓于词赋。晚又从总制刘公征,作《固原志》。尤好谈黄白术,或诘其好仙者,逸人曰:"子欲居九夷,而能以王道与九夷乎?子未知古达者之寓言也,而何以谓我哉。"年六十卒,葬长安曲江。维训与华原张子志川宗尉为题"明诗人惠一松墓"。有《一松集》若干卷。子柟,世其家学,为汉中廪生,亦坎坷落魄。忌者以先世谗之,被黜。朱子曰:"龙蛰于泥,凤栖于薮,泥莲不染,垣竹自直。人固自立耳。古用人者不以世故疑,不以父故废。彼訾訾者何以独见之左与?然子新父子身愈屈,业愈伸,迹愈隐,名愈显。读维训之传,其不朽故在此。訾訾者独奈之何?"

本篇故事记述了惠逸人的一生。惠逸人富有诗才,所作《雪竹》诗构思精巧,语言新奇,为人赞叹。《秋夕忽闻促织思亲》诗也感情真挚,感人至深。但惠逸人一生落魄,经历曲折。朱孟震实际上与惠逸人并不相识,他只是从友人张维训那里听说了其事迹,感于其"身愈屈,业愈伸,迹愈隐,名愈显"的经历,希望世人能学习他"龙蛰于泥,凤栖于薮,泥莲不染,垣竹自直"的不朽之品质,因而用简洁质朴的语言为其作传,为我们刻画了一个志气轩豁、平生奇崛、命运坎坷的性情中人的形象。这是《河上楮谈》中一篇较为生动传神的作品。

《河上楮谈》不仅关注帝王、英豪、先祖、士子,也写普通人的故事,为普通人作传,为女性作传,如卷一《鲁孺人节》:

外祖母鲁孺人者,珠溪鲁广文稷女也。鲁故儒籍,嫁外祖吴皆苈翁。外大祖梧冈翁晋忠,博雅能诗。外祖年未弱冠,尤有俊才,乡人稍长者皆来就学。孺人年二十一,外祖得弱疾甚剧,无子,止先宜人年尚幼,外祖为诗一篇书付孺人曰："善视之。"诗云："鲁女吴郎美一双,何期郎逝女孤孀。蛾眉不许他人画,云鬓休同旧日妆。我口只今啼杜宇,尔身从此效鸳鸯。西风惨惨黄泉路,地下人间两断肠。"又书一纸曰："明中岂料无天地,暗里休疑有鬼神。"遂卒。孺人誓志抚先宜人,而朝夕纺织养梧冈翁。翁卒,先宜人适先大夫,孺人日夕囊所遗诗佩之。年六十余,始就先宜人养,八十卒。余弟季奉柩,葬吴氏鳌头山。孺人性烈烈如女丈夫,即心甚爱先宜人,然每正色戒之。先宜人举诸子晚,孺人保抱鞠育,恩甚至。余稍长,见囊中诗,未尝不对孺人泣相视也。监察李公循义按江西,为匾贞烈嘉之。第昔后无人疏列之朝,不及表扬之,为可痛也。

本篇所写是作者的亲身经历,是一个真实的故事。故事的主人公鲁孺人就是朱孟震的外祖母。在她二十一岁时,丈夫因病去世,她含辛茹苦一人抚养女儿长大,守寡近六十年,八十岁卒。后来监察李循义巡按江西时,得知她的事迹,为她题匾,表彰她的忠贞和坚忍。像这样值得人们感喟、敬佩女子还有很多,如卷二之《华州二烈女》:

二烈女者,一郭氏,华儒生东群芳之妻,年三十一。一王氏,其妾也,年二十九。群芳病亟,嘱郭氏择人事之。郭大哭,啮指申誓,期以必死。群芳卒,郭命匠具二棺,遂绝饮食三日,制哀服,哭奠夫柩毕,与家人诀,家人防守甚急。郭伴许以不死,少懈,亟更敛衣缢群芳柩帷之右。初,群芳与郭氏诀,王悲曰:"何不及我?"群芳笑曰:"汝亦能郭氏死从我耶?"王氏曰:"夫君勿以我不能死,我非妇人耶?"亦从郭氏请具一棺,不饮食,朝夕侍郭三日,乃持郭氏相泣拜而谢之已,缢于帷之左。母周氏伺于傍,解其索。王苏曰:"吾主母死,吾何独生?"因绐母他辞,是日戌,竟缢以死。王郡守为竖双烈旗于门。部使者闻之,遣官奠祭如礼。

从人性的角度来说,以死殉情在任何时候都不值得提倡。但从情感的角度看,以死殉情在一定程度上反映出感情的忠贞,本篇故事强调的正是东群芳妻妾对他的真挚情感。我们再看卷一之《胡贞烈》:

新安胡氏女,乡进士胡某女也,嫁同邑吴氏子。吴之父贷商人赀,不能偿,避之浙。吴子从外舅留学里中,病甚,女闻之,匍匐归视。吴卒,女不食七日,不死。日饮水数钟,稍能知户外事。乡人闻者,竞来视之,履迹满户限。女戒其弟使毋内,然一一知其人姓名。将卒,父令仆邀其舅来,女止之。仆既去,告父曰:"舅方出庄居,见仆来,避之屋后矣已。"仆还,问之果然。卒之前数日,异香绕室内,告其父曰:"我欲少浴。"忽室内若雨洒床簟间。又告其母曰:"姑老矣,我二婢在,幸无取之归,儿目暝矣。"乡人为立胡贞烈庙云。

胡氏女的贞烈一方面表现在她为丈夫殉情,另一方面表现在对她公公婆婆的牵挂、孝道。而在作者看来,她的贞烈为她赢得了两个层面的表彰,一是乡人为其立庙,二是她获得了灵异的能力,能知未来事,仿佛有成仙的可能。作品的构思颇有些特别和新意。

《河上楮谈》不仅彰扬女性的贞烈,而且欣赏女性的智慧和才华,如卷二《李玉英》写道:

> 李玉英者,锦衣千户李雄女也。父死,弟承祖幼。继母焦氏有子,谋夺其荫,乃毒承祖死,出其妹桂英,而诬玉英以奸淫,所指作诗为证,致陷大辟。玉英陈疏奏辩,词情哀恳。世皇怜察其冤,事得白。词多不载,其《送春诗》云:"柴扃寂寞掩残春,满地榆钱不疗贫。云鬓霓裳半泥土,野花何事亦愁人。"《别燕诗》云:"新巢泥满旧巢欹,尘掩珠帘欲卷迟。愁对呢喃终一别,画堂依旧主人非。"

故事的主人公李玉英在父亲死后,被继母焦氏陷害,弟弟被毒死,妹妹被卖,自己也被诬告奸淫而判了死刑。但李玉英有诗才,她上疏朝廷,为自己辩护,情词恳切,终于引起皇帝的注意,从而沉冤得雪。她的诗词情感真挚,与其曲折的人生经历和生活情景密切关联,感人至深,深得作者的注意和人们的赞叹。再看卷二《朱素娥》写的是一位青楼女性:

> 凤阳刘望岑尝访金陵妓朱素娥者,不出,乃投一绝云:"曾是琼楼第一仙,旧陪鹤驾礼诸天。碧云缥缈罡风恶,吹落红尘四十年。"朱即欣然出见。朱尝与陈鲁南编修联句云:"芙蓉明玉沼,杨柳暗银堤。"又托所欢买束腰,其人书问尺寸,朱答之曰:"寄买红绫束,如何问短长。妾身君抱裹,尺寸细思量。"

能诗善文的歌妓从来都深受古代文人的欢迎,如唐代的薛涛、鱼玄机等。本篇所写的金陵妓朱素娥也很有诗才,她能与朝廷编修联句,她能用诗句委婉含蓄地表达她的愿望与情感需求。她起初不愿意理睬刘望岑,读了他的诗,觉得他的诗写得很好后才欣然相见,可见她欣赏的是风流文人。而这样的女子也深得朱孟震的赞赏。

"间评诗文"是朱孟震小说集的特色。《河上楮谈》中有多篇这样的作品,如《聂大年诗》《陈尚书诗》《石钟山诗》《杜诵诗》《韦苏州佳句》《太白赠杜诗》《仆散公词》《节妇诗》《石头草庵歌》等。

《河上楮谈》之卷三为《停云小志》,这是作者在潼关任上特别创作的,其中记载了大量明代文人诗人故事。有《序》曰:

> 《易》有云,二人同心,其利断金。同心之言,其臭如兰。《大戴礼》云,与君子游,苾乎如入兰芷之室,久而不闻其香,则与之化矣。震少也寡昧,自入官来,始得从学士大夫游,又幸诸学士大夫不以为寡昧而与之进,以故窃同心入室之谊,时自濯励,于今十余年,计所托为知交者,彬彬乎盛矣。比来关内山斋,长日无事,索居缅怀旧契,南北各天,每一停云,不胜驰结。夏五月,天雨十日,闭户,因追忆尔时丰神意度及所赠答篇咏人,略疏其大概,手自录焉,命曰《停云小志》。盖在南比部曹所与游得若干人,青溪社倡和得若干人,由渝入计都下得若干人,间一披阅,如握手接袂,上下其议论,又若临钟阜玄湖,坐邀笛阁对西山爽气,挂笏而歌,呼呜呜也。宣父言,鲁无君子,斯焉取斯。震,诚非其人也,顾今海内熙明,贤俊济济,布列朝野,鲁之君子,讵足多让焉。今即余寡昧而辄引之于君子之列,固不敢当然,他日因诸君子而幸窃附于古之人,亦安敢遽自弃也。知我罪我,其亦有概于斯焉。

从此序言知,此志作于潼关兵备副使任上(1578年)。五月时,因连日大雨,朱孟震稍得闲暇,乃追忆自己平生交游诗人、文人,逐一记录成章,怡情悦性。写入其中的都是有"篇咏"的人,因此,《停云小志》无疑可以说是"文人小传记",是很严格的志人之作,即逸事小说。

《停云小志》中写到的人物是作者自明穆宗隆庆二年(1568)至明神宗万历七年(1579)年中三个重要人生阶段即金陵任南比部尚书郎时期、青溪诗社时期、重庆和潼关任职时期结识交游的好友知己,将近四十人,尤其是青溪诗社中近三十位社友。因此,《停云小志》真实地展现了明代中期许多文人的"丰神意

度",再现了他们才思敏捷、感情真挚、从容优游、雅致旷达的文学家形象,如写青溪诗社盟主陈芹:

> 陈子埜名芹,金陵人,为长沙令,九十日解印归,卜居凤凰泉之左,又构别业新林浦,时垂纶其上,浦有黄厓,因自题曰"横厓小隐"。又即邀笛步为阁,其上曰"邀笛阁",而引骚人倡咏为乐。善墨竹,意所到,挥笔点染,若不经意而神韵自别,人争宝之。喜为章草,佳处颇逼真。所著有《陈子埜集》二卷。又取古高士自巢许而下迄于宋元得七十余人,人为之诗以自见其志,号《思古吟》,并前社稿中诗多不具录。其喜诸君子入社,诗云:"邀笛亭前舍钓竿,丹枫林外候金鞍。吟边绿酒今逾暖,花底幽盟久未寒。才子一时追邺下,故人几载隔云端。诸君莫更轻离别,萍迹应怜此会难。"

这里为我们展示的是颇有陶渊明风范的诗人、画家形象,他为长沙令"九十日解印归",特别追慕巢父、许由、陶渊明等前代高洁的隐逸之士。他善书、善画、能诗,且对青溪诗社的组织、发展贡献巨大,因而朱孟震对他赞赏有加。又如写盛时泰:

> 盛贡士金陵人名时泰,字仲交,少与兄时春俱有声庠校。时春举癸卯乡试,为冬官尚书郎。仲交独三十年困场屋,所居近冶城,有苍润轩贮法书名画其中,焚香煮茗,客至留连竟日。又时从冶城登黄鹤楼,从友人把酒赋诗,下笔数千言立就。尝以书千里致杨修撰用修及文待诏徵仲,相与为神交。去城二十里为摄山,山之左有大城山,仲交结精舍其地,时跨一青骡,命小奚奴囊古琴随往来,啸咏甚适也。无事夜篝灯读书,晨起斫薪为爨,因自称大城山樵。

盛时泰少有才名,文思敏捷,但科考并不顺利,三十年不能金榜题名,令人叹息。而他自己却不以为意,好读书作画、把酒赋诗,与一二知己神交,时时跨一青骡出入大城山中,吟啸自适,悠闲自得,一超然物外的隐逸高士形象跃然纸上。又如:

> 张德南名炜,闽人,初为南大理司务。署中有奇竹二产檐下,已乃屈曲循檐出,德南援笔为《瑞竹赋》,诸郎竞传咏之。又善书,诸以便面从乞书者屡满户外。诗喜为平淡。一日,舍中芍药盛开,乃命酒招余饮,取蔷薇和麦煎之佐酒,极有致。又邀余从南城诸寺玩月,极欢而罢。以事讠吾误谪,稍迁

为龙安推官以归。余为渝州守,复会于蜀,寄余诗云:"白下悲歌送我行,西风逐客泪沾缨。百年盟好耽风雅,万里羁栖忆弟兄。蜀郡儿童迎使节,闽州虾菜计归程。相看咫尺难相晤,山自青青鸟自鸣。"

张德南同样能书能诗,求书者"屡满户外"。他的诗风格"平淡",给朱孟震的一首赠别诗极有情致。再如:

> 李袭美,一字于美,名荫,南阳内乡人。袭美为举子时,从其兄太史子由游白下,陈子埜为余诵袭美诗,余恨不从之游也。会丁丑入计都门,袭美为赤县宰,从王大仆见余诗,因存余客邸,于是得以诗相往还,然竟不及一面也。余出都门,止弘法寺,约孔昭为西山游,袭美乃走书约余共往。书甫至,袭美携酒来,因共握手大欢,引酌剧谈,至夕乃罢。明日,余与孔昭游,会袭美有他祀事,乃遣人先置酒诸胜,而以诗来报。于是孔昭与余且游且酌,酌余复味。既归,余叙其事而录二人诗以归。袭美因和之,为刻《西山倡和编》寄余,余甚奇也。袭美才足高一世,而心顾益虚,为诗援笔辄就,然于他人诗佳者,爱之不啻出其口也。尤好延接海内士人,有一善辄剌剌从,众人称之不置意。所当无问远近,未尝一日置念也。张助甫在甘州见袭美所赠余诗,以书来曰:"李于美,某之年家兄弟也,其人意气盖一世,某向未面而顾有逾骨肉,今于门下亦然。"嗟乎,世有白首而新若袭美,谊足驱千古,宁独一世也。

本则故事叙写自己与李袭美之间的真挚友情。未见面时,自己从友人那里读到他的诗歌,已是"恨不从之游",渲染了李袭美的独特风采。相见以后,见其"才足高一世",为诗援笔立成,文思敏捷,而且虚怀若谷,尤好交朋结友,延接士人,从善如流,所以朱孟震赞他"谊足驱千古"。

《停云小志》充分反映了1568年至1579年这十余年间明代文坛的发展状况,具有极其重要的文献学价值和史料价值。如其重点记载明代文人结社情况:

> 青溪自后湖分流,与秦淮合。当桃叶淮清之间,有邀笛步者,晋王徽之邀桓伊吹笛处也。陈明府芹即其地为阁焉,俯瞰溪流,颇有幽致。岁辛未,费参军懋谦约余为诗会其上,于是地主则明府,次则唐大学资贤、姚兴客洲、胡民部世祥、华广文复初、钟参军倬、黄参军乔栋、周山人才甫、盛贡士

时泰、任参军梦榛先后游。而来入会者则张大学献翼、金山人銮、黄山人孔昭、梅文学鼎祚、莫山人公远、王山人寅、黄进士云龙、夏山人曰瑚、纪亳州振东、陈将军经翰、汪山人显节、汪文学道贯道会、沈太史懋学、程文学应魁、周文学时复。癸酉复为续会，则吴文学子王、魏广文学礼、莫贡士是龙、邵太学应魁、张文学文柱，每月为集，遇景命题，即席分韵，同心投分，乐志忘形，间事校译，期臻雅道。前会录诗若干，刻之命曰《青溪社稿》，许石城先生叙其首。续会录诗若干，吴瑞谷序之。会余领渝郡，符任参军入兴都，稿遂散逸。后力民部沆、叶山人之芳入焉。余驰书社中，期稍收辑。无何，胡民部、费参军以讦误谪，黄参军以领郡行已，方民部亦因事出，盛会不常，良朋星散。回首江东，云树在望，秦淮烟月，黯尔销魂。因记旧游，略次其姓名篇什如左，记以至先后为次，无论齿序，诗纪一时遇合，其工拙亦非所敢择也。

青溪诗社是明中期影响非常大的一个文学团体，活动持续近五十年之久。青溪是南京地区的一条人工水系，发源于钟山南麓，流经南京城，注入秦淮河，蜿蜒十余里。三国时，孙吴定都建业后，西有长江，北有后湖，南有秦淮之险，独东为平岗，无险可守，乃于赤乌四年（241），凿渠以为要隘，名"东渠"。受中国传统"四象说"把东方气象称为"青龙"的影响，"东渠"又被称为"青溪"。

青溪两岸形胜繁华，风景优美，环境清雅，自魏晋南北朝以来一直是达官显贵、名公巨卿的聚居之地。明黄姬水《青溪田舍记》记载："金陵古称佳丽地，而青溪尤擅胜焉。溪自吴凿，有九曲，连绵数十里。发源钟山，泄湖播沟，达于秦淮。前朝闻族多居之。王荆公诗云'昔时江令宅，今日段侯家'是已。"明代诗人、文人也无比钟爱青溪，多卜居于此。因此青溪江畔也就成为明代文人聚会的重要场所，活动频繁。

青溪诗社并没有严密的组织、固定的成员，也没有提出过明确的文学主张，因此不是一个严格的文学流派，只能算是一个松散的文学社团，只是因活动在青溪之畔而得名。诗社以一两个有名望的文坛长者、文化名流为核心，骨干成员轮流做东，定期聚会，主要活动内容有宴饮、看戏、听曲、登山临水、分韵作诗、酬唱应和等。诗社五十年历程大致可分为三个阶段：

第一阶段是嘉靖中期。南京刑部尚书顾璘致仕，归里青溪，门生姚涞与金大车、金大舆兄弟等聚其门下谈诗论文，又有不少当地知名文人、诗人影从其间，成一时之盛事。这次集会并没有多少诗作流传，但"青溪社"已肇其端。

第二阶段为嘉靖后期。松江何良俊和宝应朱日藩先后仕宦南京，名士黄姬水等寓居于此，许谷、姚涞、姚汝循等相与往来，青溪诗社再度兴起，活动场所主要是何良俊和朱日藩的居所及姚涞的市隐园。至嘉靖三十八年（1559），朱日藩调任九江知府，次年黄姬水返回苏州，嘉靖四十年（1561）何良俊也离开南京，诗社告一段落。

第三阶段为隆庆末万历初。隆庆五年（1571），名士陈芹去职归南京，与朱孟震、费懋谦等复倡青溪社，陈芹的邀笛阁、姚涞的市隐园、张士瀹的清懒窝是主要的活动场所，吸引了几十人参与，声势比前两个阶段更为浩大。万历元年（1573）再次续会。这一阶段曾刻印诗集，名为《青溪社稿》及续编，由许谷、吴瑞谷作序。后因费懋谦、胡世祥、黄乔栋等被贬官、调职，诗社归于沉寂，最终谢幕。①

朱孟震在《停云小志》中清晰地记载了青溪诗社第三阶段集会的发起过程和活动情形，他们"每月为集，遇景命题，即席分韵，同心投分，乐志忘形。间事校评，期臻雅道"。朱孟震对诗会因"良朋星散"而"盛会不再"也感到十分惋惜，为之"黯尔销魂"。因《青溪社稿》及续编散佚，他又详细记录了主要与会成员身世、履历、逸事及作品，甚至对有的作品做了简单的评述。如感于陈芹《思古吟》及其在《青溪社稿》中诸多诗作"多不具录"，所以有意记录其七言、五言律诗和古体诗十余首，又记录盛时泰诗作十首，还记录周才甫、任梦榛、金銮、梅鼎祚、莫公远、莫是龙等人不少作品。朱孟震还记录了有些诗社成员的诗歌主张：

> 袁鲁望，吴人，名尊尼，父求之先生，有声吴下。鲁望克绍其家学，才情雅丽，而于交游最厚。余自太学游，已识鲁望，后余为比部，而鲁望为考功郎。考功在南部称尊贵，他曹郎率严惮之，乃鲁望顾存念余不置。余为诗，鲁望辄为评校，"不作时俗语"相许可，尝以书规余云："作诗才短者乃须容易，才长者必求稳安雅。调不牵于俗，俗调不合于雅。难易雅俗之间，不可

---

① 周军：《金銮及其著述研究》，西北师范大学2009届硕士学位论文。

不辩也。"盖余初为诗,往往率易而近俗,鲁望之言不啻良药之于膏肓矣。鲁望为郎久,尝赠余诗曰:"神骏逸群方振踔,倦禽垂翅尚回翔。"未几擢山东提学副使,引疾归,卒。呜呼!鲁望已矣,安得斯人复订吾文者耶?为之三叹。

朱孟震认为,吴地著名文人袁鲁望的"才情"决定论和难易雅俗之辩对自己的诗歌创作非常具有指导意义,"为之三叹"而记录在册,也让我们今天可以借此而窥明代中后期诗学思想之一斑,是非常难能可贵的。因此,《停云小志》是我们研究明代中期文坛的重要史料,非常值得重视。西北师范大学2009届硕士周军的学位论文《金銮及其著述研究》正是借助《停云小志》而解开了金銮占籍、生平、交游及诗、曲著述等诸多谜团。

如前文所述,"河上公"是传说中的琅琊方士、海外仙人,朱孟震又将其小说集命名为《河上楮谈》,集中当然也就少不了志怪故事。其中最成功的作品也许是卷二之《万镒遇吕祖》:

> 万镒字乘时,号与石老人,性醇慕道,以召箕自给,每召即吕祖至。久忽梦祖与说八卦,复梦言某日客当来,有手写书可求之。至期,果有客至,因求书,言在舟中,于是从取之。其书言卜事,乃为卜者数十年。隆庆庚午,得末疾,以帛络臂,左手执杖而行。邻人朱文与之药,罔效。十一月二十一日早,舆过普德寺,下舆而便。见道人自对山直下,呼镒为老儿,镒伴不应。道人又行又问,渐逼镒,乃应曰:"我不幸得偏枯疾,乃如此。"道人厉声曰:"何谓偏枯?偏枯,树荣悴相半也。树若此,必属之火。人岂如是耶?"问疾始何时。曰:"今七月二十一日。""此密云不雨之象也。"镒闻其言,乃曰:"善药乎?"曰:"不。""善灸乎?"曰:"不。"曰:"然则何以度日?"曰:"乞于市。"镒见系一瓢,曰:"乞用瓢乎?"曰:"然。"道人因问镒姓,镒却反以姓问道人。道人曰:"乾。"又问号,曰:"思屯。""何谓屯也?思之何也?"曰:"屯于义为难。思屯,尝以难自思也。我六岁随师,故不知色。若酒与财气,则尚有之,但能自遣,不似尔致跌尔。"又问答良久,为说屯义毕,乃曰:"今尔以肝气致疾,即屯也。"因呼老儿可往桥上行。镒不觉扶杖行,出寺东门。时日初出,见道人对日立,口喃喃诵而无声,因复问:"尔非江右能拆字者耶?当知《易》矣,乃不知屯?何拆字为也!"镒曰:"我略知

小数尔。"曰："数岂有小尔？慎毋爱人一钱。"又呼曰："老儿再往前一行。"镒辞不能。道人若略以手强拽者，遂自桥反雨花之麓，倚树坐，以手扪镒腰肾曰："酸乎？"曰："不。"又扪至膝，曰："酸乎？"又见手悬帛，将手向衣内上下扪者三，曰："幸瘦，可愈，且悬之。"又曰："尔五脏皆火，不必药，惟武夷茶能解，以东南枝生者佳，烹以涧泉。叶竖立，以井泉即横。"镒感其意，乃问曰："先生何寓？"曰："清元观。可问思屯乾道人。"因别去。居数日，不知手足举步，因循几行出户限外。友人毛侜惊问其故，曰："公偶仙矣。思者丝也，屯者纯也。乾，阳也。所遇乃吕祖。"因至清元访之，止塑像在。镒言吕公年可四十余，躯不甚长，面微带黎色，多须，衣玉色道袍，裹青布巾，足纳蓝布履。衣上有二绽处手，色甚皙，终谈间，权而不放，每置于胸前。后乃意为"吕"字。

吕洞宾的故事是文言小说家最喜爱的创作题材内容，唐、宋时期的文言小说集中常见吕洞宾的"神迹"。吕洞宾故事也有一个比较固定的模式，大体为吕洞宾悄悄来到人间，救人苦难或教人仙术后又悄然离去，离去时往往留下一个"吕"字的字谜，有人破解后，知其为"吕真人"。故事在充满悬念的氛围中发生、发展、结束，有着悠长的意味。本篇故事也是采用这一传统模式，写术士万镒为怪病折磨，痛苦不堪，吕洞宾突然降临，解其病痛，传其法术，飘然而去，一如既往地"神龙见首不见尾"。故事模式和内涵并不见得有多少新意，但吕洞宾教训术士"慎毋爱人一钱"，表现了作者"关爱民生"的情怀，作品的主旨和趣味也就有了些升华。遇仙故事还有卷二《梁公》：

同寅黄君镁，福建南靖人。自言其父醒轩先生，年四十时授徒县之古楼。道过梁山，遇一老人，自称梁公，与谈《易》理，不觉日暮。老人邀之宿，因同过一桥。老人云："铁桥险处须回顾，双鹇飞出是前程。"问之不答。已入门，壁间悬诗三幅，一云："青青千里草，隐隐独家村。日暮客投宿，山深虎守门。"旋出酒共酌，一女童侍立，问何名，曰："乐乐。"先生戏曰："独乐乐乎？与人乐乐乎？"老人怒曰："尘心不了。"女童因前笑曰："汝忘我乎？何不相识？乃相问也。"先生徐思之，女童曰："汝于遇仙桥沽我酒，今忘之耶？"既又曰："四十年前事，想忘之矣。"先生愈疑，又曰："不必疑，四十年后见之矣。"老人怒曰："无多饶舌。"因目之入，赠先生诗一章云："自有安车自不知,劳劳奔走欲何为。回头打紧修功课,似我南山种豆时。"先生就寝,视床箦无异人间,且闻闭户声,火光漏疏,屏间历历可见,因不复疑。薄晓,梦中颇闻鸟声,起视之,则露寝草间,无复人迹。后因夜行过铁桥,偶回首,见一人操斧尾其后,惊而走,始悟老人所云。第"双鹃飞出"不知何语。黄在刑曹时,适万历壬申,覃恩封先生如其官。是年,先生病甚,黄请告归,因举前事相质。余心知双鹃之兆,不欲显言之已。黄归,先生竟受封诰而卒。所谓"双鹃飞出",盖指其官位服色。噫,亦异矣哉。所称梁公,疑即梁山之神也。

本则故事写作者的同僚黄镆,在四十岁时曾路过梁山,遇梁山之神梁公,梁公携其入仙界留宿一夜,以隐语"铁桥险处须回顾,双鹃飞出是前程"暗示其一生荣辱,并赠诗"自有安车自不知,劳劳奔走欲何为。回头打紧修功课,似我南山种豆时",告诫其不要留恋世间的繁华,要修神仙之课,追求自由自在的神仙生活才是正道。作品写得比较隐晦,但也有较强的悬念感,从而使作品具有一定的含蓄蕴藉的余味。卷一《鬼工》志怪之中融入了艳情:

> 漳州村落有一大姓,延接行旅。有游生者,寓其家留月余,欲告去。忽病,再留月余,又病。若此数四,将半载。主人忽谓曰:"吾有女长未适人,愿侍巾栉。"生遂留焉,夫妇甚相得。越三年,女忽泣下,游问其故,女不言,但泣不止,云只十数日事,又恳问再四。女忽曰:"欲告汝,恐亦无益。"游始怪曰:"试言之。"女曰:"幸勿泄。"又许诺,女曰:"我非其女,乃买于浙西,今三事人矣,但吾与汝非前二人比。此间事一神于山,能役鬼工,如耕、凿、樵、苏,一应工役,不烦人力,并鬼为之,须臾可办。今养汝,亦欲汝为鬼工耳。"言毕泣下。游大骇曰:"今固无可奈何矣。"游受犒,乞语主人曰:"我流落受惠,当以死相报,但吾平生好善,有真武像一轴,幸为我焚,当上山受埋。"主人果焚之,忽霹雳一声,庙神俱碎,生如物掣空中忽坠地,乃在庾岭。遂得归。

宋代文言小说集《墨客挥犀》卷二有故事《杀人祭神》写一书生夜行,被骗入黑店,店中一女子十分美貌,出来陪他,与他柔情蜜意。书生由是流连数日,以为到了温柔乡,却惘然不知自己性命堪忧,原来是店主好事妖神,要杀人以祭,儒生者为上祀。本篇故事与之非常相似,只是将祭祀鬼神改为服役鬼神,其

余遇险与遇艳相结合，后因艳而除险都是一致的。不过，朱孟震这一改却使故事的境界更进一层，具有反映劳工剥削和反剥削的意义，因而主题要深刻得多。作品情节有张有弛，一波三折，引人入胜，应是《河上楮谈》中情节最为曲折的作品了。又如卷一《雷斧石》：

> 吉有谢姓者，家迎村，其先世喜风水，有老人从鲁文巡游，鲁指一地在某所，亦池也。然池属大姓，不可得。因伪为屠者，从池近处屠。大姓每来市肉，故不问直。久之，从大姓计所市直若干，因请曰欲得池濯屠具，大姓与之，后即其地营葬。鲁教取石似鹅卵者，每置一层池中，又以草覆之。如是令与地平，乃令取芝麻焚为灰置棺下，教之云："此地鹅形石卵也。金鹅抱卵，主后富且贵。"谢有一仆，尝随鲁出入，因丐求一地，鲁曰："汝但取而父骨焚之杂灰，内葬之日，汝伪扬灰我眼中，我击汝，汝便呼汝父哭之。"仆如其教，葬讫。鲁谓谢曰："地甚吉，但在某年有为雷所惊者方发。"谢亦精风水者，不知所谓。至期，有孙某读书山中，午方饭，忽阴云四合，闻雷声，学子问雷何物，某曰："此天地烟煴之气也。"言未竟，雷从席间起，某面为焦灼。是秋举于乡，谢从鲁讯之，鲁曰："地来龙，某处有雷斧石，以龙运计之，当在此年耳。"谢乃服。后子孙二千余人，科第不绝。进士鲁应岳、乡进士中立，皆其后也。其仆后亦致富，户粮数百石，子孙亦几千人云。

本篇写到的风水术，虽是对民俗活动的反映，但有很浓重的封建迷信成分，并不值得提倡。风水术给人以虚妄的未来幻梦，它努力地让人相信，只要能得到一块风水宝地，家族就能兴旺发达，享受荣华富贵，于是就有人想尽一切办法、不择手段地追逐所谓的风水宝地。如本篇作品写谢氏为了得到某大姓人家的土地作为祖先葬地，乃用计骗取，实属巧取豪夺。因此本篇在客观上具有批判抨击意味。卷一《石匣池》也是如此：

> 邑东邓氏居山中，家业农，族大而富。相传其先世喜延接青乌之术，为卜一地，在道傍池中。池为某大姓物，度不能得。乃收绵布数百匹，若将往闽中货者，而故覆之池中，走诣大姓借宅曝之，因以布托大姓暂贮之，而去久不至。大姓家稍落，渐取其布货之。一日诣大姓取布，则殆尽矣。其家度无可偿直，邓因谓曰："前布落池中，数也。必无可偿，愿得池为灌溉。"因

为券纳之。青乌者乃令实土其中而出其水,葬之日,掘地深数尺,见石匣一,邓不知,启之,匣中见二鸭,一飞去,一为家人压其足,仍置匣中。葬后家族益胜,其最富者少跛。今呼地名匣池云。

"青乌之术"也是指风水术。本篇虽比上一篇《雷斧石》更短小,但更精彩,情节更曲折。邓氏为了得到某大姓的一道傍池,可谓是处心积虑、挖空心思,最后终于奸计得逞。两篇作品都在一定程度反映了当时的社会风气和富贵阶层之间的尔虞我诈,有一定的认识价值。

风水术将家族的兴衰荣辱、个人的休戚升沉与风水宝地毫无逻辑地联系起来,必然没有说服力,于是又向人们强调,命运是上天主宰的,一个人的命运如何早就被确定了,这就是命定论思想、前定论思想。《河上楮谈》也有些作品宣扬命定论思想,如卷一《诗谶》《虹沙梦》与卷二《箕仙》《四节指》即是如此。《虹沙梦》曰:

> 先大夫、宜人俱葬虹沙。其地先为廷尉胡公所卜,后病砂水小疵,乃折券相与。先是,余卜葬地遍郡中,挟青乌术者日踵至,咸言某地吉,余不敢必。乃卜之。是夕,梦入延陵五母舅斋中,见案置书一册,视之,乃篁墩《程先生集》也,中有诗一联云:"沙色淘新雨,江声卷夜雷。"因窃叹服曰:"雨不可淘,雨后水漾江沙,有似淘者。雷不可卷,风起浪声如雷,有似卷者。"先生用意乃尔工耶!追觉,详梦地当在江次,所指者皆山中,遂不果卜。后得此,乃营葬其间。前一夕,忽梦大雨,余捧二柩哭,见一人谓余曰:"朱文公。"又曰:"陶桓公。"觉,则江中浪起,如万雷吼。及明,视砂间真若淘者,乃悟前梦。而是地为舅氏族人物,计梦在一年之前,信有数也。

前定论、命定论最大的特色是,其理论体系、逻辑体系本身是荒谬的,由于它无法合理地解释命运,所以往往用梦幻、偶然、巧合来加以掩饰,使其不可避免地带上神异的色彩。如本篇作品写作者为其父母寻找葬地,众多风水先生向他推荐某地,他都不相信。后来他做了一个梦,读到了前代文人程敏政的诗,从而受到启发,遂确定其父母葬地。葬后,他又得一梦,梦见有人称自己为"朱文公""陶桓公",暗示自己日后将兴旺发达,成为像陶侃、朱熹一样的历史伟人,并强调"信有数也"。从这些作品我们也可以看到朱孟震的思想局限。当然,前定论、命定论作品也不是完全没有可取的地方,比如人们对美好生活的向往之情、企图改变命运的抗争之情就是这些作品值得肯定的内容。

总之,《河上楮谈》以诗文故事、志人小说、志怪作品再现明代中期的社会世相,内容丰富,文笔质朴,是明代一部影响较大的文言小说集。朱孟震其他的小说集都以此为蓝本一再续写,从而形成了他的系列创作。

第二节 《汾上续谈》

《汾上续谈》一卷,是朱孟震的第二部小说集。所谓"续谈",自然是续《河上楮谈》。《汾上续谈》成书后,作者有《汾上续谈引》云:

> 曩余在潼关,每吏事少暇,坐琴鹤轩中,取古人书读之。意少适,间出旧所纪录传闻,暨一时意识付之楮生汇为卷三,以代客谈,于今三年所。比来汾上,奔走簿书之不遑,而积习未能尽捐。间一染指复取赫蹄,稍从缮录,事少涉隐僻怪异可资抵掌者,俱不忍,敝帚视之,较昔所存得四之一,因思绵上龙蛇之篇,列之迁史,泌丘贞隐之,勒播在人间,感白云而兴歌者,素波激其余响;援巧笑而称诗者,寓迹振于西河。古人往矣,撰述如新,不敢屑夫,故非流品。而河山之美向在目前,抚景兴怀,宁当与草木较然同朽?兹欲以区区片言存故实,阐幽微,补逸漏,纠讹谬,托讽谕,考文辞,盖聊从所好,一寄壮心,于是别为一卷,以命梓人,即不得当上客之解颐,庶以佐酱人之覆瓿云耳。万历壬午重阳后二日郁木山人朱孟震书。

由此可知,书成于明神宗万历十年(1582)秋。汾上,指山西汾州(今汾阳)、汾水。朱孟震任职潼关兵备副使大约三年后,于万历九年(1581)调任山西汾阳(《朱秉器文集》卷三之《寄梅客生》:"不佞二月初叩滥汾阳之次,而山妻以三日前奄逝,两年中夭一子一女并山妻,……东渡蒲津,比至汾水,又夭一子,盖山妻所存一脉亦不能有。"),任职至万历十一年(1583)。《汾上续谈》即作于任上。朱孟震万历十七年(1589)还曾再赴汾上,"奉命巡抚雁门、山西、三关",但已与《汾上续谈》创作无关。

《汾上续谈》共有六十二则。《四库全书总目提要·汾上续谈提要》曰:"其体例与《河上楮谈》同,而所记多琐事,惟《安南国试录》一条,叙述颇详,足资考证。"①其目的仍是"存故实,阐幽微,补逸漏,纠讹谬,托讽谕,考文辞",且可以"聊从所好,一寄壮心"。实际上,谈到小说创作的爱好,《汾上续谈》特别记录了一个故事以说明作者自己"见贤思齐",这就是《稽神录》:"南唐徐铉,不信佛教而酷好鬼神之说,搜求神怪为《稽神录》,尝典选,选人诡言神怪,因经私祷。有布衣蒯亮,好为大言,铉馆于门下。《稽神录》中多亮所言。亮尝忤铉甚怒,不与语。一日忽云适有异人肉翅自厅飞出,升堂而去。铉即喜命笔记之。此与前纪祝允明事颇相类,而稽神志怪可作千古奇对。"徐铉是南宋初年的小说家,他创作的《稽神录》是中国小说史上重要的文言小说集。这则故事十分形象地描述了徐铉对小说创作的痴迷,而朱孟震也赞赏徐铉创作的作品是"千古奇对"。由此可以看到,朱孟震不仅对古代小说家和小说作品非常熟悉,而且非常景仰。

《汾上续谈》中有一篇作品《李方伯余话》:

> 乡先达庐陵李公祯字昌祺,永乐甲申进士,任终广右。方伯居官清介,生平著述甚富,曾拟崔宗吉著《剪灯余话》。既没,郡人欲祀入乡贤,都宪韩公雍以此少之,遂罢。然考公《余话》,盖经济燕闲游戏翰墨,大要略征往事以发藻词,如长卿《子虚》、昌黎《毛颖》,外若环奇而内存法戒,非浪语也。其间虽不无一二艳词,然毛诗三百篇中,若桑间濮上,存而不删,即靖节闲情,何伤高雅!竟以言辞小失,遂弃其终身,而吠声者又猎猎不已,良可惋惜。且欧、苏二文忠作为小词,传播宇宙,至于今祀典不废。王弼郑玄辈视公,何如也,皆得从祀先圣朝廷,韩公之见似亦隘矣。

朱孟震的这篇《李方伯余话》是为小说家李昌祺辩护。李昌祺因创作《剪灯余话》而被巡抚韩雍禁入乡贤祠,这在前文第一章中已有详述。在朱孟震看来,李昌祺创作《剪灯余话》,一方面是"经济燕闲游戏翰墨",实现小说创作的娱乐消遣功能;另一方面是"征往事以发藻词",有炫耀才情的意味。这两方面的用意都是"外若环奇而内存法戒",并没有违背文学创作的规律和儒家的伦理道德,因而不应当受到指责。即使其间涉及艳情、恋情,也与《诗经》"桑间濮上"的传统一脉相承,与司马相如作《子虚赋》、韩愈作《毛颖传》、陶渊明作《搜神后

---

① [清]纪昀:《四库全书总目提要》,河北人民出版社2000年版,第3301页。

记》、欧阳修和苏轼作词的精神相一致。他把对李昌祺的批评指责称为"吠声者又狺狺不已",非常蔑视、愤怒,由此我们可在看到朱孟震的小说观是非常通脱豁达的。

《汾上续谈》是《河上楮谈》的续篇,体例当然也就基本相同。有志人小说,如《许吏部》:

> 刑部郎陈某以事谪知曹州,岁久不调,疑于风水,乃于州前起危楼一,列奇花异石其上,以供宴赏。监生杨森、员外王之臣者,家楼之旁,不便出入,屡诉之上官不得。灵宝许襄毅公进以直指按曹,森复哀诉不已。公即登楼验视,知州者不意公卒至,凡楼中饮乐之具俱未及撤。公叹息,呼知州前,喻以风水不足信,亟令毁之,知州强应曰:"诺。"公随召集丁夫,穷昼夜毁拆无遗,取其材以作州库。将毕,有管工官董懋于楼壁间砖上见题墨数行,亟取白公。公阅所题云:"许吏部,许吏部,拆了楼台盖楼库。恼杀陈知州,喜杀杨知固。"公讯当时工匠,有一匠云:"修楼时曾见一风道人题笔书此,我不识字,因取置楼壁云。"后公官吏部尚书,杨森为固安知县。知州者竟以此成疾,卒于官曹。有西营贼夜入劫库财,因楼峻绝不能得。此一事也,一以见许公之正直,裁妄费以便民。一以见陈守之昏愚,希未来以滋惑。一以见人生穷达莫不有命。彼许公之与杨森,虽所就大小不同,然一则为御史而铨宰之柄已征,一则为监生而城固之事已定。彼陈守者,日劳民,恣意以冀望非福,不知冥冥之间已夺其筭。彼异人者,方揶揄而窃笑其傍矣。抑又知楼台之作,预以坚曹库之守哉。此事载公《家乘异政录》中,宦游者往往能言之,不知其信若此也,因为拈出。

本篇故事写官员陈知州迷信风水,因久无升迁,乃在曹州建一高楼,陈列奇花异石赏玩,既影响楼旁居民出入,又耗费民脂民膏,后被吏部尚书许襄毅命连夜拆除。故事曲折生动,塑造的两个人物即公正廉洁的许襄毅和贪腐淫靡的陈某都栩栩如生,作品表达的意趣和主题也积极向上。从本篇末尾的记载来看,它并不是朱孟震的原创,而是改编自许襄毅《家乘异政录》,但这并不妨碍本篇是《河上楮谈》系列小说中最有审美价值的一篇。

不过,集中志人之作较少,而以志怪之作为主。如《东山狐》曰:

> 樟树东山寺素多狐,友人彭子化读书其中,每初更时,狐于屋上听人

语。子化询之寺老僧圆福云："此不足异。"因言其弟子松演曩客襄阳归,夜有女子诣之云："我郭十三家婢也,我主人女欲来叩松师。"中夜果至,因与松狎,松自是恒晏起。有历演者疑而讯之,松讬以他故。历乃夜就其室窥焉,闻有妇人语,再讯之,松始实告。历素无赖,乃从中路邀之,连二夕不见往,讯松则夜中固在也。历知其怪,乃言之福,狐遂见本形。福遍谒法师治之不可得。每焚疏,狐即从屋上取所烧朱书投地中。射之不入。后得雷学究者治之甚急。狐知不可留,仍矢其阴向诸人而去。以上数事皆彭子化言。

佛家弟子松演被狐妖变化的女子所勾引,产生感情,不能自拔,后来被同门中的历演发现。历演也想占有狐女,但狐女却不同意。历演乃向师傅圆福告发,圆福请法师赶走了狐妖。作品中的狐妖一如宋人洪迈《夷坚志》中的狐精,她没有害人,只是为了追求爱情。她态度坚定,还很专一,并在遭到驱赶时敢于抗争,因此可以说是《河上楮谈》《汾上续谈》系列小说中塑造得比较好的狐妖形象之一。作品最后说"以上数事皆彭子化言"也有明显向《夷坚志》学习的痕迹。又如《甘氏异》:

> 临安甘使君一骥,……其家有一婢为狐所媚,至则一角巾美少年,登床相狎,去其巾架上,人不知也。其家聚壮夫逐之,恬不为动。仆请善符禁者治之,亦不止也。使君兄素长者,乃焚香告于天,持水一杯,诵《周易辞》入其室,旦夕以为常。婢觉,祟稍远去。因日三四往,祟渐不能隐其形。甘乃聚仆夫挥剑入,获一狐,重二十余斤,杀之。后出其婢为农家妇,亦无他。

本篇故事写狐妖作祟,化为美少年迷惑女子、危害人间。但狐妖也并没有多大本事,焚香告天、持水并诵《周易辞》入其室即可将其制伏并扑杀,扑杀以后"亦无他"。作品告诫人们,对狐妖等鬼魅精怪不要恐惧,只要敢于与之斗争,就一定可战胜消灭它。再如《朱驾部遇武安》:

> 朱驾部正色,别号和阳,顺德南和人。以使事至榆林还,过汾上,邂逅武安祠,因谈王灵异,二事皆其身所亲遇者。君年九岁时,习为文,会督学按郡试诸生,君请于父母,欲往试不得,乃窃自往郡。去县将四百里,又一身无资粮,途过王祠,叩首默祷,祷毕,视神座有白金三两,初谓他人所遗者,俟之不至,乃携以为资。是岁选入县庠。盖君讲书义,方至《论语·讷

言章》，而所试题皆素所习者。比年十四，郡守李于鳞先生合郡博士弟子试之，以君年资青美，留郡邸中讲学。君每请假出，辄还省父母。时岁饥，人相食。一日偶出，有四人者与同行。至三官庙，四人令君止庙中，出相与谋。乃持刀复入，将不利于君，君不知也。时庙中侍四将，其一为王，列第四，君适与之对。四人甫入，君见庙神皆起立，而王独行三步。四人者惊骇，匍匐而出。君恍惚视之，不知谓何。已四人复匍匐入，谢神且谢君去。君乃出，讯之村中，云四人皆盗也。乃入庙，见所遗刀在，因共惊异。

本篇写顺德南和人朱正色的少年求学经历，描摹真切，叙写生动，是朱孟震的这几部小说集中的上乘之作。只是作品写朱正色两次摆脱困境都是得到神灵的护佑，使作品染上一些志怪的色彩，有损于作品的审美价值。《纪虱子》是一篇术士的传记：

纪虱子，榆林人家，饶于赀，累数十万。兄某为榆林总兵，虱子故庶出也。少遇仙得神术，奇诡百状。乡里有疾为符水饮之立愈，尤善丹青，尝为人画一鹤悬空室中，人窃从窗隙窥之，鹤能自下地飞舞。每召客，歌妓云集。虱子令置琴瑟笙管闭他所，为纸人附乐器上，乃呼妓从外试取他乐奏之。甫奏，他所乐声齐举。又喜从诸狎邪游，妓有不可意者当食，顷肉片片俱从盘中跳跃入妓衣袖。或二妓坐一毡，当起时，毡著妓衣裙，牢不可解，妓叩首求脱乃免。镇有灵奇者，狐妖也，狎一妇，谈祸福奇中，人争事之若神。虱子从妇求狎，妇不敢。虱子坚求之曰："第从我，我至彼且去。"乃从。妇狎妖自外诃之，虱子取符焚之至。二妖大叫，叩首求活，且曰："我狐也，寿五百年，丹成矣，幸活我，我当远避去。"自是绝迹。总督姚公镆最敬爱之，一日，令传神作一怒像。虱子先布置衣冠坐次已，忽掷笔狂叫，曰是不可作。姚怒甚。虱子援笔立就，像酷似姚，因谢曰："不得公怒像，何由似。"姚公愈爱之。人或谓仙云。然不修边幅，落拓若狂者。又以赀与兄讦，兄尤忌之。一日从他所游，或谗之兄曰："虱子将诉之京矣。"兄亟令人追之，至纪家台，乃其祖葬处，群殴之不得死。嫡母继至，趣令死，虱子素孝，乃跪曰："太太欲儿死，死不可逃。"乃纵火焚之，黄风大起，烟焰入半天中。姚公知其故，趣骑救之，死矣。兄亦以此坐累，家产荡尽。虱子存一子，亦孑然无复立锥。死之后，灵奇者复从前妇狎矣。初，虱子之遇仙也，教之奇术且尽，复授以黄白术，因置一袋窃试之，虱子稍易数铤，仙曰："汝心不正，良负我。虽然，吾授尔术于尔多矣，慎从正道，不尔，且无令终。"迨死，人咸谓阴报云。都囷王国翰言。

一般而言，江湖术士招摇撞骗、巧取豪夺，以歪门邪道为害社会、祸乱人间，史传是不可能为他们作传的。但一些笔记、文言小说却乐于记录他们的异闻，朱孟震也以简洁的笔墨记录了术士纪虱子的一生。作品写纪虱子"喜从诸狎邪游"，爱戏弄人，与兄弟争产，心术不正，品行不端，但能镇妖，修炼五百年的狐精也斗不过他。同时，他为乡人治疗疾病。尤其是他善于丹青，为人画的鹤能自由飞舞。为了给总督姚公镆画出一传神怒像，他故意激怒姚公镆，然后挥笔立就，形神毕肖，为人赞叹。可见，在朱孟震看来，纪虱子实际上是亦正亦邪的人物，作者欣赏他的才能尤其是绘画的技艺，痛惜的是他的心术。

朱孟震几部小说集的大部分作品是自己的创作，但也有些转载自他人小说集，如《黄巢菊诗》：

> 黄巢五岁时，侍翁、父为菊花联句，翁思索未就，巢信口应曰："堪与百花为总首，自然天赐赭黄衣。"巢父怪，欲击之，翁曰："孙能诗，但未知轻重，可令再赋一篇。"巢应曰："飒飒西风满院栽，蕊寒香冷蝶难来。他年我若为青帝，报与桃花一处开。"又云："待到秋来九月八，我开花后百花杀。冲天香阵透长安，满城尽带黄金甲。"后举进士不第，聚众为盗，号冲天大将军。此事载《贵耳集》及《清夜录》中。

本篇记录了黄巢创作《菊花》诗的过程，从中可以看到黄巢自幼才思敏捷，志向远大，因其后来成为农民起义军的首领，他的这二首诗也脍炙人口、广为流传。本篇作品并非出自朱孟震自己的手笔，他明言是转载自南宋人张端义的《贵耳集》、俞文豹的《清夜录》，转载是为了对这首诗在流传过程中出现的字词略有不同的各种版本做细致的辨析。因此，本篇实际上是在志人小说中又加入考证的成分。又如《刘殷》：

> 晋刘殷，曾祖母王氏，盛冬思堇食，不饱者一旬。殷时九岁，怪问其故，乃恸哭泽中，声不绝者半日。忽有人云："止止。"殷收泪视地，便有堇生焉。又梦人告以"西篱下粟"，掘之十五钟，铭曰："七年粟百石，以赐孝子刘殷。"自是食之，七载方尽。司空齐王攸辟为掾，征南将军羊祜召参军事，皆

以疾辞。而永嘉之乱没于刘聪,仕至太保,一门之内七叶俱兴。

本篇实际上出自《晋书》卷八十八的《刘殷传》,故事写刘殷的孝行感天动地,因而"隆冬产堇""西篱献粟",供其奉养祖母,刘殷也因此被塑造成中国历史上著名的孝子。这则故事被题为《刘殷祝堇》而广泛流传,朱孟震只是转载者之一。

一般而言,文言小说集中除了志怪、传奇之外,还多有杂录一类。朱孟震的小说集也不例外,也有许多的杂录、琐闻作品,如《凤洲龟石》:

> 临郡昔有谶云:"金凤洲连丞相出,乌龟石啀状元生。"金凤洲在郡东岸,昔袁赣二水会于郡前,后赣水大涨,洲遂中断,故袁水绕郡,而赣江之水自洲外泄而入大江矣。龟石在郡南门,前辈云石有声则郡出状元。黎先生立武登第时,石为之啀,故《谢李守重建状元坊》云:"波光峙金凤而欲飞,里巷拟石龟之再啀。"正指此也。然南宋偏安,不足当天下之半,黎为宋末龙首,虽大魁,非全盛时也,且元人亦目为蛮子状元云。嘉靖丙午,郡大水,石有声如雷。丁未,张殿读先生春举廷试第二,乡里异焉,然竟与谶所云少爽。岂山川之气犹有未尽完者与?

本篇作品谈作者家乡袁州(今属江西宜春)之故实,表面上是为郡中状元较少而遗憾,内心却对家乡人才辈出而感到自豪。作品充满了地域风情,别有趣味。

第三节 《浣水续谈》

朱孟震的第三部小说集是《浣水续谈》一卷,共六十七则。卷前也有《浣水续谈小引》曰:

> 曩余饬兵河上,有《楮谈》三卷。迨移汾,稍续之,为一卷。每朋侪接席,出以佐麈,宾主酬应,竟日忘疲。岁癸未,再入蜀,叨总臬事。蜀三面边夷,犬养内讧,时烦大吏,以故臬事视他臬稍繁。然藉上宠灵,督府直指,威德所填,怀未期年,戎棘冉薙,以次驯服,得称无事。又长夏风雨,门绝车马之客,凭几据梧,颇自暇适。乃取笥中旧帙,时一展玩,以代晤言。复忆今昔传闻与所睹记,援管濡墨,登之陂甓,可得五十余幅,方教前纪差有异同。内惭楚史丘索之储,外乏郑美台驷之辩。腐毫梁苑,庶云托迹,马卿尚白,

玄亭聊用,嘲解杨子。万历十又二年六月朔郁木山人朱孟震书识。

《小引》称撰于"万历十又二年六月朔",可知《浣水续谈》成书于明神宗万历十二年(1584)夏。浣水,成都西郊浣花溪。朱孟震曾在成都为官,任四川按察使。从《小引》的描述来看,朱孟震任四川按察使时,正属天下太平之际,虽稍有少数民族的反叛但也很快归顺,因此自己比较清闲,故又将昔时见闻加以记录整理,续上《河上楮谈》和《汾上续谈》,命之曰《浣水续谈》。对此,《四库全书总目提要》也说:

> 是编乃万历十三年孟震官四川按察使时所作,故以浣水为名。浣水者,浣花溪也。其书杂撮而成,往往不著时代,亦不著出典。如《并州士族好为可笑诗赋》一条,盖《颜氏家训》之原文,而孟震笔之于己书,俨如新事。然则所谓讥挚邢、魏诸公者,不几为明代之邢、魏乎?惟《松柏滩观音寺》一条,考询遗老,绘画地图,核其坟塔名氏、师弟世系,知所谓雪庵和尚者,在有无疑似之间,特为明确。①

六十七则故事中,非常突出的是有近二十则诗词歌赋故事,如《木客鬼诗》《短歌行》《木兰诗》《张又新》《投刺诗》《岳忠武逸诗》《集杜诗》《黄体方》《马嵬诗》《妙湛寺》《隐语诗》《风光好》《鞋杯》《黎阳王太傅》《属对成语》《刘玄倩》等。可以看得出来,作者想向唐代小说集《本事诗》《云溪友议》等学习,记录诗人、词人创作诗词作品的过程、故事,但由于作者文笔朴实,故事敷演不够,远远不能达到唐代小说着意好奇、文辞华艳、叙述婉曲、情思热烈的高度,如《杨东里》:

> 东里杨文贞公士奇,洪武中被荐为教授职,未几,以失事弃官,更姓名曰易立可,游湘鄂间,尝题诗黄鹤楼曰:"黄鹤西飞竟不回,青山楼阁自崔嵬。昔年卖酒人何在?今日题诗客又来。舟系城边官柳长,笛吹江上野梅开。不堪回首东归去,目断长安一雁哀。"又先生少日,即事赋诗云:"霏雪初停酒未消,溪山深处踏琼瑶。不嫌寒气侵人骨,贪看梅花过野桥。"为刘伯川所器。此二诗也,一则当流离之际而潇洒自如,一则处冱寒之时而兴致不改。出而当天下事,其坚定凝重以致君泽民,不为是非利害所摇夺,三

---

① [清]纪昀:《四库全书总目提要》,河北人民出版社2000年版,第3301页。

朝相业有光昭代,岂偶然已哉!

本篇故事的主人公是杨士奇,作品记录了他的两首著名诗歌作品,赞美他"当流离之际而潇洒自如","处冱寒之时而兴致不改"。但本篇对杨士奇创作此二诗的过程记录却极其简略,没有演绎出曲折的情节,感情氛围的渲染也基本缺如,因而不能算是很好的文人诗歌故事。

又如《刘玄倩》一则,在介绍刘玄倩的出身、性格后,赞他"七岁能诗文,十岁博识,十五究经史百家,谈玄理谈兵谈世务,珠贯川络且澹然有山林之意",然后就记录其《过汉武陵诗》《温泉宫》,尤其是将长达两千五百多字的《嘉禾赋》全文记录,而对这些诗文的创作过程却并无详细描述,可见作者更重视的是作品的文献价值——"名《玄倩集》,但本多残缺,陈王叔宪使走书属余校而刻之,然不得初本,不易为力也,恐久而湮灭,为录嘉禾赋。"——对小说创作的文学价值、美学价值却重视不够。

除诗歌故事之外,《浣水续谈》也记录明代君臣的故事。对明代君臣,朱孟震既有褒也有贬,小说中表现出来的倾向比较鲜明。如《高皇采纳》:

> 高皇帝以上圣之资深识远虑,然虚怀采纳,不但谋臣策士听受如转圜,即野夫、细人有一得之见,必录而用之。相传太学地素多异,高皇后请立太学,以孔子镇之。既成,而祭酒、司业二厢东南相向,不便于行事,欲设一屏,又以太学中设此,似涉壅蔽。有老人曰:"此可种竹。"遂纳之。今太学东南厢墀中竹,向所植也。又黄册置后湖中,以防奸弊,虑水次多湿,一老人曰:"此宜东西作向。"因从之。又朝天宫三门,地甚迫隘,每行幸,卤簿陈列不尽,念之良久。一老人进曰:"甬道作九曲,宛转而入。"因从之。金陵人至今能言其事。泰山土壤,河海细流,圣明之所以混一六合,固不偶也。

本篇故事以朴实的语言记述了明太祖处理的多件事,宣扬了明太祖虚怀若谷、善于纳谏的明君气度。第一件是国子监太学里祭酒、司业的办公房相向而开,当事人觉得非常不便,想在中间设一屏风,却又觉得不妥,有一位老人提出建议说可以在中间种竹子。第二件事是有官员想把黄册(明清时期编造的户口簿册,以作为征派赋税徭役的依据)放在后湖中以防有人篡改、弄虚作假,从中舞弊,但又担心水汽太重容易腐坏,有人建议摆放成东西方向。第三件事是朝天宫有三道门,都非常窄小,皇帝每次出行,仪仗太多感觉拥挤,有人建议把甬道改作九曲,使仪仗宛转而入。对于这三条建议,明太祖都快速果断地采纳了,从而解决了上述三个难题。值得注意的是,朱孟震记录的这三件事是非常小的琐事,他力图以小见大地塑造明太祖的形象,以此说明明太祖"不但谋臣策士听受如转圜,即野夫、细人有一得之见,必录而用之"。又如《党大尉》:

> 党进,北戎人,宋初为骑帅,不识文字,上忽问军中人数。旧例凡兵甲之数,细书所持挺,谓之杖记。进但引挺对曰:"尽在是矣。"京师市井有蓄鹰鹞者,进必解纵之,骂曰:"不能买肉供父母,以饲禽兽乎?"太宗在藩邸,有鹰鹞,进忽见,诘责欲解放,围人曰:"晋王令养。"进遽与钱,令市肉,曰:"当谨视,无使为猫犬所伤。"尝病疮,宾佐入视,进方拥锦衾,一从事窃语曰:"烂兮。"进命左右急捉从事,批颊曰:"吾正契丹,何夔之有脚患小疮,何至于烂!"盖夔之种贱也。过市井见缚栏者,问:"汝诵何言?"优者曰:"说韩信。"进怒曰:"汝对我说韩信,见韩信即当说我,此三头两面之人。"即命杖之。进名进,常称晖,或以为言,曰:"吾自从便耳。"又朝廷遣防秋于高阳,朝辞日须欲致词,阁门曰:"大尉边臣不须如此。"进坚欲致,挹笏前跪,移时不能道一字,忽仰面厉声曰:"朕闻上古,其风朴略,愿官家好将息。"仗卫掩口。后左右问曰:"大尉何故念此两句?"进曰:"我常时见措大爱掉书袋,我掉两句,要得官家知我读书。"

本篇故事塑造了党大尉党进这样一个粗莽无知、善于见风使舵、喜欢装腔作势的官员形象,在一定程度上展现了官场的腐败黑暗,具有非常浓郁的喜剧色彩,应该是《浣水续谈》中较有审美价值的作品。作品以几个细节对党大尉进行辛辣的讽刺,如党大尉看见普通老百姓养鹰鹞,就骂他们不买肉供父母却以肉饲禽兽,逼他们放飞了。当听见是晋王养时,马上自己拿出钱来让买肉饲养,变色龙的嘴脸跃然纸上。他打说书人,说明他根本不知韩信为何人,不学无术可想而知。他辞别朝廷去边关赴任时,装腔作势地要演说一番,却又根本什么也说不出来,竟然自称为"朕"。本篇是宋代故事,朱孟震将其采撷过来,自然有曲折反映明代官场的用意。

前文我们提到,朱孟震的这几部小说集中既有自己的创作,也有前代小说的采撷。《浣水续谈》对前代小说的采撷更为明显,采撷的作品数量更多。从《党大尉》等作品的采撷可以看到,朱孟震对前朝和本朝小说集都非常熟悉,如

《女御史大夫》记黄崇嘏女扮男装参加科考、官至蜀相的故事出自《杨用修诗话》,在这一则中还提到了《干䐸子》《虞初志》。《冯商还妾》考辨宋代著名小说、戏剧故事《三元记》:冯氏商人买得一小妾,听其自述身世家事后,恻隐同情之心顿生,将她送还,后其妻生子冯京,连中三元。《谢氏二妇》中列举的一是李公佐的唐传奇《谢小娥传》,一是改编自宋人洪迈的《夷坚志·丙志·蓝姐》。《韩兰英》中的故事与唐代孟棨《本事记》中的《息夫人》进行了对比。《冢中复生》一则更是罗列了自晋至宋代多个朝代的四个死而复生的故事,涉及干宝的《搜神记》、焦璐的《穷神秘苑》、李昉等编纂的《太平广记》等。朱孟震对下面两则前代小说故事进行了比较:

  宋少帝时,南徐有一士子从华山往云阳,见客舍中一女子年可十八九,悦之无因,遂成心疾,母问知其故,往云阳寻见女子,且说之。女闻感,因脱蔽膝,令母密藏于席下,卧之当愈。数日果瘥,忽举席见蔽膝,持而泣之,气欲绝,谓母曰:"葬时从华山过。"母从其意,比至女门,牛打不过,且待须臾。女妆点沐浴,竟而出曰:"华山畿,君既为侬死,独活为谁施?君若见怜时,棺木为侬开。"言讫棺开,女透入。因合葬,呼曰"神士冢"。乐府有《华山畿》本此事,与祝英台同。(《华山畿》)

  会稽梁山伯与上虞祝英台同学。祝先归,梁后过上虞访之,始知为女,告于父母,请娶之。而祝已许马氏子。梁怅然若失,后三年为鄞令,病死,遗言葬清道山下。又明年,祝适马,过其处,风涛大作,舟不能进。祝造梁冢,哀恸失声。地忽裂,祝投而死焉。马氏闻其事于朝,丞相谢安请封为义妇。和帝时,梁复显灵异效劳于国,封为义忠,有司立庙于鄞云。吴中有花蝴蝶,妇孺俱以梁山伯祝英台呼之。近有作为传奇者,盖祝男服从师与古木兰、近世保宁韩贝女、河西刘方事类。(《祝英台》)

由此可见,朱孟震广泛涉猎、研究前代小说,并在前人小说的影响下产生自我创作小说的兴趣。

第四节 《游宦余谈》

《游宦余谈》是朱孟震的第四部文言小说集。我们先看作者的《游宦余谈小引》：

> 孟震不敏，筮仕戊辰于兹二十有五年矣。生平宦辙所至，殆遍九州。所未游目者，仅闽粤滇云辽海而已。少日趋庭，习闻诗礼，定省之暇，间事篇章，既为南比部尚书郎，金陵佳丽，自昔所称，一时海内骚墨之士，相与唱和，虽不敢急废职业，而良时胜地，文酒为欢，命我良多，启予不浅。守巴郡，备秦关，分守西河，总宪全蜀，旬宣贵竹，尹顺天，司银台，出抚三晋，郡国之繁简，关梁之扼塞，山川之雄胜，文物之巨丽，风气之淳泊，名公硕儒，惠而好我，即朦昧不足与言，而耳目见闻，渐次开朗，因循授简，亦复书绅。盖自壬辰以前，列为五卷；壬辰以后，统前所未悉者，汇为一卷，命曰《游宦余谈》。山林幽邃，与世相违，自是以还，斗酒盘飧，第从田父野老相周旋，不复及朝市事矣。知我罪我意在斯乎！万历二十年壬辰五月郁木山人朱孟震书。

由《小引》可知，此书成于明神宗万历二十年（1592），是其科考成功、仕宦二十年后的作品，也是其去世前一年的作品。书共一卷，分为两部分：前半部分有各类故事七十二则，后半部分是《西南夷风土记》二十六条。

《游宦余谈》的创作格局和故事类型仍与《汾上续谈》《浣水续谈》一样，不少诗词故事，如《御制新月诗》《题墨竹诗》《献吉伯安和韵》《遥集编》《浣花祠》《长滩馆诗》《李憕诗》《程典客辩送往碑》等。这些作品主要记录诗文作品，文献价值大于美学价值。

记录诗文作品之外，《游宦余谈》将关注的笔墨指向了当代的名公贤臣，记录了他们的嘉言懿行。因此，小说集名虽为"游宦"，却并未将自己在官场上的奔波、遭遇做多少记录，侧重于见闻，而不是经历。如《黄子澄有后》：

> 黄子澄家分宜而祖葬宜春马鞍岭，建文中死于靖难，诛及九族，事载《革除尽心》诸录及《皇明通纪》矣。近得之武昌陈山人云，黄靖难初，携四子及一孕妾逃苏之昆山，成祖追捕甚急，有太守某者，召诸子谋，令长子随

父就逮,而藏三子及孕妾,云诸从来者皆其养子,闻风遁去。遂置公及长子于法,而三子者改姓田,其孕妾亦生一子。公死难后,府为求其尸,葬苏之马鞍岭,而纪其先后事于石,纳墓中,其略云:"公之生,生于马鞍岭;公之葬,亦葬于马鞍岭。"有贵官某,欲夺其地,讼之官,遣司理某勘之。至墓所,震雷一声,挈墓石而出,始知为公。后司理具牲醴奠其墓,贵官者乃愧而止。今田氏代有显者。而隆庆中妾之子孙始归分宜,有号顺吾者,忘其名,始为陈述其本末。冥冥之中默佑忠贤。若此孰谓天道无知哉!

封建最高统治者为争夺天下,暴虐成性,残酷杀戮。故事的主人公黄子澄因忠于建文帝,不仅自己被处死,而且诛及九族,甚至死无葬身之地。幸有官员同情他,掩护他的子嗣逃走,才使他的血脉得以保存,并流芳后世。故事末尾,作者特别注明这是黄子澄的后人号"顺吾"者为自己"陈述其本末",自己加以记录。又如《曹仲礼》:

曹仲礼,名嘉,罢方伯,寓居大梁,日事放达,延客行乐。客有片长一艺,皆得与游。其最著者,诗则谢茂秦,字则徐子仁,弈则闫子明,经年蒙礼遇不倦。茂秦出平日所为诗,率五言律,仲礼览之,乃慨然曰:"近世为诗,率攻字句,气格弗论也。吾母舅尝称,练字不如练句,练句不如练意,练意不如练格。子美以近体高千古,字句不尽细,独气格胜耳。母舅神解。他非一商未可耳。"遂举数首,明其指,茂秦唯唯是。时茂秦攻五言,仲礼遴其佳者刻之,比还邺下,欲为赵王,重又赠七言一绝云:"谢家玉树本凌云,流落天香处处闻。邺下君王能爱惜,宝栏深护紫绡纹。"王览梓行诗并所赠,乃洒然谓茂秦:"何以得此于曹公!"茂秦后以诗名,兹其滥觞,盖嘉靖癸卯、甲辰间也。于鳞谓"眇君子虽耗,绳墨犹存",岂语未游梁前哉!仲礼素负才,使气义,不受忤,一时与游,咸逊避之,以其为献吉甥而游其门,终身父事献吉。嘉靖戊子,献吉问医京口,要黄勉之论诗,会仲礼守凤阳,迎谒供奉,无所不至,寻梓行其集。楷书剞劂,皆取吴下有名者用之。刻成,为一时冠。献吉长兄名孟和,有一姊即仲礼母,与献吉小隙,素不相见。一日,孟和与其姊遣仆人报献吉,欲相过存,献吉喜甚,敕家人盛供馔以俟,而遣人迎之。比入门,献吉出迓,方折腰而揖,季和即踣。献吉于堂,兄姊交殴之,良久乃解去。仲礼为御史,寓京闻之,惶惧不宁者累日。已,专人以书慰献吉，不怡也。《王元美卮言》乃谓献吉为甥所厄，岂传闻者误之耶。仲礼，扶沟人，而恒居汴，余得汴人语，复录之。

本则故事的主人公曹仲礼是李梦阳的外甥。李梦阳（1473—1530），字献吉，号空同，明代中期文学家，"前七子"的领袖，他提倡"文必秦汉，诗必盛唐"，强调复古，在明代文坛产生了非常重大的影响。故事用朴实的语言记述了曹仲礼的几则逸事，如他对李梦阳的景仰、对诗歌创作的独特理解、对青年后学的培养——谢茂秦正是在他的帮助、指导下成为诗文名家。谢茂秦（1495—1575），名榛，字茂秦，嘉靖年间挟诗卷游京师，与李攀龙、王世贞等结诗社，为"后七子"之一。作品还记述了曹仲礼家族间的矛盾纠葛。故事波澜不惊，文笔质实，体现了作者对当时文坛的关怀，与其《停云小志》的风格非常一致。故事的来源同样是"余得汴人语，复录之"。又如《刘司寇》：

> 鄢陵大司寇刘公若讱，字思存，大司寇怡闲公第三子也。怡闲仕正德间，诛逆瑾，有清誉。思存继为司寇，仕嘉靖中，保全善类胡中丞世甫以下四十余人，荐绅仰之，盖端洁仁厚人也。初第，授宁国府节推，何仲默赠以诗，有"大府新旄节，尚书旧乌衣。郡斋窗里岫，遥忆谢玄晖"之句，集偶失载，委署太平。会武宗南游，以不赂中珰，逮系北刑部狱。夜宿舟中，有盗二十余人，已逼舟次。公计无所出，忽见船头一神自篮出，火有光，倏大风至，盗乃奔散。其神盖鱼篮观音也。后建寺专奉之。思存为御史时，按治吴下。一日，思其母太夫人在堂，遂请告归，孝养备至。即五夜，母欲有所需，必自起供，不假他手。是时尚乏嗣，未逾年，庚寅生子致和，名巡，以官生为南康守。诗逼盛唐，诸名家有集行世。盖世德家学，负中州望云。

本篇通过几件逸事的描述，塑造了司寇刘思存"端洁仁厚"的形象，表彰了他仁爱、廉洁、忠孝、博学有才等众多美德。又如《清忠记》记述了一个太监的事迹：

> 张内监维，蓟州人，余尹顺天时数相往还，为余言太监李芳者，顺天大城人，自武宗时给事内廷，在惜薪司署事，无所干预，日惟读书而已。至世庙时，裕府缺承奉副，敕各衙门遴选堪任者，司礼以芳应，再辞不许。至府，首请罢内臣收租，诸役大称睿旨。及穆庙入继大统，在谅阴恭默间，凡一应事物，悉令酌准奏可而行，如请早朝视事，请恕谏职，登崇俊良，裁抑佞幸，

官监廓清,一循祖宗旧制。世庙梓宫在殡,或请建醮超度,即请罢之。及掌内官监印务,奏海内虚耗,百姓艰难,请减内库薪米若干石,及罢七里海采办银鱼海味等,役民皆称快。又奏宫中女谒颇盛,宜量行裁减,以回和气,亦奉旨嘉纳。尝有贵官携金珠钜万夜造其所,屏左右曰:"知公持身廉洁,奈财为世用,老夫承先人余业,颇富资材,以此佐公,愿公始终如一,为生民造福,亦老夫余庆,公毋辞。"公致谢再四,连夜却之。一日,穆庙传幸藩邸,公即率僚属候驾。良久,穆庙出,公请云:"上欲何往?"穆庙厉声曰:"我传与你往府第去,如何又奏?"左右股栗却退,芳从容曰:"人君动关天象,向非谒祖庙、皇陵、郊坛等事,不宜轻出,且九重禁内,犹设护卫。今欲出府第,必须下阁臣、府部、诸司会议,预备法驾,然后可行。不然,臣死不敢奉诏。"穆庙再谕,公执奏如前,因怒而罢幸,公叩首谢罪而退。寻奉旨:"老李也说的是。如今我往南城看看,何如?"公遂黾勉以塞前,举宫中先是敬事符箓又请云:"符箓本左道所为,且遗诏颁行未久,不宜复奉。"寻得旨云:"传与老李,尽出六宫符箓焚毁,他说的是了。"遂叩首谢罪,领出焚之。无何,系都官三年,发戍南京。迨穆庙不豫,思藩邸旧臣,诏还入见于怡神殿,慰抚甚至,撤御膳以赐,因泣谢曰:"不图今日复睹天颜,奈何臣等去日未久,而圣躬憔悴若此。伏望加意调摄,以慰宗社,臣等不胜幸愿!"穆庙泫然泣下,为之罢欢。左右扶公出,仰天叹曰:"大事去矣!大事去矣!"遂僵卧不起,具疏乞骸骨归。会穆庙升遐,皇上嗣登大宝,复恳辞归第,年七十以疾卒。平生多所荐拔,未尝责报一钱。所署之处,仓库赢满,盖居然吕强、张承业之流亚也。张为人清谨,亦与芳类,且工诗,有所荐拔亦不贵谢,事今上,以足疾引归,上眷注弥切,每遣中贵谕以召用之意,竟以疾辞。盖恬淡清洁与芳先后并美,而绩学工诗,尤非侪辈所敢望者。

本篇故事情节曲折,通过描写经历明武宗、明世宗、明穆宗和明神宗四朝太监李芳的事迹,塑造了一个忠于职守、刚正不阿、廉洁谨慎、勇于进谏、尽心为皇帝办事的太监形象,是难得一见的明朝太监正面形象的展示,在一定程度上可以改变世人对明朝太监的看法。

《游宦余谈》后半部分《西南夷风土记》有二十六条,主要记述西南地区的地理、特产、风俗、文化等状况,是研究西南地区的重要而珍贵的文献资料。所

谓西南夷,主要指以云南为中心辐射至今东南亚一带明代少数民族聚居的地区,按朱孟震的记录,其地理状况如下:

> 西南夷,汉武帝时已通中国,蜀汉中复叛,武侯定之,晋、魏、唐间,或叛或复,宋则以玉斧画泸水,遂与之绝矣。元奄有西域,乃复属焉。国朝兵平六诏,诸夷纳土,乃各因其酋长,立为宣慰、安抚等官,俾自治其地,以时时贡赋,曰车里、曰老挝、曰木邦、曰八百、曰孟养、曰缅甸,所谓六宣慰,国初旧封也。曰南甸、曰干崖、曰陇川、曰孟密,三宣抚一安抚。
>
> …………
>
> 总诸夷而度六千余里,东通中国,南滨海,邻暹逻界,西抵西洋大小古喇、赤发、野人、小西天,去天竺佛国一间耳。北接羌、戎、吐蕃,但山则悬崖峭壁,河则黑水弱流,遥见隔崖粉墙庐舍,俨然车马往来而世莫能通焉,亦不知为何地也。
>
> 原脉皆起自昆仑,东山自腾冲分水岭,西山自迤西鬼窟山对峙南下,分枝衍派,遵海滨而止。金沙江自迤西南流,萦于两山之间,会槟榔、大盈、龙川、喇乃、木邦、虎义、温板诸江之水,达于南海。三宣、孟密、木邦、缅甸、八百、车里、摆古俱在江东。迤西、大小古剌、暹逻则居江之西也。

《西南夷风土记》非常翔实地描述了这些地域的山川、地势、种族、婚姻、礼节、风土人情等,尤详于蛮莫,涉及傣族史料甚多,对明代土司制度也记录甚详:"治理多如腹里土司,其法惟杀戮与刑赎二条。事情罪重者杀之,余则量所犯之大小为罚之轻重也。缅人崇佛教,凡罪人愿舍身为僧者即止不治。莽瑞体治亦尚宽。"又记这一地区的婚姻制度和习俗:"婚姻不用财举以与之,先嫁由父母,后嫁听其自便。惟三宣稍有别,近华故也。其余诸夷同姓自相嫁,虽叔侄娣妹,有所不计。"记其交易:"交易或五日一市、十日一市,惟孟密一日一小市、五日一大市,盖其地多宝藏,商贾辐辏,故物价常平。贸易多妇女,无升斗秤,尺度用手,量用罗,以四十两为一载,论两不论斤,故用等而不用秤,以铜为珠,如大豆数而用之,若中国之使钱也。"记其礼节:"礼节不知揖让,见人惟掌作恭敬状。凡见尊贵有所禀白,必府伏尽恭。子之于父,不命坐不敢坐,侍侧亦不敢怠忽。古传父子君臣长幼有序,此其遗风也与。"

不过,由于朱孟震一生并未入西南夷地区做官,所以书中的记录仍是来自

传闻。对此,《四库全书总目提要》著录时已辨明曰:

> 自序称生平宦辙,殆遍九州,因撷耳目所及,撰成此书。初分五卷,后乃并为一卷。所录多琐事,末附《西南夷风土记》二十六条,颇为详明。然孟震序中自言,未至滇云,则惟据传闻书之,恐亦未尽确实矣。①

总之,朱孟震作为明代重要的文言小说家,其小说创作呈现出这样几个特点:

其一,朱孟震于1579年创作《河上楮谈》,1592年成书《游宦余谈》,坚持小说创作十多年,小说集的数量在明代小说家中比较多,而且这些小说集形成了系列作品,这在中国古代文言小说史上还是比较独特的。

其二,朱孟震的四部小说集以自己创作的作品为主,也有不少采撷自他人小说集中的作品。这些作品除了关注皇权争斗、文坛文人诗人的创作外,涉及其他现实题材的作品较少,因而视野表现得不是非常广阔,但也足以反映明代中期的社会世情。

其三,朱孟震的小说作品文辞比较朴实,缺乏华美的辞藻和婉转的情思,但有些作品的情节结构比较曲折。

其四,朱孟震不仅创作小说,还对小说创作开展研究,他对前朝历代的小说作品比较熟悉。朱孟震注意到了小说创作的娱乐作用和审美作用,有其先进的一面,但又时时表现出求实求信的一面,对小说作品的虚构特性把握不准,这也是明代文言小说家普遍表现出来的小说观方面的困境。

---

① [清]纪昀:《四库全书总目提要》,河北人民出版社2000年版,第3301页。

第八章　郭子章《六语》

谚语、谣语、隐语、讥语、谶语、谐语等"六语"是汉语常见的语言现象、惯用的表达方式,它短小精悍,生动活泼,内容丰富,表现力强。自上古至今,历朝历代都产生了大量的"六语"。明代小说家郭子章敏锐地注意到这些"六语",他从卷帙浩繁的古代典籍中搜罗、收集、整理这些"六语"并阐释这些"六语"的故事,由此编撰成明代江西小说重要而有特色的作品《六语》。

郭子章(1542—1618),字相奎,号青螺,自号蠙衣生,泰和(今属江西吉安)人。嘉靖四十三年(1564)郭子章二十二岁时补增生,二十五岁时补廪生,第一次省试不第,二十六岁拜著名理学家、同乡胡直为师。明穆宗隆庆三年(1569),以恩贡入京城国子监肄业,次年通过顺天府乡试。隆庆五年(1571)郭子章三十岁时考中第三甲第二十四名进士;同年六月,选授福建建宁府推官、摄延平府事。明神宗万历三年(1575),调南京工部虞衡清吏司主事,又督榷南直隶太平府、领凤阳山陵(即明祖陵)事。万历十年(1582)郭子章迁广东潮州府知府,十四年(1586)迁四川督学,十七年(1589)迁两浙参政,二十年(1592)迁山西按察使,二十一年(1593)迁湖广右布政使,二十三年(1595)升福建左布政使,二十七年(1599)升都察院右副都御史,巡抚贵州。在任上,他先是与总督李化龙合作,平定杨应龙播州之乱,后又苦心孤诣、运筹帷幄,用了将近两年时间,于万历三十三年(1605)、三十四年(1606)彻底平定皮林苗民之乱余绪。万历三十五年(1607),郭子章年届六十五岁,他第九次上疏请求致仕退养,圣旨终于同意:"郭子章久习边事,本难听其遽去,但屡疏陈情,词意恳切,准回籍养亲,以俟起用。"万历三十七年(1609),他回到家乡。郭子章所到之处,政绩都非常突出,尤其是在贵州,任职时间长,建勋也大,故《黔书·人物名宦》赞他:"黔之名宦,明如郭子章、朱燮元、江东之……而青螺为之冠。"①朝廷对他的功绩也大加肯定,万历

---

① [清]田雯:《黔书》,清嘉庆十三年(1808)黔藩署刻本。

四十年(1612)五月,因序平苗功,进其为兵部尚书,兼都察院右都御史,加太子少保衔。万历四十六年(1618)六月,七十六岁的郭子章辞世,谥文定。张廷玉《明史》不知何故没有为郭子章立传,事迹仅附于李化龙、来知德、播州宣慰司、贵州土司等传记中。

  郭子章不仅是晚明的重要官员,还是著名的学问家、文学家。他博学多闻,勤于著述,《明实录》称其"文章、勋业亦烂然可观矣"①,《泰和县志》誉他"宦迹所至,随地著书"②,因此他的著述非常多,仅《明史·艺文志》著录就多达二十五种、二百四十六卷。其《蠙衣生传草》卷十六《著述总目》著录达七十余种、六百九十卷。③ 清光绪七年(1881)其后裔郭子仁统计,其著作当时犹存九十二种。④ 目前所见郭子章著作主要有:《燕草》四卷,《闽前草》六卷,《芜关则例》三卷,《瓜仪志》十卷,《留草》十卷,《粤草》十卷,《圣门人物志》十二卷,《潮州府季考录》四卷,《韩山校士录》三卷,《赌诫》二卷,《蜀草》十卷,《浙草》十六卷,《两浙由票便览》十一卷,《名马记》四卷,《名剑记》二卷,《晋草》十卷,《楚草》十三卷,《闽藩草》九卷,《家草》八卷,《家谱恩纶记》一卷,《吉志补》二十五卷,《疾慧编》二卷,《豫章书》一百四十二卷,《黔草》三十七卷,《传草》二十一卷,《郡县释名》二十六卷,《六语》三十一卷,《苫草》六卷,《养草》七卷,《圣旨日记》五卷,《官释》十卷,《广豫章郡邑记》十卷,《广豫章灾祥志》六卷,《豫章诗话》六卷,《续豫章诗话》十二卷,《豫章杂记》六卷,《白下记》四十卷,《古今郡国名类》四卷,《黔类》十八卷,《黔小志》二卷,《黔台校艺录》二卷,《城书》四卷,《利器解》二卷,《四贤潮语》四卷,《潮中杂记》四十卷,《老子集解》二卷,《梦征录》十八卷,《蜀余录》十卷,《书程汇编》六卷,《圣谕乡约录》二卷,《盐井图说》一卷,《四书颇解》四卷,《经书类解》十四卷,《童蒙初告》六卷,《泉志》二卷,《濈论》六卷,《眉寿五封录》二卷,《眉寿六封录》二卷,《赐养恩纪》七卷,《敬哀录》十卷,《旌懿录》二卷,《支干释》七卷,《年岁纪》十卷,《古迹考》六卷,《校定天玉经六注》十卷,《阿育王山寺志》十卷,《牛禁编》五卷,《先天九曜图》一卷,

---

① 《明实录》,上海书店出版社2018年版。
② [清]冉棠:《泰和县志》,清乾隆十八年(1753)刻本。
③ 周修东:《郭子章涉潮诗文辑录》,暨南大学出版社2016年版,第1页。
④ 赵平略:《郭子章的生平与著述》,《王学研究》2013年第2期。

《四十二章经辑注》四卷,《黔记》六十卷等。这些著述涉及面非常广,尤以地方志、经学、天文、儿童蒙学最多,有些著作甚至有开创之功,如《郡县释名》"是一部关于万历时期两京十三布政使司及其所辖各府、州、县名称来历的著作,是我国专门解释地名渊源的第一部著作"。①

《六语》三十一卷,是郭子章的小说集,分为《谚语》《谣语》《隐语》《讥语》《谶语》《谐语》六部分,故称"六语"。书成于万历三十六年(1608)十月至十一月。《四库全书总目提要·卷一四四·子部·小说家类》著录并称:"皆杂采诸书为之,颇足以资谈柄。而所录明代近事,往往猥杂,盖嗜博之过,失于剪裁也。"②

第一"语"为《谚语》七卷,作者在《谚语序》中写道:

> 朱文公曰:"谚,俗语也。"刘勰曰:"谚,直语也。"然有至理存焉。匹夫匹妇,离而听之则愚,合而听之则圣。虞舜察迩言,孔子听孺歌,皆是语也。第有古谚,有今谚。古谚多出于传记,顾纪其谚不纪其引谚之文,莫测其意旨;今谚多出于方言,顾不纪其方与事,终亦未知所谓。杨用修有《古今谚》,不著引谚文或病其不详,《古诗类苑》有《古谚》部,宋以下阙焉。予悉取而校其词,未详者详之,阙者补之,题曰《谚语》。嗟乎!《尔雅》美士为彦,人所喧咏,从文从厂彡。夫彦为美士,则谚为美言,不善读之为鄙,善读之为美。美之与鄙,取之己而已。万历戊申冬十月十日泰和郭子章撰。

从此序可知郭子章编撰《谚语》的缘由和过程。郭子章认为,谚语是来自民间的俗语,它貌似粗鄙,却蕴含着深广丰富的内涵,理解它、善于运用它的人会觉得它很美,不懂它的人才会觉得它很鄙俗。它是美还是鄙俗在乎人自身,"取之己而已"。舜帝、孔子都曾非常重视谚语。但谚语有时不好理解,如果不知道它的出处、来源,就不能准确把握它的内涵。因为这几方面原因,郭子章觉得非常有必要编这样一部书。他参考了杨慎的《古今谚》和《古诗类苑》的《古谚》部,在它们的基础上补充、校订、注释,最后编成《谚语》七卷。

在《谚语·凡例》中,郭子章还做了特别说明:"谚不始周,而引谚之书自

---

① 赵平略:《郭子章的生平与著述》,《王学研究》2013年第2期。
② [清]纪昀:《四库全书总目提要》,河北人民出版社2000年版,第3717页。

《太公兵法》始,故始周,次前汉,次后汉,次蜀,次魏,次晋,次六朝,次唐,次宋,次元以及本朝。""谚以书为题,书以作者时之后先为序。如同一周时也,以《太公兵法》在前,《孔子》《孟子》《左传》在后,两汉以下仿此。""书引古谚如云先民有言、古人有言之类;引今谚如鄙谚里语之类是也。"由此可知,《谚语》中的故事始自周代,中经汉唐宋元,至明代,按时代先后罗列;故事没有题目,只列书名交代其出处;古代谚语以"先民有言"或"古人有言"引起,明朝当代谚语则以"鄙谚里语"引起。(其他五语没有再作《凡例》,实际上都以此为准)如卷四选自《襄阳耆旧传》的两则:

> 黄彦升高爽开朗,为沔南名士,谓孔明曰:"闻君择妇,身有丑女,黄头黑面,才堪相配。"孔明许,即载送之。时人以为笑乐,乡里为之谚曰:"莫作孔明择妇,正得阿升丑女。"

> 蜀马良,字秀常,宜城人也。兄弟五人并有才名,乡里为之谚曰:"马氏五常,白眉最良。"良眉中有白毛,故以称之。

这两则是三国时期的故事,一写诸葛亮与其岳父黄彦升,一写马良。三人都曾生活、隐居在湖北襄阳一带,是该地区的名人耆老,故这两则谚语在襄阳地区流传甚广,《襄阳耆旧传》做了记录,郭子章将其采撷进《谚语》中。又如卷五:

> 郭暧尝与升平公主琴瑟不调,暧骂公主:"倚乃父为天子耶?我父嫌天子不作。"公主恚啼,奔车奏之,上曰:"汝不知他父实嫌天子不作;使不嫌,社稷岂汝家有也?"因泣下,但命公主还。尚父拘暧,自诣朝堂待罪。上召而慰之曰:"谚云'不痴不聋,不作阿家翁。'小儿女闺帏之言,大臣安用听。"锡赉以遣之。尚父杖暧数十而已。故谚云:"不哑不聋,不作三公。"亦此意也。

本则撷自赵璘《因话录》,故事在民间流传非常广,明清后改编为著名戏剧《醉打金枝》等。郭子章将此故事采录,一方面在于其情节曲折动人,戏剧冲突强,人物形象鲜明;另一方面则是它以谚语为核心结构故事,对"不痴不聋,不作阿家翁""不哑不聋,不作三公"等谚语做了十分生动的诠释。又如卷五中的另一则:

> 虞氏,梁之富人也。起高楼临大道,日夕歌宴击博于上,博者胜,掩口

而笑。适有三客过楼下,飞鸢衔腐鼠堕客,客举面,值其笑,三客相与谋曰:"虞氏富乐久矣,我不侵犯,何为辱我?"乃聚众灭其家。谚曰:"骄奢之灾,祸非一致。"

本则引自唐李亢《独异志》,故事说明骄奢必然导致灾祸,尽管"祸非一致"即灾祸的类型是随机或偶然的。再看卷六采自陆游《老学庵笔记》的一则:

> 贵臣有疾宣医及物故敕葬,本以为恩。然中使挟御医至,凡药必服,其家不敢问,盖有为医所误者。敕葬则丧家所费,至倾竭赀货,其地又未必善也。故都下谚曰:"宣医纳命,敕葬破家。"庆历中始有诏已降指挥敕葬而其家不愿者听,谚云:"三世仕宦,方解着衣吃饭。"

皇帝的赏赐人人争抢,然而并不见得都是福禄,如赏赐达官贵人有病御医、死后敕葬就让他们得到了"纳命、破家"的结局。又如卷六《平江记事》中的一则:

> 大德丁未,吴中蟹厄如蝗,平田皆满,稻谷荡尽,吴谚"虾荒蟹乱",正谓此也。考之《吴越春秋》,越王勾践召范蠡曰:"吾与子谋吴,子曰'未可也',今其稻蟹不遗种,其可乎?"盖言:"蟹食稻也。蟹之害稻,自古为然。以五行占之,乃为兵象,是亦披坚执锐、介甲之属。"明年,海贼肖九六大肆剽掠,杀人流血。

这是一则元代故事,以"谚语"反映了元成宗大德年间(1297—1307)的社会现实,揭露了饥荒与盗贼双重灾难对平民百姓造成的残害。

第二"语"为《谣语》七卷,《序》曰:

> 《诗》曰:"我歌且谣。嗟叹不足,故生歌;歌不足,故生谣。谣者,歌声之远闻也,一也。"顾谣有四:有童谣,出孺子之口,为必然之符,谣在事前,如丙之鹝之鹳之鸰之之类是也。有风谣,视政令之美恶,宣闾阎之誉刺,谣在事后,如萧曹画一、贾裴王乱纲纪之类是也。有文谣,街谈巷歌所不能尽抒者,文人墨士代为足之,如朱辅慕德歌、潘岳阁道谣之类是也。有伪谣,变黑白,恣口吻,喜则誉之高于青旻,如汉末上莽功德书之类是也;怒则挤之下于黄汙,如韦孝宽排斛律光是也。大都谣以童口,为真童子智,故未生混沌,未宛天地,若假之以告鬼神,若冯之以言。故有国者于童谣不可以不畏而绎也。周礼大师陈诗、瞽矇讽诵诗以知民风之厚薄,而行人巡行天下

录成五书以反命于王,以周知天下之故,乃知古人于风谣里歌,始未尝不欲周知而后乃屑越之人也。杨用修太史有《古今风谣》,间或阙其事,应亦有非谣而入者,如虞美人戚夫人歌之类。《古诗类苑》以谣附谶数部,不知谶自谶,谣自谣,未可混也。予乃括诸史五行志,言不从者、诗妖者,又诸家集内歌谣合而并之,命之曰《谣语》。

郭子章认为,谣语的产生是人们在嗟叹、咏歌都不足以表达自己内心情感的情况下产生的,因此谣语的地位、重要性可以与诗歌相提并论。谣语与诗歌一样可以反映社会现实,统治者可以通过谣语了解民风民情,知得失,正人伦,应当对谣语十分重视。郭子章对谣语的特征进行了细致的研究,认为谣语可以分为童谣、风谣、文谣、伪谣等四种。他指出《古诗类苑》将《谣语》附在《谶数部》是错误的,认为谣语与谶语是完全不同的作品类型。他对杨慎将《虞美人歌》《戚夫人歌》收为谣语也不认同。正是鉴于人们不能清晰地辨别、不能很好地认识谣语的重要作用,所以他搜集有关史、集著作,编撰了《谣语》七卷。如卷七《大明谣》中的两则:

> 洪武改元,山西童谣云:"少做衣裳少做鞋,过了年下去南台。"次年,太原、晋宁皆陷,其人多徙于南方。

> 正德中,川蜀有流贼蓝廷瑞、鄢老人之变,统御非人,官军所过,掠劫甚于流贼,百姓歌之曰:"强贼放火,官军抢火。贼来梳我,军来篦我。"

这两则故事非常形象地还原了元末明初及正德年间山西、川蜀地区兵荒马乱、民不聊生的社会场景。前则是所谓童谣,谣在事前,事后得到验证。后则为风谣,谣在事后,讽刺了官军劫掠平民百姓甚于贼寇的残酷现实。又如卷六《宋谣》:

> 贾似道当国时,临安谣云:"满头青,都是假。这回来,不作耍。"其时京师女妆竞尚假玉,因以假为贾,喻似道专权。而景炎丙子之乱,非复庚申之役也,似道遭贬,时人题壁云:"去年秋,今年秋,湖上人家乐复忧,西湖依旧流。吴循州,贾循州,十五年间一转头,人生放下休。"此语视雷州冠司户之句尤警。吴循州谓履斋之贬乃贾挤之也。

> 丁大全罢,吴潜代相,为人豪隽,其兄弟多以附丽登庸。贾似道与潜有隙,遂为飞谣于上曰:"大蜈蚣,小蜈蚣,尽是人间业毒虫。夤缘攀附百虫

丛,若使飞天尽食龙。"语闻罢潜,谪循州死。

这两则故事抨击的是南宋奸相贾似道的贪腐无能、专权害国、嫉贤妒能。前则"满头青,都是假。这回来,不作耍"当属童谣,"去年秋,今年秋,湖上人家乐复忧,西湖依旧流。吴循州,贾循州,十五年间一转头,人生放下休"当属文谣,后则"大蜈蚣,小蜈蚣,尽是人间业毒虫。贪缘攀附百虫丛,若使飞天尽食龙"颠倒黑白,攻讦贤能,显然属伪谣。又如卷五《五代谣》:

> 刘知俊初事梁太祖,后奔蜀王建,虽加宠任,然亦忌之,尝谓近侍曰:"刘知俊非尔辈能驾驭,不如早为之所。"有嫉之者于闾里间作谣云:"黑牛出圈棕绳断。"知俊色黔丑生。棕绳者,王氏子孙皆以承宗为名,故以此疑忌之,遂见杀于成都。《朝野佥载》云:"黑牛无系绊,棕绳一时断。"

> 李后主时,江南童谣:"索得娘来忘却家,后园桃李不生花,猪儿狗儿都死尽,养得猫儿患赤瘕。"娘谓再娶周后,猪狗死谓尽戌亥①年。赤瘕,目病,猫有目病则不能捕鼠,谓不见丙子年也。

前则写刘知俊投奔后蜀王建,不仅没有得到重用,反而被猜忌、排挤,最终遭戮身亡,反映了统治阶层之间的钩心斗角、尔虞我诈。后则预测了南唐的灭亡。

第三"语"为《隐语》二卷,《序》曰:

> 隐者,隐也。其词遁而僻,其旨深以晦,内无关于情性,外无与于理乱,似若无足采者,而刘舍人勰云:"隐语之用,意生于权谲,事出于机急,大者兴治济身,其次弼违晓惑。"又似若不可捐者,何也?夫隐语有二,有不复不隐者,有可以无隐者。遇主于巷,难以自牖理谕之,不可势禁之,不可危言动之,犯颜诤之又不可,不得不隐其语以冀必从,事关军国,势切危迫耳,属于垣虎坐于床,君不密则失臣,臣不密则失身,机事不密则害成,不得不隐其语以冀必济,如麦麹庚癸浩浩育育之类,则刘舍人所云"兴治济身者",何可捐也!若寄生姿数、黄绢幼妇之类,不过作俳优之雄以媚于人主,造艰深之词以述于后世,是予所云"无与于性情理乱"者,可以无隐也。今二者备载于篇,令读者择焉。

---

① 按:原文疑有误,可能为乙亥年(975),该年南唐灭亡。

郭子章认为隐语的特性是遣词用语比较生僻隐晦,难以理解,但趣旨幽远,内涵深刻。隐语虽然无关于国家理乱,也不像诗词那样着重于人们的情感性情表达,看似不重要,但也不能弃之不理。他认为,隐语有两种类型:一是给统治者的谏言,不得不谏但又不能明说,只好迂回地说、隐秘地说;另一种类型则是供人们娱乐赏玩的文字游戏。他收集了这两种类型的隐语以供人们欣赏。如摘自《晋书》的一则:

苻坚遣鸿胪郝稚征处士王嘉于到兽山。既至,坚每日召嘉与道安于外殿劝请咨问之。慕容暐谋弑坚,入见,东堂稽首谢曰:"弟冲不识义方,孤背国恩,臣罪应万死。陛下垂天地之容,臣蒙更生之惠。臣二子昨婚,明当三日,愚欲暂屈銮驾幸臣私第。"坚许。暐出,嘉曰:"椎芦作篱簶,不成文章。会天大雨,不得杀羊。"坚与群臣莫之能解。是夜大雨,晨不果出。暐谋泄,坚杀暐。

本故事写慕容暐欲谋弑前秦皇帝苻坚,苻坚帐下谋士王嘉早已看透慕容暐的阴谋,于是给苻坚说了一段隐语,苻坚虽然不解,但借此得以保全性命。这正是郭子章所谓隐语的第一种类型,王嘉给苻坚的谏言不得不谏但又不能明说,只好采用隐语,它取得的美学效果是使故事悬念丛生,意韵悠长。

第二种类型的故事如"曹操修门题活字""杨修解'黄绢幼妇外孙齑臼'"、唐代小说《幽怪录·谢小娥传》等。又如卷二出自《玉泉子》中的一则:

唐令狐绹出镇淮海日,支使班蒙与从事俱游大明寺之西廊,睹前壁所题云:"一人堂堂,二曜同光。泉深尺一,点去冰傍。二人相连,不欠一边。三梁四柱烈火然,除却双勾两日全。"诸僚佐顾驻足,久之莫能辨。独班蒙曰:"一人,大字;二曜日月,明字;尺一者,十一寸,寺字也;点去冰傍,水字也;二人相连,天字也;不欠一边,下字也;三梁四柱而烈火,无(无)字也;两日除双勾,比字也。得非'大明寺水天下无比'乎!"

本则隐语实即汉字字谜。班蒙细解"大明寺水天下无比"之谜,见出设隐语者及班蒙对汉字的结构特点非常了解,他们的智慧不亚于杨修。本故事虽无深刻内涵,但饶有趣味,引人入胜。再如采自《墨客挥犀》中的一则:

王荆公在钟山,有道士来谒,与棋,辄作数语曰:"彼亦不敢先,此亦不敢先,惟其不敢先,是以无所争。惟其无所争,故能入于不死不生。"王笑曰："此持棋隐语也。"

本隐语故事与前一则有所不同，它不是字体之谜，而是语句语义之谜。它借棋喻人生，寄寓了一定的人生哲理，富有意蕴。

第四"语"为《讥语》二卷，《序》曰：

> 或问谣语、谐语于讥语有以别乎？郭子曰：谣未尝不讥也。谣在事前，验在事后，无心之讥也。讥则指事直刺，有心之讥也。谐未尝不讥也，谐则以口取辩，或以词见嘲，嬉笑之讥也。讥则指事直刺，怒骂之讥也。故讥于谣为直，于谐为怒也。顾讥之情有三，有讥而毁者，讦以为直下而讪上，如祢衡之吊丧监厨、谯周之讥备与禅之类是也，于理为戾。有讥而讽者，义生文外，秘响旁通，如接舆之凤兮、野人之娄猪之类是也，于理为似。有讥而上关国家之理乱下关一身之得失，如夏五子歌以讥其君、孔子群婢歌以讥其相之类是也。则讥之所系讵云细耶？因备载之，置于谣之后谐之前。

讥语，就是讥笑讽刺的作品。郭子章特别将讥语与谣语、谐语进行比较，指出它们的相同和相异之处，认为谣语、讥语都可以有讽刺批判，但谣语是无心之讥，讥语是有心之讥；谣语出现在事前，事后可以验证；讥语出现在事后，无须验证。谐语多采用诙谐幽默的语言加以嘲讽，讥语则直接批判抨击，有时甚至怒骂，锋芒毕露。如卷二的一则：

> 史虚白，字畏名，南游九江，至落星湾家焉，往来庐山，绝意世事。保大初，元宗南迁蠡泽，虚白迎谒道旁，元宗劳问，令诵近诗，曰："风雨掇却屋，全家醉不知。"元宗变色，赐粟帛，上樽酒。徐铉、高越谓之曰："先生高不可屈，盍使二子仕乎？"虚白曰："野人有子贤则立功业，以道事明主，否则负薪捕麋以养其母，仆未尝介意也，不敢以累公。"铉、越愧叹。

本则故事写南唐名士史虚白隐居于九江，避世绝俗，寄情山水，志趣超然。中主李璟迫于宋兵压力，欲迁都豫章以避其锋。史虚白曾于道旁迎谒，李璟命他诵最近作的新诗，史虚白对以"风雨掇却屋，全家醉不知"，诗句实际乃讥讽李璟南迁是逃跑，将大好江山拱手让人，醉生梦死，恬不知耻。所以，李璟听了以后，脸色都变了。徐铉、高越劝史虚白让儿子出来做官，史虚白说贤人要侍奉明主才能建功立业，进一步讽刺李璟不贤明，是荒淫无能的昏主。作品的讽刺批判力度非常强，是一篇十足的讥语。又如：

> 杨复,宜兴人,能诗,有诗名,宣德间为南大理少卿。其家僮尝于玄武湖壖取萍藻食猪。时吴思庵握都察院章,以其密迩厅事拒之,复答以小诗云:"太平堤在后湖边,不是君家祖上田。数点浮萍容不得,如何肚里好撑船。"盖谚有之"宰相肚里好撑船",故云。(卷二)

本则是明代故事,写都察院监察御史吴诗庵写诗讽刺大理少卿杨复贪图小利,气量狭小,不能容人容物,讥语的特质也非常鲜明。又如:

> 卢藏用字子潜,与陈伯玉、赵贞固友善。隐居之日,颇以贞白自衒,往来于少室、终南二山,时人目为假隐。自登朝,奢靡淫纵,趑趄诡佞,专事权贵,时议乃表其丑行,以阿附太平公主流陇州。初隐山时有意当世,人目为随驾。隐士司马承祯尝召至阙下,将还山,藏用指终南山曰:"此中大有佳处。"承祯徐曰:"以仆视之,乃仕宦之捷径耳。"藏用惭。(卷二)

卢藏用是唐武则天时期人,为了能引起最高统治者的注意,在仕途上平步青云,他假意归隐终南山、少室山,求仙学道,同时又到处宣称自己"贞白"。但他实际上根本就不是一个性情平淡、人格峻洁、道德高尚的真正隐士,所以他登朝以后,有奢靡淫纵、依附权贵等种种丑行,时人用"假隐""终南捷径"一语中的地揭露他的本来面目,是对其极其辛辣的嘲讽。他的故事成为中国小说史和文化史上最经典的"讥语"。再如:

> 卢杞与冯盛相遇于路,各携一囊。杞发盛囊,有墨一枚,杞大笑,盛正色曰:"天峰煤和针鱼脑入金溪子手中,录《离骚》古本,比公日提绫纹刺三百,为名利奴,顾当孰胜?"已而搜杞囊,果有三百刺。(卷二)

卢杞是中唐奸相,荣达之前曾路遇一书生冯盛,他知道冯盛穷困,乃有意搜检其行囊,行囊中只一墨条,外无余物,于是卢杞大笑,脸上洋溢着对冯盛的蔑视。冯盛不为所动,正色说:"我虽然穷,但随身带着墨宝,勤奋地学习《离骚》等文化经典,比你一天到晚带着三百张名刺到处拜谒、攀附、巴结权贵高妙得多!你一个名利奴凭什么嘲笑羞辱我呢?"于是冯盛也搜检卢杞行囊,袋中果然有三百张名刺。作品对卢杞的投机钻营、追名逐利、阴险轻薄做了极其典型的刻画,讽刺可谓入木三分,是极其有张力、穿透力的"讥语"。

第五"语"是《谶语》六卷,《序》曰:

> 谶纬,术数之学,其说荒唐,其事穿凿,近于语怪,涉于素隐,圣人不道

也。然有理必有数,有经必有纬。班生有言,极数知变而不诡俗,斯深于数术者也。总古今论之,有真谶,如亡秦者胡、刘秀为天子之类是已;有伪谶,如王莽巴郡石文、孙皓石印山之类是已;有名谶,如晋穆侯之子名仇名成师、唐太宗名世民、朱温赐全忠之类是已;有石谶,如魏张掖柳谷、唐昌松鸿池谷之类是已;有语谶,如大亨二月了、广明黄家日月之类是已;有诗谶,如明镜不安台、白首同所归之类是已。有一国之谶,有一家之谶,有一身之谶,有一事之谶,随其大小而书之。而尹敏增谶、桓谭非谶、刘瓛正纬之语,亦备载焉。令世之知命者,知命有前定,不可妄觊。刘歆不必改秀,袁术不必字路,蒲山不得混李,枭感不得冒杨,足以阴折奸雄乱贼不臣之心。又令世之泥谶者知谶有伪造,不可深信。莽以谶灭,皓以谶亡,王彤广陈图谶,无救符秦之亡;王劭巧解谶说,难延杨隋之祚,足以阴牖世主修德永命之诚,则谶语之辑,不为无小补云。

郭子章在序言中明确,谶纬之说是江湖术士的数术,它的特点是穿凿附会、荒唐诞妄,儒家圣人鄙弃它,文人士子本不应对其加以理睬。但历史上出现了众多的谶语,如真谶、名谶、语谶、诗谶,一国之谶、一家之谶、一身之谶、一事之谶,形式和类型都非常丰富,这些谶语对于我们了解和认识这个世界也非常有帮助。鉴于此,他才辑录。如卷三:

> 隋大业九年,炀帝将再幸江都,有迷楼宫人抗声夜歌云:"河阳杨柳谢,河北李花荣。杨花飞去落何处?李花结果自然成。"帝闻歌,披衣起听,召宫女问曰:"孰使汝歌也?"宫女曰:"臣有弟在民间,因得此歌,道途儿童多唱。"帝默然久曰:"天启之也。"帝因索酒自歌云:"宫木阴浓燕子飞,兴衰自古漫成悲。他日迷楼更好景,宫中吐艳恋红辉。"歌竟不胜其悲。近侍奏:"无故而悲,臣皆不晓。"帝曰:"休问,他日自知也。"后帝幸江都,唐帝提兵入京,见迷楼,太宗曰:"此皆民膏血。"焚之,火经月不绝,前歌前诗皆验。

本则故事写隋炀帝的灭亡,宫女夜歌及其自歌都做了暗示和预测,并且都得到了应验,因此宫女歌、炀帝自歌都是谶语。故事借谶语渲染了极其感伤凄凉的氛围,对隋炀帝的荒淫昏庸提出了尖锐批评抨击,揭示了其必然灭亡的命运,因此有较高的审美价值。又如卷五:

  王文穆钦若,未第寒窘,依幕府家。时章圣以寿王尹开封,一日晚过其舍,左右不虞王至,亟取纸屏障风。王顾屏间一联云:"龙带晚烟笼洞府,雁拖秋色入衡阳。"大加赏爱,曰:"此语落落若有香气,何人诗也?"对曰:"某门客王钦若。"王遽召之,一见钦若风采,其后信任颇专,致位上相。风云之会,实基于诗。

  王钦若(962—1025),字定国,临江军新喻县(今江西省新余市)人,宋真宗、宋仁宗时期两度担任宰相,是北宋名臣。本则故事写他得到宋真宗赏识是因为他考中进士前在寿王幕府时所作的两句诗"龙带晚烟笼洞府,雁拖秋色入衡阳",这两句诗情景交融,气象阔大,委婉含蓄地表达了自己的人生志向,也成为他后来仕途荣达的谶语。卷五的另一则:

  徽宗逊位前一年中秋后,在苑中赋《晚景》一联云:"日射晚霞金世界,月临天宇玉乾坤。"写示宰臣,甚为得意,皆称赞取对精切,格韵高胜,圣学非从臣可及。然次年戎马犯顺,国号金,亦先兆"金世界"。

  宋徽宗是北宋末年昏庸的君主,却爱好艺术,自命风流。在偶得两句诗之后,扬扬得意,忘乎所以。庶不知一年之后,他即亡国,被金人掳到五国城去了。因此,"金世界"一句成为他亡国被俘的先兆、谶语。又如卷六的一则:

  于肃愍公少有大志,出语不凡。八九岁时,衣红衣驰马,有邻长者呼其名,为戏之曰:"红孩儿骑马游街。"公应声曰:"赤帝子斩蛇当道。"闻者惊异。长补钱塘县,学生家有文文山像一幅,悬之座侧,为之赞曰:"呜呼!文山遭宋之季,殉国忘身,舍生取义。气吞寰宇,诚感天地。陵谷变迁,世殊事异。坐卧小阁,困于羁系。正色直辞,久而愈厉。难欺者心,可畏者天。宁正而毙,弗苟而全。南向再拜,含笑九泉。孤忠大节,万古攸传。我瞻遗像,清气凛然。"然斩蛇、殉国,遂为成仁之谶。

  于肃愍公即于谦。本则故事写他少年时,有人嘲笑他穿红衣服是"红孩儿",他竟然回答:"赤帝子斩蛇当道。"这是用汉高祖刘邦斩蛇起义的典故来说明自己崇高的理想、宏伟的壮志,在这理想和壮志的激励下,于谦成为抗击蒙古瓦剌部侵略、挽狂澜于既倒的英雄人物。因此,"赤帝子斩蛇当道"既是于谦人生荣达的谶语,也是他人生奋进的励志语。

  第六"语"是《谐语》七卷,《序》曰:

第八章 郭子章《六语》

夫谐之于《六语》，无谓矣。顾《诗》有善谑之章，《语》有莞尔之戏，《史记》传列《滑稽》，《雕龙》目著《谐隐》，邯郸《笑林》，松玢《解颐》，则亦有不可废者。顾谐有二，有无益于理乱，无关于名教，而御人口给者，班生所谓口谐倡辩是也；有批龙鳞于谈笑，息蜗争于顷刻，而悟主解纷者，太史公所谓谈言微中是也。然淳于髡、东方朔以前，犹有足称；魏晋以后，至于盗削卵、握春杵，风斯下矣。甚之一语讥笑因而贾罪，如刘贡父、苏子瞻，可为殷鉴。善观谐者取古今而并观之，令自择焉，上之如武公之不为虐，下之如髡、朔之能回主；如刘如苏，身之不能卫，而皇恤其他，则无戏言可也。

所谓谐语，就是调笑、戏谑之语，是与《语林》《解颐》《笑林广记》同类的俳优笑话小说。如卷二："王丞相枕周伯仁膝，指其腹曰：'此中何所有？'答曰：'此中空洞无物，然容卿辈数百人。'"故事中，王丞相的答语非常精妙，令人忍俊不禁。又如同卷的另一则："何次道往瓦官寺礼拜甚勤，阮思旷裕语之曰：'卿志大宇宙，勇迈终古。'何曰：'卿今日何故忽见推？'阮曰：'我图数千户郡，尚不能得；卿乃图作佛，不亦大乎？'"阮思旷之语回味无穷，深入讽刺了何次道做官不为民为国，日夕沉湎信佛事佛中。而何次道对阮思旷的讽刺一时还不明白，愚蠢地问他为什么这么推崇自己，入其彀中，令人忍俊不禁。

郭子章认为，谐语在六语中是最无足轻重者，它无益于理乱，无关于名教，但有时能谈言微中、略有寄托，从而息争、解纷、悟主。如卷六：

> 宋南渡诸将，韩世忠封蕲王，杨沂中封和王，张俊封循王，俱享富贵之极。而俊复善治生，其罢兵而归，岁收租米六十万斛。绍兴间，内宴有优人作善天文者云："世间贵官人，必应星象，我悉能窥之。法当用浑仪，设玉衡，若对其人窥之，见星不见其人，玉衡不能卒办。用铜钱一文亦可。"乃令窥光尧，云："帝星。"秦师垣，曰："相星。"韩蕲王，曰："将星。"张循王，曰："不见其星。"众皆复令窥之，曰："中不见星，只见张郡王在钱眼内坐。"殿上大笑。俊最多赀，故讥之。

南宋名将张俊身为国家重臣，在国家风雨飘摇、内忧外患频仍之际，不思抗金复国、收复失地，却一心治生谋财、计较租税，连优伶也非常蔑视他。他们机智巧妙地编织故事对他进行辛辣的嘲讽，成为宋代一篇流传非常广泛的谐语。又如卷七的两则：

天顺间,锦衣门达甚得上宠。有桂廷珪者,为达门下客,乃私其图书云:"锦衣西席。"后有甘棠,为洗马江朝宗之婿,而棠任松陵驿丞,亦图书云:"翰林东床。"一时传笑,以为的对。

嘉靖丙戌,刑部赵尚书乃费阁老同年也,每投谒,费书"年晚生"。同馆者屠公应埈曰:"赵老真神童。"问何故。云:"费鹅湖二十作状元,年最少,今渠称年晚生,非神童而何?"

这两则故事针对的是作者当代的社会现象,前则批判攀附权贵、阿谀逢迎之风,后则嘲讽迂腐虚伪、忸怩作态之气。两则作品针砭时弊,内涵丰富,正是郭子章所谓"谈言微中",同时又语言活泼,风趣幽默,令人解颐。

总之,郭子章的《六语》是明代中叶出现的一部非常有特色的小说集,值得我们重视并深入研究。归纳起来,其特色主要表现在以下几个方面:

其一,集中的作品大都是从经、史、子、集中采撷选辑而来,基本没有作者自己的创作,因此《六语》是一部小说选集、小说汇编。

其二,"六语"故事大体有两种模式:一是故事的开端介绍有某一语(谚语、谣语、隐语、讥语、谶语、谐语),然后组织故事介绍它的来源、形成及传播过程,解释它的内涵;二是先讲故事,然后从故事中总结有某一语。因此可以说,"六语"既是小说的内容,又是小说的结构方式。"六语"对社会现实有非常独到的反映,而且以"六语"编织故事,往往造成一定的悬疑悬念,颇具引人入胜的色彩,使故事非常有趣味、余韵。

其三,郭子章对"六语"做了较深入的研究,他细致地辨析了"六语"的类型,梳理了它们的特色,指出了它们的社会功用,并以此为标准从卷帙浩繁的经、史、子、集中采撷出三十一卷作品,这是非常难能可贵的。从中我们可以看到郭子章独特的文学视野和通脱的文学观念。

第九章　余懋学《说颐》

《说颐》是晚明时期的一部小说集,作者余懋学分门别类地收集了历朝历代有关动植物、器物用具、历史文化名人等各种类型的历史故事、志怪故事、异闻故事,既用以宣扬美德,歌颂仁爱,又用以抨击流俗时弊,反映社会现实,鞭挞晚明时期腐败的朝政、浇薄的世风,也寄托自己的人生感慨。作品内容丰富,倾向鲜明,主题突出,富有特色。

余懋学(1543—1599),字行之,号中宇,婺源人,明穆宗隆庆二年(1568)进士,授江西抚州府推官。万历元年(1573),明神宗即位,余懋学擢升南京户部科给事中。余懋学向来以疾恶如仇、正直敢言著称。万历三年(1575),权臣张居正摄政当国,向明神宗进《白燕白莲颂》,对年幼的皇帝歌功颂德、粉饰太平。而此时国家的实际状况却是连年旱灾,民不聊生,明帝正为此忧虑,下罪己诏,与百官想尽办法祈雨修禳。余懋学认为张居正此时献颂寡廉鲜耻,实属谄媚,且有自我标榜之嫌,于是上书弹劾他。此后不久,南京守备太监申信违法乱纪,余懋学又大加议论,多方抨击,直至神宗将其罢免。紧接着他又上书陈五议:"崇惇大、亲謇谔、慎名器、戒纷更、防佞谀。"这一系列的尖锐建言触怒了张居正,张居正加以报复,将其贬斥为民,永不录用。于是余懋学返乡家居达八年之久,直至万历十年(1582)张居正死才得以复职。随即他又上奏揭发成国公朱希忠的奸弊,朱希忠虽已死多年,也请求褫夺其王爵称号;又请召还同样受到排挤打击的光禄少卿岳相、给事中魏时亮等十八人,明神宗都予同意,并擢升其为南京尚宝卿;万历十二年(1584)转任太仆寺少卿,十三年(1585)迁南京光禄寺卿,提督京边马政。这一年里,御史李植、江东之等以言事忤执政,同官蔡系周、孙愈贤等受执政指使,反过来攻讦李植、江东之,余懋学又上疏支持李植、江东之,力陈"诬上、招权、讳疾、承望、雷同、阻抑、欺罔、竞胜、佞谀、乖戾"等"十蠹"之弊,情辞恳切。他的名言"好胜必致纷争,终且激成朋党",直指时弊,为人称道。万历十五年(1587)余懋学升南京通政使司通政使,寻转北通政使,十七年(1589)升南京刑部右侍郎，寻转南京户部右侍郎兼都察院右佥都御史，总理漕储。其间，他上疏澄清程任卿、江时之冤，使二人得以释归。十九年（1591），余懋学署南京工部尚书，二十一年（1593）拾遗任上以忌者疏论，遂上书自劾归，家居五年后卒，年六十。万历二十八年（1600），廷议昭雪，赠余懋学南京工部尚书，明熹宗天启年间补追谥"恭穆"，《明史》卷二百三十五有传。

余懋学的著述不算多，主要有《读论勿药》《春秋蠡测》《读史随笔》《疏草》《说颐》《仁狱类编》等。

《说颐》八卷，是余懋学的文言小说集。书有作者自序曰：

> 余曩负忧忤权，解绂归第。懒寻陶令之丘，睬睹谢傅之墅。庭无松菊，壁仅图书。时或缓步郊原，邀侣共话，则象勺稚孺，望影而趋；熙壤老翁，毋落吾事。而二三同志，抑又室迩人遐，真率之游，不可常得。乃日取架上书史，信手抽目，当我良朋，会心所适，有当余慨，辄手墨蹒蹄，日久成帙。会岁余，杂置故册中，不复忆阅。客有来山中者，童子窃取示之。客嘻嘻谓是可为谭资，私摘其娱耳数十则，从史灾木，以佐客欢。间有不谅，目为含讪。余微闻，切责童子，亟取所手墨复阅之，乃辗然笑曰：吾聊以寄吾慨尔，是恶足为讪也。咏桧之诗，神考能容。倚父之诟，代宗不问。危言危行之时，顾不能容一操觚寄慨之夫耶。且也事多比类，辞只罕譬，夷非某瑜，蹠非某疵，何事影疑而辄引以自归也。使某无议，余自漫纪，何嫌于余。使某有议，余非直指，何仇于余。苟染楮见疑，开口触忌，则簪笔柱下、纪事螭头者，将终身缩默，不敢有所论列衮钺天下事，余滋惧矣。乃以是帙日置几上，过者辄与阅焉，以示帙之恶足为讪也。最后有谓余者曰："搜事可以警世，托讽可以矩俗，属辞可以娱目，谈异可以悦心。"昔人云："无说诗，匡鼎来。匡说诗，解人颐。兹帙也，阅之令人解颐，殆匡鼎之说夫。"久之，讪议寝息。而求颐解者，且纷纷焉。余不能复终匿也。因重令童子录之，而遂以《说颐》名其篇云。时万历乙未夏五月直方主人余懋学书。

从此自序可知，本书成于明万历二十三年（1595）夏，但其创作却早在万历三年（1575）就开始了。彼时，余懋学因被张居正打击落职，闲居于家。日常读书之余，他或漫记见闻，或从经、史著作中抽绎故事，日积月累，年余编成此书，在朋友宾客间传阅，但一时间并未确定书名。在传阅的过程中，他受到了一些人的质疑,这些人批评余懋学借这些故事影射、讥谤。余懋学经过思考,认为自己的编创目的并不是影射、讥谤,而是"寄慨",为了"搜事可以警世,托讽可以矩俗,属辞可以娱目,谈异可以悦心",也即关怀时事、关怀国计民生、寄托内心感怀,为了教育人、娱乐人,所以最终将书名定为《说颐》而付梓刊行。从中我们可以看到,余懋学比较清晰地认识到了小说创作的作用,一为教育作用,一为娱乐作用,而且教育作用可以通过娱乐阅读发挥出来,即"寓教于乐",这样的认识无疑是比较深刻的。

书又有万历年间江夏著名"七贤士"之一的任家相所作的序:

> 司徒余公,盖隆万间执节敦亮君子也。公在南垣时,柄国者方负绝世才,又上冲圣,恭己以听,而用才过易忮,宠任过易擅。公识微见早,当瑕隙未形,众颂谀导谄之日,而独倡言敬戒,指摘纷更非宜。公宁第竭忠弼主,实亦柄国者忠告也。乃弗忠之收而怀之御,摈公益力,则公名愈高。公退而综经述史,绰有余适。以公之言既效,时事变而起列要途。人且意公坐享前利,可易故步。公所措无少贬,惟不为凌谇诟訑者树之帜。公所谓执节敦亮者非耶!故朝宁竟不能容,而公益得以其综茸之余,旁及丛珠轶简,奥牒残篇,采其有关世纪者,类萃事连,妍媸并著,公自题曰《说颐》,而系之《叙》曰:"吾以寄吾慨,非以寄吾讪也。"夫士君子中怀有所郁而欲吐,遇则疏之朝,不遇笔之野,皆衷诸理而剂于厚,影响讥切者弗贵,易所训修辞立诚者也。余每读公南垣疏,不靡不激,令当时显收其忠,而内省其阙,则公无乐乎有知言之名,而时事之变,且不致若后之衡决而不可救。又令再起所陈十蠹不见怫,公亦可究其用,而无所深慨。卒之两者俱畸,不得已而终托之野记。如是编者,其犹有忠告之思也夫。故读之者喜欲起舞,怒欲触发,以传闻则蓄广,以挥麈则谈洽,岂直解颐。何论公不为讪,即微有所讽喻,而油然绎旷然悟,无务若昔人之见忤怫而自取螯,缕缕皆实益也。余故曰是编有忠告之思也。余皷箧来婺,慨不亲见炙公。以一当公月旦,而于所辑景行乡先哲者,特立传以志慕。愧无能尽公,兹以嗣子万年请而获附骥,因尚论之如此。他如《春秋蠡测》《读史随笔》《仁狱类编》等书,又公综述之大者,万年次第传之,可谓能子矣。万历戊申九月署星源校事江夏后学任家相顿首拜书。

任家相详细介绍了余懋学的人生遭遇、性格为人和《说颐》的成书过程,认为文人士子"遇则疏之朝,不遇笔之野"是普遍现象,指出《说颐》一书成于余懋学仕途受挫折之际,他隐居家乡"综述经史","旁及丛珠轶简,奥牒残篇,采其有关世纪者,类萃事连,妍媸并著",以寄托其内心感慨,甚至微有所讽喻。在任家相看来,这些都值得充分肯定,因为这样做是有益的。

《说颐》的性质、体例和故事数量,《四库全书总目提要》曰:"是书凡三百五十二则,每则征引古事相类或相反者二条,撮为四字标题,而以论断数语缀其末。旁见侧出,颇得连珠遗意。然引事不标出典,置论亦多庸肤。"① 但据笔者统计,卷一有二十五则,卷二有三十八则,卷三有五十一则,卷四有五十九则,卷五有六十则,卷六有四十七则,卷七有四十六则,卷八有五十九则,全书总计实为三百八十五则故事。

《说颐》并没有明确分门别类,但仔细梳理这些故事,我们发现,从故事类型上来说,主要有三种,即历史故事、志怪故事、异闻故事。故事内容非常广泛,从牛马、猪狗、禽兽、昆虫、鸟雀、植物、宅院、器物到官员、历史人物、隐士、僧佛道徒等都有,黄艳硕士学位论文《〈说颐〉研究》一文认为,卷一至卷三为动物类,下属有昆虫、鸟兽、家禽、鳞介等小类别;卷四为植物类,下属有花木蔬草、果食、水等小类别;卷五为器物用具类,下属有奇异宝物、用具、服饰、玩具、棋、乐器、诗书等小类别;卷六为宅第酒食类,下属有楼舍、墓穴、布料、酒食等小类别;卷七为人物类,下属有男子与女子两小类别;卷八为异行异道类,下属有官民行径及佛道灵异等小类别。② 我们试看卷一《火牛火鸡》:

> 骑劫攻即墨,田单取牛千头,衣以五彩,束刃其角,缚火其尾,穴城而出,步壮士五千,衔枚随其后,牛出火明,所触皆死,壮士因击之,燕师大败,遂复齐城。殷浩北伐,辟江逌为长史,取鸡百余只,以长绳连之,脚皆系火,一时驱放,群鸡骇散过堑,飞集羌营,皆燃,因其惊乱,众兵击之,羌遂大败。然则鸡与牛亦可以行师乎。惜也,书空之浩,不如檀抱之单,使鸡不得与牛比功也。

---

① [清]纪昀:《四库全书总目提要》,河北人民出版社2000年版,第3302页。
② 黄艳:《〈说颐〉研究》,湖南师范大学2009年硕士学位论文,第38页。

这是两则历史故事,田单火牛退燕兵、殷浩火鸡烧羌营都是真实的历史事件,余懋学将这二则故事从史书中采撷过来,进行对比,认为殷浩火鸡阵的流传不如田单火牛阵那么广,颇为他感到遗憾。故事中的火牛、火鸡都只是战争的工具,虽也是作品的表现对象之一,但不是主角。主角是英勇智慧的历史人物田单、殷浩等。又如卷二《寇羊苏舍》:

> 寇莱公之贬,丁谓与冯拯同在中书,丁当秉笔,初拟崖州,已忽谓冯曰:"崖州再涉海,何如?"冯唯唯而已,乃贬雷州。迄丁之贬也,冯遂拟崖州,当时好事者为之语曰:"若见雷州寇司户,人生何处不相逢。"寇闻丁来,遣人以一蒸羊逆于境,而收其僮仆,杜门纵博,闻者以为得体。苏子由谪雷州,不许占官舍,遂僦民屋以居,章惇以为强夺民居,下州追民究治,以僦券甚明,乃已。及惇谪雷州,亦问舍于民,民曰:"前苏公来,为章丞相,几破我家,今不可也。"人以为好还之报。方丁章之害二公,自谓得君固宠,必无迁谪之日,岂知出尔反尔。若责左券,小人害正者,可以鉴矣。

这也是非常典型的历史故事,故事中写到的寇准、苏辙、丁谓、章惇等都是宋代的文化名人。故事的题目曰"寇羊苏舍",但实际上与羊并没有什么关系,只因故事中提到寇准送一蒸羊给丁谓,蒸羊成为故事中具有象征意义的道具而已。故事抨击了得志小人对有道之士的无耻戕害。又如卷五《房屏李挝》:

> 房玄龄常恐诸子骄侈,席势凌人,乃集古今家戒为屏风,曰:"留意于此,足以保躬。"李勣临终谓其弟曰:"吾子孙有志气不伦,交游非类者,便挝杀之。"噫,房之诒谋善矣,而不免遗爱之僇,殆所谓其父析薪,其子弗负克负荷者耶。若勣者,一言丧邦,自底不类,乃欲望其子孙之不恶,终难矣。覆宗之祸,盖天所以示丧邦之罚,宜也,非不幸也。

房玄龄与李勣是唐代的开国名臣,他们追随唐太宗夺取了天下。他们深知创业难,守住家业更难,因而想方设法教育、劝诫子孙不能骄奢淫逸、为非作歹,力图避免"覆宗之祸"。

《说颐》中也不完全是前代故事,明朝的故事也收集了不少,如卷二《骡车马裙》:

> 成化间一御史建言"顺适物情"云:近京地方,行使车辆骡驴相杂,骡性

速、力强,驴性缓、力小,今并一处驰驱,物情不便,乞要分别改正,各自行使。弘治初一给事中建言"处置军国事"云:京城士人多好着马尾裙,营操官马因此被人偷拔发尾。马拔尾,落膲不无有误军国大计,乞要禁革。噫,物情顺适,骡驴而已乎?军国重计,马尾而已乎?思及禽兽而功不至于百姓,寻龙擒虎何代无贤?虽然,犹愈于吠正搏贤之徒也。后之视今,犹今之视昔,齐人保保之谣,可为明鉴。

本篇的两则故事记录的是明成化弘治年间的事,距作者不过百年。作品非常辛辣地讽刺了腐败官僚的虚伪、冷漠和无能,指斥他们不去真正关心国家大事、民生民情,却将精力放在驴骡分驱、禁拔马尾等鸡毛蒜皮的小事上,实属装模作样,可鄙可笑。不过,余懋学也承认,这比攻击贤能、排挤正直要好得多。

《说颐》中的第二类故事为志怪小说,如卷一《郡虎都虎》:

汉宣城郡守封邵,一日忽化为虎,食郡民,民呼曰"封使君",因去不复来,故时人语曰:"无作封使君,生不治民死食民。"松阳人入山采薪,会暮,为二虎所逐,遽走上树,树不甚高,二虎递跃之,终不能及,忽相语云:"若得朱都事,应必捷。"留一虎守之,一虎去。俄而与一虎至,爪长善攫人。取樵刀砍之,断其前爪,乃大吼相随皆去,至明,人始得还。会村人相问,因话其事。村人云:"今县东有朱都事,盍往候之,得无是乎?"邀数人同往问讯,答曰:"昨夜暂出,伤其手,今见顿卧。"遂白于县,命群吏持刀围其所而烧之,朱都事忽起,奋迅成虎,突火而出,不知所之。差乎,世有恣睢民上者,是皆封使君之流也。世有凭陵乡曲者,是皆朱都事之类也。有宋均之德政,则负子渡河矣。有周处之改行,则白额就毙矣。道家云"虎千岁则牙蜕而角生",今牙不之蜕而生角,且傅之翼焉,恶乎辟诸?恶乎辟诸?

郡守、都事化虎戎民、害民显然都属于志怪,作者记录这两个故事的意图非常明确,即讽刺郡守、都事这些封建腐败官僚不仅不能治民,不能造福百姓,而且像老虎一样害民。余懋学后面的议论更是点明,贪婪的官吏是有牙有角甚至有翼的老虎,他们害民比真正的老虎更加凶残,老百姓要躲避他们也更加困难、更加没有办法。这两则故事情节曲折,描写细腻。又如卷一《僧虎人虎》:

袁州山中有一村院僧,偶得一虎皮,戏被于身,摇尾掉头,颇克肖之。

或于道旁戏,乡人皆惧而返走,至有遗其所携之物者,僧得之喜。潜于要路伺往来有负贩者,歘自草中跃出,昂然虎也,皆弃所赍而奔。每蒙皮而出,常有所获,自以为得计,时时为之。忽一日被之,觉其皮著于体,及伏草中良久,试暂脱之,万方皆不能脱,自视其手足,虎也;爪牙,虎也。乃近水照之,头耳眉目口鼻尾毛,皆虎矣。心又乐于草间,遂捕狐兔食之,拿攫饮啖皆虎也。是后常与同类游处,复为鬼神所役,寒暑雨雪不得休息,甚厌苦之。形骸虽虎,而心历历然人也。同岁一余,旦馁甚,求无所得,乃潜伏道旁。忽一人过前,遂跃而食,细视之一衲僧也。心自惟曰:"我本人心,幸而为僧,不能守禁戒求出轮回,自为不善,活变为虎,业力之大,无有是者。今又杀僧以充肠,地狱安容我哉!我宁馁,弗重其罪也。"因仰天大恸。号声未绝,忽然皮落如脱衣状,顾视其身,又依然一裸僧矣。乃用草遮身,投于俗家,得破衣数件,依邻境佛寺以居。陇西李征为江南尉,性疏诞,恃才倨傲,不能屈迹同僚,尝郁郁不乐。每同僚会,既酣,顾谓其同官曰:"生乃与君等伍邪。"其僚佐咸嫉之。及谢秩,则退居闭门,不与人通。后迫衣食,乃具装东游吴楚之间,以干郡国长吏。凡周岁,所获馈遗甚多。西归虢,略未就舍,于汝坟逆旅中,忽被疾,夜狂走不知所适,家僮迹其去而伺之。尽一月,而征竟不回,僮乃驱其乘马,挈其囊橐遁去。至明年,陈郡袁傪与征同登进士,以监察御史奉诏岭南,乘传至商于界,晨将发驿,吏白前有虎,今尚早,愿且驻车,傪怒曰:"我天子使,从骑又多,山泽之兽敢为害邪?"促驾去,行未尽一里,果有一虎自草中突出,傪惊甚。俄而虎匿身草中,人声而言曰:"异乎哉,几伤吾故人。"傪聆其音,遂问曰:"子为谁,非故人陇西子乎?"虎呻吟数声,若嗟泣之状,已而谓傪曰:"我李征也,君幸少留,与我一语。"因与傪历叙困游及变虎之状,复以周恤妻子及传录旧文属傪,傪许诺。虎吁嗟良久,叙别而去。二子之变虎,一也。一念不善,人则为虎;一念悔行,虎复为人。虎与人之分,只在知悔与不知悔之一念耳。寺僧之不终为虎,悔心之萌也。李征之不复为人,迷而不返也。故曰:"惟圣罔念作狂,狂克念作圣。"

本篇写的是两个"人变虎"的故事,都是志怪小说,且都是前代作品,前者出自南朝梁慧皎《高僧传》,后者出自唐张读《宣室志》。两个故事所表达的意趣实际上有所不同,前者要表达的是人的悔过之心,认为只要能悔罪,则虎能复变为人,佛教思想的色彩非常浓;后者要表达的则是士子李征不同流俗的个性,反映了封建时代士子怀才不遇、壮志未酬的悲苦之心。又如卷一《吝龙贪狼》:

> 荆湘有僧寺,背山近水,水中有龙,时或雷风大作,损坏树木。寺有撞钟张老者,术士也,恶此龙损物,密为法欲禁杀之。龙乃变形为人,潜诉寺僧曰:"某实龙也,今为张老所禁,性命危急,和尚倘救某命,当奉一宝珠相报,某即移住别处。"僧许诺,夜唤张老求释之。张曰:"和尚莫受此龙宝珠否?此龙甚穷,惟有此珠,性又吝恶,今若受珠,他时悔无及。"僧不之信曰:"君但为我放之。"张老不得已,乃弛禁放龙。夜后送珠于僧,而移出水潭。张老亦辞僧去。后数日,忽大雷雨坏此僧舍,夺其珠而去,果如张老之言。

这个故事也是典型的志怪作品,与本篇所写另一则"中山狼"的故事欲表达的主题都是凶恶物类言而无信,它们永远只会见利忘义、恩将仇报,告诫人们不能相信它们,不能为小利而忘大义,否则就可能"养恶贻患","悔无及也"。正因为有这样的故事,所以有人指责余懋学"有讪谤"意。余懋学虽然在序中予以否认,但从作品的实际来看,其借事讽喻的用意还是非常明显的。

《说颐》中的第三类故事是异闻故事。所谓异闻故事是指一些非常奇特、耸人听闻的传闻,如卷四《义竹烈花》:

> 唐明皇游后苑,有丛竹密,笋不出外,顾谓诸王曰:"父子兄弟相亲,当如此竹。"因号义竹。扬州琼花,天下只一本,士大夫咸爱重之,宋学士郊扁曰:"无双。"德祐乙亥北师至,花遂不荣,赵国炎以诗吊之曰:"名擅无双气色雄,忍将一死报东风。他年我若修花史,令传琼花烈女中。"灵武之立,永王之反,有愧于义竹多矣。赵孟頫、留梦炎诸人,有愧于烈花多矣。

本篇故事写到唐玄宗皇宫后苑的丛竹"笋不出外",紧紧抱团在一起,仿佛有"义",已是非常奇特;宋代扬州的琼花则更是让人惊奇,金兵攻来之前,枝繁花茂,绚丽无比,时人赞为"天下无双",扬州沦陷后,竟然不开花了,仿佛表现出不受异族凌辱的"义烈""节气"。余懋学在他的评点中用义竹来抨击唐肃宗的继位、永王李璘的谋反,用烈花来讽刺赵孟頫、留梦炎等人的变节降元,因此这两则故事还是非常有深意的。又如卷五《镜异窑变》：

> 成化甲辰二月,宿州农夫垦田遇古墓,获镜及灯台各一。磨镜照之,见墓中人僵卧犹带弓矢,惊骇仆于地。又见农家室户妇女宛然,以为怪,遂掷之不复顾。独携灯台鬻于富室,且谈及镜事,其夜灯台发光如日,富室异之,以献于官。时四川万本知州事,得之大喜,以馈其叔祖阁老万安,并致书道及镜事。安欲并得镜以进,上移书索镜甚亟。本遂系农夫追索,了不可得。系狱三年,安去位始得释。浮梁景德镇官窑造上供瓷器,其始搏作涂饰,求其精致一也。开窑之日,反复比量,有同是质而遂成异质、同色而特为异色者,水土所合,人工之巧,不复能与,谓之窑变,盖数十窑中千万品而一遇焉。监窑官见则必毁之,不敢以进御,恐珍奇不可常得也。或盏杯小者,藏去鬻诸富家,价与金玉等。夫镜之异至于祸民,窑之变终以见毁,物亦何贵于变异为哉。彼农之弃镜,恶其异也,曷若并灯台而弃之,则无三年之系矣。器之见毁,恶其变也,曷若请诸朝,以不贵异物为献,则可苏一方之困矣。

明宪宗成化年间,农夫垦田时发现的镜子和灯台是古物、异物、奇物,然而更奇异的是,它们不仅没有给农夫带来富贵和钱财,反而带来了三年的牢狱生活。景德镇瓷器的"窑变"也非常神奇,窑变可以烧出极其"珍奇""千万品而一遇"的器物,但神奇的是监窑官本来是为宫廷监造好瓷器的,却不敢将这种见出"人工之巧"的器物献给皇帝,因为这样的器物"不可常得",而皇帝的贪欲却是无穷尽的。作者通过这样两个器物异闻故事来反映最高统治者的贪婪、昏庸、荒淫,抨击了官员的媚上欺下、鱼肉百姓。

《说颐》中,志怪故事、异闻故事的数量较少,主要见于卷一、卷二、卷三、卷四、卷五,历史故事占的分量比较大,各卷都有,尤其是卷六、卷七、卷八基本都是历史故事。如卷六《杜食黄舍》：

> 《杜祁公语录》云："公为相,食于家,惟一面一饭而已,或美其俭,公曰：'衍本一措大尔,名位服用,皆国家者,俸入之余,以给亲族之贫者,常惧浮食,安敢以自奉也。一旦名位爵禄,国家夺之,却为一措大,又将何以自奉养邪？'"《黄庭坚文集》云："余谪处宜州半岁,官司谓余不当居关城中,乃

抱被入宿子城南,余所僦舍,虽上雨旁风,无有盖障,市声喧聩,人不堪其忧,余以为家本家农桑,使不从进士,则田中庐舍如是,又可不堪其忧邪?"由杜公之言,当富贵之时,诚思位非吾有,则自不至骄溢;由黄公之言,士当穷困之时,诚思贫乃士常,则自不至怨尤,故曰:"君子所性,虽大行不功焉,虽穷居不损焉,分定故也。"

本篇第一则故事写到的杜衍(978—1057),字世昌,越州山阴(今浙江绍兴)人,北宋名臣。宋真宗大中祥符元年(1008)登进士第,补扬州观察推官,历任乾、扬、天雄、永兴、并等州知州,以善办案断狱著称。宋仁宗召为御史中丞,兼判吏部流内铨,后改知审官院。宝元二年(1039),杜衍复知永兴军;庆历三年(1043),任枢密使;庆历四年(1044),拜同平章事,因支持范仲淹"庆历新政",招致保守派攻击,为相百日即罢,出知兖州。庆历七年(1047),杜衍以太子少师致仕,累加至太子太师,封祁国公,故人称杜祁公,寓居南都十年;嘉祐二年(1057)去世,年八十,追赠司徒兼侍中,谥号"正献"。故事写他非常节俭,居安思危,从有"名位爵禄"时的富有想到自己没有"名位爵禄"时的穷困,因而保持着艰苦创业时的本色。第二则故事写黄庭坚被贬宜州,穷居陋处,但能安贫乐道,泰然处之。杜、黄两人都坚守了"富贵不能淫,贫贱不能移,威武不能屈"的人生信条,非常难能可贵。作者特别载明故事出自《杜祁公语录》和《黄庭坚文集》,由此也可见作者编辑本小说集时视野非常广阔。又如卷七《韩李厚德》:

韩亿在中书日,见天下诸路,有职司捃摭官吏小过,辄颜色不怿曰:"今天下太平,主上之心,虽虫鱼草木皆欲得所。夫所仕者,大则望为公卿,次则望为侍从,职司二千石,其下亦望京朝幕职,奈何锢之以圣世。"李沆拜参政,旦以启贺之云:"吕参政以无功为左丞,郭参政以酒失为少监,章参政非才谢病,优拜尚书,陈参政新任失旨,退归两省。"而誉沆益甚力,将以附之。沆慨然不乐,戒小吏封置别箧曰:"吾岂优于是者邪,亦适遭遇尔。乘人之后而讥其非,吾所不为,况欲扬一己而短四人乎。"差乎,举世以苛察为能,韩独以锢人为歉;举世以誉己为贤,李独以短人为薄。孔子曰:"有一言而可以终身行者,其恕乎。"二公之所处,得恕道矣。

韩亿(972—1044),宋真宗、仁宗时名臣。李沆(947—1004),宋真宗时名相。本篇记录了他们的逸事,表彰了韩亿体恤下情、仁爱宽厚的美德;表彰了李沆鄙弃趋炎附势、阿谀攀附行径的正直刚强个性。又如卷八《三光五知》:

> 范文正公为校理,忤章献太后,贬倅河中,僚友饯于都门曰:"此行极光。"后为司谏,谏废郭后,贬睦州,僚友又饯之曰:"此行愈光。"后为天章阁知开封,撰百官图以进,忤吕夷简落职,贬饶州,僚友又饯于郊曰:"此行尤光。"任布拜枢密副使,归休洛中,作"五知堂"曰:"知恩知道知命知足知幸。"噫,三光之心不可有,五知之念不可无。有三光之心则近名,无五知之念则贪禄。

本篇第一则写宋代名臣范仲淹的逸事,赞美了范仲淹坚忍不拔、九折不回的美德,同时也对其僚友的迂腐、虚伪、自欺欺人进行了嘲讽。第二则所写的任布是宋真宗时名臣,他作的"五知堂"也深得作者赞赏。

无论是历史故事,还是志怪故事、异闻故事,余懋学在编撰时都采用这样的模式:先写一则故事,然后再写一则与之相类似或相反的故事,最后是自己对这两则故事的议论、点评。点评或与时事相关,或与人生道德相关,非常鲜明地看出作者的情感意趣与价值倾向。《四库全书总目提要》认为这些议论、点评是"旁见侧出""置论亦多庸肤",恐怕不是很准确。实际上,余懋学的这些点评、议论往往切中肯綮,不乏见地。如卷八《佛堂观音》一篇对"举世好奇"之风进行讽喻批评说:"今学士、书生尽吻佛谈,缙绅贤达并崇经典,甚如李郡守赟者削发甘列于缁流,人相师仿恬不为异,昔晋尚清虚而有五胡之扰,宋尚禅学而有金元之祸,吾甚为世道人心惧矣。"

在故事点评中,余懋学有时将自己的人生遭遇、仕途经历也结合进来,从而抒发自己的伤痛与愤恨,如卷三《蝶庵蝶都》一篇说:"嗟夫!富贵皆危府,利欲为迷场,与其劳劳于危府、迷场以取陷溺,孰若优游于蝶庵、蝶都,于于陶陶,末无荣辱之为得哉。"卷五《青帏布被》一篇:"余为三品堂卿几六年矣,苎帏布衾制自微时,间欲更茸亦不易措,吾未敢以平津为诈也。"卷六《武库官舍》一篇:"余曩见某处士夫往往请官地及寺院以为私宅,甚至储藩分署,亦给两台得之,而悬进士之第于楣,近闻又已属他人矣。"又如卷八《爽约斥诋》:"近癸巳京察有约余同救属官某者,至当笔时,余极口与辩而某竟无一言。又余昔言事落职时,有言官贻余书曰:'见今两衙门不振,纵疏救亦成画饼,于公无益。'乃知爽约卖友古今一律,总是贪爵禄一念为之。爵禄之念一重,即同年知己犹然不顾,况其他乎。虽然,宁人负我,毋我负人,躬自厚而薄责于人,为之自我者,当如是耳。"

总之,《说颐》是明中后期一部比较有特色的小说集,小说集借历史故事、志怪故事和异闻故事抨击时弊,张扬美德,在当时或后代都产生了较大影响,恰如沈亚公在该书的《著者略历》中所评:"(余懋学)为文善用轻灵跳脱之笔,记载事实,并附以鞭辟入里、针针见血之短评。《说颐》即为其唯一之杰作,读之如午夜钟声,可以发人深省。"

第十章　刘元卿《贤弈编》

《世说新语》分门别类地记录了东汉至魏晋间许多朝臣、文人、名士的言行与逸事,是南朝刘宋时期刘义庆所编撰的一部志人小说集。这部小说集在中国小说史和文化史上产生了极其深远的影响,后代有仿作、续作迭出,如唐有张询古《五代新说》、王方庆《续世说新书》、刘肃《大唐新语》,宋有孔平仲《续世说》、李垕《南北史续世说》、王谠《唐语林》。至明代,这样的仿作、续作就更多了,先有何良俊《何氏语林》,此后有王世贞《世说新语补》、焦竑《焦氏类林》《玉堂丛语》及《明世说》(已佚)、李绍文《皇明世说新语》、周应治《霞外麈谈》、林茂桂《南北朝新语》、徐象梅《琅嬛史唾》、张墉《廿一史识余》、江盈科《皇明十六家小传》、李贽《初潭集》、赵瑜《儿世说》等。"世说体"小说一时风行,形成高潮,蔚为大观。晚明时期,江西也有两位小说家编撰了两部"世说体"小说,一为刘元卿的《贤弈编》,一为郑仲夔的《清言》,两部作品各有特色,都深刻反映了晚明时期的社会现实,寄寓了作者深重的人生感慨,得到了人们称赞。本章我们先看刘元卿的《贤弈编》。

刘元卿(1544—1609),字调父,初号旋宇,后改号泸潇,人称泸潇先生,安福(今属江西吉安)人。据史料记载,刘元卿于隆庆四年(1570)参加江西乡试,勇夺魁首;次年赴京城会试,对策极陈时弊,言辞尖锐,抨击严厉,主考官深为忌讳,不敢录取他。内阁首辅张居正听说后大怒,命有关部门对他进行申饬,并派人秘密调查、监视他。好在派去的人良心未泯,将实情转告,他才没有受到进一步打击迫害。回到家乡后,他师从王守仁弟子刘阳,深入学习、研究理学,又于隆庆六年(1572)创办复礼书院,收徒讲学,名动一方。万历二年(1574),他再次参加科考,不料仍失意落榜,于是绝意功名,不复求进,隐居家乡继续理学的探讨之路,逐渐成为著名的王学学者,与当时江西省内名士吴与弼、邓元锡、章潢合称"江右四君子"。随着他声誉日隆,影响越来越大,与他相知的官员反复向朝廷举荐,朝廷终于在万历二十二年(1594)召他为国子博士,擢任礼部主事。

任职期间,他大胆进言,勤勉上疏,提出了许多积极的政治主张,如"疏请早朝勤政,又请从祀邹守益、王艮于文庙,厘正外蕃朝贡旧仪"等,但基本未被采纳。刘元卿深感失望,于是称疾辞归,潜心学术,肆力著述,于万历三十七年(1609)病逝。名士邹元标为他撰写了墓志铭,赞他"流风余韵,百世犹师"。刘元卿入《明史》卷二百八十三《儒林传》。

刘元卿著述众多,有《山居草》四卷、《还山续草》、《诸儒学案》八卷、《贤弈编》四卷、《思问编》、《礼律类要》、《大学新编》五卷、《大象观》二卷、《大学新编》五卷、《国史举凡》、《国朝江右名贤编》二卷、《历代江右名贤录》二卷、《先正义方》、《儒宗考辑略》二卷、《刘聘君全集》十二卷、《刘聘君会语》四卷等。

《贤弈编》四卷,为文言小说集。对于这部小说集的编撰,作者有自序曰:

> 余性拙,不晓博弈。客至第相与对坐,又不善劝酒,客或欠伸苦之。因饱食之暇,辑古今人言行可为法戒者,粗作区目。客至焚香拭几,取书读一二品,以代弈棋云尔。读者因有所触动,岂独曰犹贤乎已。类凡十有六。盖余尝从田墅间,闻诸长老谭宣、正、成、弘间民物殷盛,闾阎熙熙,由时一二元宰哲臣,器局宏深,质行方正,故里风朴略,古意盎然。今民舍无不有愁叹声,而尚习日侈,则士节之不立;士节之不立,则器不足居之。总其本原暗于学,斯所繇不能行古之道也与。述怀古第一,次廉淡,次德器,次方正,继之以证学。学明而伦修矣,故叙伦次之。而家正矣,故家闲次之。家闲则官政立,官政立则仁泽远,仁泽远则干局宏,故次官政、广仁、干局。埶质不才,埶心不仁,有其蔽之,政乃弗违,斯孔子所由得之,不得曰:"有命乎!"受之以达命。维仙暨佛,蝉脱尘埃,富贵浮云,所谓礼失而求之野者,受之以仙释。岂惟仙释,夫物则亦有然,明于庶物,君子存之。抑人有言,道在糠秕,是以或罕譬而喻,醒于指陈,或前言戏之。庄于法语,或曲引轮回,威于斧钺。故复述观物,述警喻,述应谐,而以志怪终焉。癸巳端阳安福刘元卿书于章南馆之处仁堂。

在序言中,刘元卿首先从两个方面阐述了自己的创作缘由。第一个方面,他说自己既不会博弈下棋,又不喜欢宴饮,因此客人到访,百无聊赖。于是自己要编撰一部书,朋友来了以后,就可以一起静坐于雅室之中,焚香拭几,共读一二品,既消磨了时间,情感又得到慰藉,将非常快乐。刘元卿在这里表达了他要将别人下棋喝酒的时间用来读书、编书的志趣,同时也寄寓了他对小说消遣娱乐作用的认识。

第二个方面,刘元卿认为,明中期的宣德、正统、成化、弘治年间,朝廷由一两位器局宏深、质行方正的元老主持政局,国家安定繁荣,黎民安居乐业,民风淳朴,古意盎然。而当下的万历年间,上层社会崇尚奢靡之风,淫逸无度,民舍中却满是为生活奔波的愁苦叹息之声。更让人失望的是,作为社会精英的士子没有气节,颓丧浮媚,士风日下,不能引领社会走向朝气蓬勃、兴旺发达。在刘元卿看来,这些问题的产生"总其本原暗于学,斯所繇不能行古之道也与",根本的原因是大家不读书、不学习,不读书、不学习自然不能行古道、复古风。囿于此,他要编一部书,辑录古人的嘉言懿行,弘扬前人的丰功伟绩,以作为今人的模范榜样,让人们读了以后,情怀得到触动,激发"见贤思齐"的情怀。可见,刘元卿编辑本书,实是抱着时事感怀、拯风俗、正人伦、劝惩教化的目的。他明确指出,小说不仅有消遣娱乐功能,还有教育、激励作用,能教育、激励人们奋发进取,促进社会风气健康向上。

通过上述分析,我们可以知道,作者之所以将作品命名为"贤弈编",其意就是"把别人下棋博弈的时间用来读圣贤之书"。

《贤弈编》的完成时间为"癸巳端阳",也即万历二十一年(1593),是作者中年时期的作品。书末又有其门人永新人贺应甲的跋:

> 盖余刘夫子好友之素,宣乎天植哉!有朋自远来则安之,夫子循循,若旨若饴。望庐而至者,依依已已。又曰发舒沕潏,荡漾神情,则标揭单中;乃或有不中,于旁引曲喻也者,所繇《贤弈编》作焉。博弈犹贤,夫固谓已之则博弈贤也,苟得其所以不已,又岂其博弈也者,是贤乎。将抱椠而诵之,而惟之,而有不类触心醒怳然旷然者,真人情甚相远耶。言论猷为各呈心精,巷说街谈乃见天则,然后而今知臭腐神奇在所化耳。富哉言乎!以言乎来者之计则备矣。虽然,弈秋晦奕,致志者得,若犹是二三其德。秋亦末如之何也已。小子固思援缴射鹄者,读是编而悦之,以告于家大人。家大人曰:"有是哉,盍请梨诸。"爰图梨之,以明夫子之好友。

从此跋看来,《贤弈编》是刘元卿的门人贺应甲将其刻印传世的。贺应甲认为《贤弈编》可以"发舒沕潏,荡漾神情",即抒发人们兴奋、郁闷等各种心情,即使有时不能得到这些感情的抒发,也可以"旁引曲喻",可以得到很多的启示,可以"触心醒怃然旷然"。他赞美刘元卿创作这部小说集,收集编撰这些小说故事,虽然是来源于街谈巷语,却也化腐朽为神奇。刘元卿将他自己的言论、谋划、修为都呈现在人们面前,值得赞赏。

《贤弈编》有正编和附录,正编三百二十六则,附录一百一十三则,共计四百三十九则故事,每则故事都有四字标题。

正编分为四卷十六类,卷一为《怀古》《廉谈》《德器》《方正》《证学》五类,卷二为《叙伦》《家闲》《官政》《广仁》《干局》《达命》六类,卷三为《仙释》《观物》《警喻》《应谐》四类,卷四为《志怪》,这些故事多采自历代遗闻掌故,也有当代的传说佳话,是典型的仿《世说新语》之"世说体"小说。

《怀古》类有二十二则故事。怀古,顾名思义即追怀前贤,颂扬古人,所写的主人公是前代的名公巨卿,颂扬他们的美德,希望能借此激励自己和时人,以促使社会风气健康向上,如《易服还里》:

> 王沂公状元及第,还青州故郡,府帅命父老妓乐迎之近郊,公乃易服乘小骑由他门入。遽谒守,守惊曰:"已遣人郊迎,何便抵此?"公曰:"不才幸忝科第,岂敢烦太守致迓,是重其过也,故变姓名诳迎者尔。"守叹曰:"君所谓真状元矣!"

王沂公即王曾(978—1038),字孝先,青州人,宋真宗咸平年间,连中三元,后官至中书侍郎、同中书门下平章事、枢密使,封沂国公,为北宋名相。本篇故事写他高中状元后,没有得意忘形、高调张扬,相较于其他科第高中士子轰轰烈烈的"衣锦还乡",他回乡时竟然变换姓名、"易服乘小骑",故意躲避当地郡守的迎接,使得郡守非常钦佩,赞他为"真状元"。本篇故事最早见于宋代吴曾的《能改斋漫录》卷十二《记事》,可见《贤弈编》此处属采撷转载。又如《二公可法》:

> 屠襄惠公滽,致政归,营第宅,前为老妪败屋,二楹,适当门,使从容譬说,欲券之。妪曰:"此吾死所也,鬻则须徙,老寡将安归乎!"公曰:"今鬻而不即徙,但去败屋而更新之可尔?"妪曰:"如是幸甚。"公乃出柴薪二锭付其子。久之,妪告公曰:"赖公之赐,今已立业娶妇,择日当徙矣。"公曰:"妪幸得所,其如去旧邻何?"款以饭食,为之惆怅而遣之。鄞洞云张翁,是尚书文

定公邦奇父,公为学宪时,厅事仅二楹,旁一楹故是叔所居,叔有宿逋求售,公倍价得之。告于翁,翁问价,知其倍也甚悦。已忽潸然泪下,公讶问故,叹曰:"吾想异日更劜,撤彼旧居,其夫妇何以为情?"公为恻然,欲取券还之。翁曰:"毋。计其银已偿人矣,可若何?"公言当并其价不取,翁始忺然。王端毅公恕家居时,见子侄易邻居为业,公呼而让曰:"是世与我比居者,何忍令其远去?"乃召之各还居,给以原券不问价。按昔赵清献所居甚隘,子侄以厚赀易邻居,公不乐曰:"此翁三世为邻,忍弃之乎?"命亟还之,并其直不取。苏长公买阳羡田,闻田主妪泣而还券,事亦类此。

屠滽(1440—1512),明宪宗、孝宗、武宗三朝名臣,历任监察御史、右都御史、左都御史、太子太保、吏部尚书、太子太傅等职,谥襄惠。张邦奇(1484—1544),明孝宗、武宗、世宗三朝名臣,历任礼部尚书、吏部尚书、兵部尚书等职,谥文定。王恕(1416—1508),仕明英宗、代宗、宪宗、孝宗、武宗五朝,官至吏部尚书加太子太保、少傅兼太子太傅,谥端毅。赵抃(1008—1084),宋神宗时官至右谏议大夫、参知政事,为北宋名相,谥"清献"。苏长公即苏轼。本篇故事写他们虽身居高位,但并不仗势欺人,而是善待、同情贫困弱小的邻人,宣扬了他们善良、仁爱的本性。

《廉谈》以下九类故事的主人公仍是历代文化名人,但颂扬的美德各有不同、各有侧重,如《廉谈》(二十五则)强调的是廉洁、清约,试看《张公俭约》:

> 张文节为相,自奉养如为河阳掌书记时,所亲或规之曰:"公今受俸不少,而自奉若此。公虽自信清约,外人颇有公孙布被之议,公宜少从众。"公叹曰:"吾今日之俸,虽举家锦衣玉食,何患不能?顾人之常情,由俭入奢易,由奢入俭难。吾今日之俸岂能常有,身岂能常存?一旦异于今日,家人习奢已久,不能顿俭,必致失所。岂若吾居位去位、身存身亡常如一日乎!"

张知白(956—1028),字用晦,沧州人,宋真宗、仁宗时历任龙图阁待制、御史中丞、工部尚书同中书门下平章事、参知政事等职,谥文节,为北宋名相。本篇故事写他虽身相位,俸禄丰厚,但仍生活非常俭朴,他真诚地告诫家人:"由俭入奢易,由奢入俭难。"他要求家人时常想到自己不居相位或已逝去、俸禄减少的情形,永不奢侈腐化。因此,张知白可以说是中国历史上生活清廉的名相典范,乃至人们用"公孙布被"评价他。"公孙布被",典出《史记·平津侯主父列

传》:"弘为人恢奇多闻,常称以为人主病不广大,人臣病不俭节。弘为布被,食不重肉。"又《汉书·公孙弘传》:"弘身食一肉,脱粟饭,故人宾客仰衣食,奉禄皆以给之,家无所余。"公孙弘是汉武帝时的丞相,生活俭朴,平常盖布被,每餐只吃粗粮和一个肉菜。又如《蒲席御史》:

> 宪副刘公仁宅,华容人,忠宣公父也,永乐初仕为瑞昌令。邑人严某令高安,同入觐。文定遣一价往睨之,价还白公曰:"严丈富贵,雅称官也。刘丈藁席布被,瓦盆煤灶,犹然穷人耳。"公心识之。刘与严皆公邻邑人,且有婢严卖刘,特先见,赘以币,公麾之。刘嗣见,具茗一袋,蜜一缶耳,公嘉纳,寻擢为御史。刘公为御史时,六七人共一马,更迭出入。常与同僚约过除岁,各具一肉一蔬,或具肉二豆,酒一壶,同僚深讶其奢。公出所有,惟一枯鱼而已。后升广西宪副归,囊惟七金云。正统间,文定以展墓归里,刘公时为御史在京。公还朝,过华容,便造焉,问忠宣曰:"汝父在否?"曰:"在道中未回。"曰:"汝母安在?"曰:"适邻家磨面去。"乃起遍视家中所有,遂引忠宣诣寝室,见床上惟蒲席布被褥,喜曰:"所操若是,可称御史之职矣!"

刘仁宅(1395—1476),字广居,号岩松,岳州华容(今岳阳市华容县)人,明成祖永乐十八年(1420)举人,历任瑞昌知县、浙江道御史、广西按察副使等职。本篇故事写他生活俭朴、为官廉洁,当朝首辅杨荣派人了解他,发现他睡蒲席、盖布被、用瓦盆、烧煤灶,俨然一个穷人。他拜见杨荣时,只能送上一袋茶叶、一罐蜜糖。他担任御史时,衙门中六七人只有一匹马,有公事需要时才可以用。与同僚相约一起过除夕,有的人带来一个肉菜一个蔬菜,有的人带来两个肉菜一壶酒,而堂堂的御史刘仁宅带来的却仅仅是一条干鱼。广西按察副使任满回乡时,他的行李袋中只有七金而已。杨荣到他家看访他,发现他的夫人还要到邻居家磨面。杨荣对此非常感慨,也非常欣慰,认为自己没有用错人,动情地说,只有像这样操守廉洁的人当御史才能真正称职。

《德器》类有二十四则故事。所谓德器,不仅指道德完美,更重要的是宽容大度,虚怀若谷,如《不校狂生》:

> 李文靖公沆,字太初,秉钧日:"有狂生叩马献书,历诋其失。"公逊谢曰:"俟归家,当自详审。"狂生遂发讪怒,随公马后,肆言曰:"居大位不能安济天下,又不能引退,久妨贤路,宁不愧于心乎?"公但于马上踧踖再三曰:

"屡求退，主上未赐允。"终无忤。

李沆（947—1004），字太初，洺州肥乡（今河北邯郸）人。宋真宗时拜户部侍郎、参知政事，以清静无为治国理政，史称其为相"光明正大"，有"圣相"之美誉。王夫之赞其为"宋一代柱石之臣"，谥"文靖"。就是这样一位成就斐然的名相，竟然有狂生叩马献书，历诋他的过失。李沆表示将深入反省后，书生竟得寸进尺，追在他的马后发狂怒骂，指斥他居相位不能安济天下，又不能引退，久妨贤路。李沆也只是回答自己曾要求退位，但皇帝不许。对于这样一位无理寻衅的狂生，李沆最终也没有处罚他。他不仅道德完美，在历史上有丰功伟绩，还容得下别人的批评甚至无理取闹，是典型的"德器"之人。又如《窃藏不问》：

> 张文定公齐贤，为江西转运使。一日家宴，一奴窃银器数事于怀，公自帘下熟视不问。后为宰相，名下厮役，皆得班行，此奴竟不沾禄。奴乘间请曰："相公独遗某，何也？"公悯然语曰："尔忆江南盗银器数事乎？我怀之三十年，不以告人。今备位宰相，安敢以盗贼荐耶？与尔钱三百千，可自择所安。既已发汝平昔，当有愧于吾。不足复留也。"奴震骇泣，拜谢而去。

张齐贤（942—1014），字师亮，曹州冤句（今山东菏泽）人，宋太宗太平兴国二年（977）登进士第，历任枢密副使、兵部尚书、同中书门下平章事、吏部尚书、司空等职，为相二十一年，谥"文定"，为北宋名相。本篇故事写他在任江西转运使时的一次家宴中，发现一仆人偷窃银器。张齐贤并没有揭穿他，此后的三十年，仍照常使用这个仆人，直到出任宰相时，觉得不能影响国家，才给他一笔钱，让他另谋生路。他的宽容大度也超出常人。

《方正》类有十八则故事。此类《世说新语》中已有之，所以《贤弈编》这里是明显学习《世说新语》。所谓方正，指为人端方正直、刚正不阿、不谄媚、不逢迎、不涉邪路，如《忠襄焚衣》：

> 杨忠襄公邦乂少处郡庠，足不涉茶房酒肆。同舍欲坏其守，拉之出饮，托言朋旧家，实娼馆也。公初不疑，酒数行，娼艳妆而出，公愕然趋归，取其衣焚之，流涕自责。

杨邦乂（1085—1129），字晞稷，吉水人，建炎三年（1129）九月，除通判建康军提领沿江措置使司等职。金兵攻陷建康后，他血书"宁作赵氏鬼，不为他邦臣"，誓不投降，被金人剖腹取心杀害。本篇故事写他少年在郡学读书时，被同舍学友骗入妓馆,结果他立即退出,回家后将所穿衣服焚毁,流涕痛责自己。只有这样严格要求自己的人才能养成日后端方正直、视死如归的伟岸品格。又如《不私儿婿》:

> 吏部尚书翱为英皇所任信。仲孙以荫入监,秋试持有司印卷白公,公曰:"汝有阶得仕,何必强所不能,以幸冀非分邪!"裂卷火之。公一女嫁为畿辅某官妻,公夫人甚爱女,每迎之,婿固不遣,恚曰:"而翁掌铨,迁我京职,则汝朝夕侍母矣。"夫人一夕置酒白公,公大怒,取案上器击伤夫人。出驾而宿于朝房,数旬乃还第,婿竟不调。

王翱(1384—1467),字九皋,盐山(今河北沧州)人。明成祖永乐十三年(1415)进士,一生历仕六朝,辅佐成祖、仁宗、宣宗、英宗、代宗、宪宗六帝,刚直廉明。"夺门之变"后,王翱任吏部尚书,独掌吏部事务,为英宗所敬重,逝后谥"忠肃"。本篇故事写他任吏部尚书时,孙子和女婿都希望得到他的照顾,没想到他不徇私情,将孙子的秋试卷子撕掉焚毁。女婿托岳母来说情,竟被他愤怒地打伤。他的正直廉洁为人们赞叹。

《证学》有十一则故事。所谓证学,指治学、读书,是一些好学不倦、讨论治学方法的故事,如《文庄芸喻》:

> 东郭子出吴兴,见有膝行泥中,而以手左右去草者,召而问之曰:"此芸田乎?"曰:"然。"曰:"吾邑之芸,以铁为器,而木柄之,俯其身以荡撼于苗中,未尝若是难也!"曰:"州亦有之,沙田草易除,用之宜。泥田根难拔,必若是者三至焉。山溪之田寒,必若是者五至焉。若稍弛之,草侵吾苗矣。"噫!质美者易于浑化,犹沙田之草也。次则泥田矣,次则山溪之寒田矣。芸之而弗息,草未有不拔,而苗未有不秀且实者。

本篇故事用农人耘田除草来比喻读书学习的方法,认为资质较好、天赋较高的人学习起来会更容易获得成功,资质差一些的人就要更加勤奋地学习,要像耘田一样"芸之而弗息",只有这样才能苗秀而实,取得收获和进步。又如《目摄吴生》:

> 黄冈郭孝廉庆,挈其徒吴良吉往越中谒阳明先生,将抵越郭,一夕呼吴生语曰:"吾夜来自省,胞中尚有俗念,如许如此夹杂心,安能领受先生教邪?"拊心痛自刻责不已,徐质吴生曰:"子时自省如何?"吴对曰:"此来一

志惟求教益,更何俗念?"昕夕争论不合。既至郭,趣吴以前论辩语往质正。先生时燕居楼上食馔,聆吴生语已,不答。第目摄而指示之曰:"子视此盂中,下便能盛此馔;此几,下便能载此盂;此楼,下便能载此几;地又下便能载此楼。人贵能下,下乃大。"语已,更目摄吴生者再,竟无他语。吴生退就舍,郭问先生何言,吴生哽咽不能应,第潸然涕数行下,云:"先生之炉锤人,也不在言论辩析,而在神情衡宇间,即于吴生可类知己。"

本篇故事写士子郭庆与学生吴良吉结伴前往心学大师王阳明那里讨教学习,途中两人发生争论,互相辩驳,谁也说服不了谁。见到王阳明先生后,吴良吉将两人的争论相告请教,阳明先生并没有直接回答吴生的问题,而是指示他说:"盆子能装下食物,桌几能放盆子,楼能装下桌几,大地又能承载楼房。人也要善于处于下方,处于下方,就能大,就能装下万事万物、大千世界。"吴生听了感动不已,哽咽不能应,潸然泪别。作品描述了阳明先生的教学方法,而吴生也听懂了阳明先生的教诲,两人心灵相通,可谓知己。

卷二《叙伦》类有十五则。所谓叙伦,即有关道德伦常的故事,如《怀肉自诬》:

> 浙之长兴里人某,事母有至性。其旧业俱以养母,故至衰落。其从父一日饮诸姻,呼孝子侍。姻多豪贵人,馔具腆甚。孝子时时左右盼,伺宾所不顾,急摘诸甘脆裹纳袖中,纸尽袖盈盈矣。酒酣,主人出金卮酒贵客,贵客不胜酒,卮置楼檐间,覆以瓦,先间归。俄侍者报亡其卮,众客约曰:"请急扃户,令人袒捡之,必得乃已。"孝子两手扪袖中,至羞涩也,仓卒不得计,即谬曰:"由我。"无何,贵客忆前卮,乃折简主人,语以其故。主人如言捡之得,急呼孝子至,孝子犹谬对如初。从父曰:"痴儿,吾业已得卮矣,顾若何苦自诬负不韪名?"孝子始吐实,泪淋漓下曰:"某苦不能勉奉母氏欢,而儿女态若此。比诸贵客在,设令把我袖,将大诟我,且重为叔父羞,故宁尔尔。"从父大感悟,乃召前上客,遍语之曰:"是子如是如是,吾终不忍使孝子无以为悦。"分其产,令得终奉母焉。

本篇故事的主人公不再是历史上的文化名人、达官显贵,而是一个无名的小人物。这个小人物的身上闪耀着人性的光辉,他事母至孝,他原有的产业因用于养母而衰落。他参加豪贵人家的宴饮,想到母亲不能尝食这些珍馐美味,于是偷了一些藏在袖中想带回去给母亲享用。为了母亲,他甘愿承担盗贼的名声。他的孝行最后感动了他的富豪叔父,叔父分产业给他奉养母亲。又如《月明跪缶》:

> 吴门有贵人月夜道桥上者,聆其下有歌唱声,下覰之,则丐子也。坐一老姬,块上以所丐得酒捧缶而跪进焉,唱盖以侑云。贵人讶诘之,丐子惊嘻:"侬婆人,聊为阿母欢。"贵人嗟叹良久归,明日转相传语称异。后时时窥之,见所娱其母者多类是。自是诸贵人每宴,辄置余豆间曰:"以待孝丐儿也。"吴下至今口其事云。

本篇故事同样是为小人物作传,它的主人公是身份更加卑微的乞丐。但他也是事母至孝,不仅讨得酒食供养母亲,而且唱歌逗母亲开心。这情形被人们看在眼里,传为佳话。

《家闲》有二十则故事。家闲,家庭防闲之意,即重视家庭教育,养成良好的家风,使家庭成员、子孙后代道德良好、性情温和,如《柳氏家法》:

> 河东节度使柳公绰,家中门东有小斋,每平旦出至小斋,诸子仲郢皆束带晨省于中门之北,令子弟执经史,躬读一过,乃讲议居官治家之法,人定然后归寝,诸子复昏定于中门之北。遇饥岁,则诸子皆蔬食,曰:"昔吾兄弟侍先君为丹州刺史,以学业未成,不听食肉,吾不敢忘也。"公绰妻韩氏,相国休之曾孙,常粉苦参、黄连、熊胆和为丸,赐诸子夜学舍之,以资勤苦。其后仲郢以礼自守,出内斋未尝不束带,三为大镇,无良马,衣不熏香。公退必读书,手不释卷。柳玭比尝戒其子弟曰:"凡门第高,可畏不可恃。立身行己事有失,得罪重于他人,无以见先人于地下。"

柳公绰(765—832),字宽,京兆华原(今陕西铜川)人,历唐德宗、宪宗、穆宗、文宗朝,任河东节度使、兵部尚书等职,谥号"元",为唐中后期名臣。本篇故事记叙他对子弟的严格教育,也正因为这样,所以其后代中又出了柳仲郢、柳玭这样的著名人物。又如《索杖诟子》:

> 韩忠宪公亿,教子严肃,知亳州。次子为西京通判,谒告省觐。公喜,置酒召僚属,俾诸子坐于隅,忽谓二郎:"吾闻西京有疑狱奏献者,其详云何?"舍人思之未得,遂索杖大诟曰:"汝食朝廷厚禄,倅贰一府,事无巨细,皆当究心,大辟奏案,尚不能记,则细务不举可知。"必欲挞之,众宾力解

方已。

韩亿(972—1044),字宗魏,真定灵寿(今灵寿县)人,北宋名臣。宋仁宗明道、景祐年间,先后拜谏议大夫、同知枢密院事、参知政事等职,谥"忠献"。作品写他不仅自己为官清正廉明,关心民瘼,而且对儿子的教育也极严格,要求极高。其第二个儿子为西京通判,对有关疑难案件不熟悉,他竟然大怒,指斥他杀人案件都不放在心上,还能做好其他什么事呢。可见其家庭防闲非常严肃认真,值得人们学习。

《官政》类有三十二则。所谓官政,自然是关注官员为官之优劣得失,如《阍吏直梃》:

> 御史台有阍吏,隶台中四十余年,善评其台官优劣。每以所执之梃侍中丞之贤否,中丞贤则横其梃,否则直其梃。此语喧于缙绅,凡为中丞者唯恐其梃之直也。范讽为中丞,闻望甚峻,一日视事次,阍吏忽直其梃,范大惊,立召问曰:"岂睹我之失邪?"吏初讳之,苦问乃言曰:"昨见中丞召客,亲谕庖人以造食,指挥者数四,庖人去又呼之,复丁宁者数四。某心鄙之,不知其梃之直也。"范大笑惭谢。

本篇故事颇有特色和趣味,写御史台的看门小吏,四十年来用手中所拿之梃或横或直来评判御史台官员的优劣,御史台官员对此非常忌惮,连刚直不阿的范讽发现其举直梃时也不免大惊失色。又如《荆门善政》:

> 陆九渊知荆门,军民有诉者,无旦暮皆得造于庭,复令其自持状以追,为立期,皆如约而至,即为酌情决之,多所劝释。其有涉人伦者,使自毁其状,以厚风俗。唯不可训者,始置之法。其境内官吏之廉贪,习尚之善恶,皆素知之。有诉人杀其子者,九渊曰:"不至是。"及追究其子,果无恙。有诉窃藏而不知其人,九渊署二人姓名捕之,讯之伏辜,尽得其所窃物还诉者。且宥其罪使自新。

本篇故事写陆九渊知荆门时,敦人伦,厚风俗,知善恶,使辖内得以大治,政绩斐然。

《广仁》有十三则故事。所谓广仁,就是广施仁爱之心,处处行善积德,如《王曾娶女》:

> 王曾居京师。一日过甜子巷,闻母女二人哭甚哀,因询其邻,云其家少

官逋四万钱,止有此女,将易客钱偿。曾乃谓其母曰:"汝女可卖与我,则时得相见。"遂以白金与之,令偿其客。约三日来取女,逾期不至。其母复访曾之所馆,则曾已行矣。后曾官至集贤殿学士,封沂国公。

王曾在得知甜子巷母女的困境后,将手中白金(银子)给了她们,假装买下了女儿,实际上是无偿地资助她们还债。他不求报答,也不愿张扬,这样的无名行善正是仁之大者。又如《呵六作五》:

许知可应举不第,一夕梦白衣人曰:"汝无阴德,所以不第。可学医,吾助汝智慧。"知可如其言,医术果精,病者无问贵贱,诊候与药,不受其直,所活不可胜计。后赴春闱,复梦前白衣云:"施药功大,陈楼间处,殿上呼胪,唤六作五。"知可果以第六名登第,因上一名不禄,遂升第五,其上姓陈,下姓楼也。

本篇故事写士子许知可科考不顺利,梦中白衣人劝他学医行善,广施仁德,结果命运得以改变,竟在后来的科考中以第五名的佳绩金榜高中。故事采用因果报应的模式来结构,有非常明显的道德劝诫意味。

《干局》类有十五则故事。所谓干局,指以超人的智慧、计谋和能力应对突发事件,将不利的局面控制下来,扭转其发展趋势。如《计擒叛将》:

叛将范琼拥兵据上流,召之不来,来又不肯释兵,中外汹汹。张忠献与刘子羽密谋诛之。一日,遣张俊以千人渡江,若捕他盗者,因召琼俊及刘光世诣都堂计事,为设饮食。食已,相顾未发。子羽坐庑下,恐琼觉事中变,遽取黄纸执之,趋前举以麾琼曰:"下有敕,将军可诣大理置对。"琼愕不知所为,子羽顾左右拥置舆中,以俊兵卫送狱,使光世出抚其众,且曰:"所诛止琼,汝等固天子自将之兵也。"众皆投刃曰"诺"。悉麾隶他军,顷刻而定,琼伏诛。

本篇故事写张忠献(张浚)、刘子羽设计擒获范琼并将其诛杀的过程。张浚、刘子羽将危害南宋朝廷的一场叛乱平定,显现他们超人的智慧和胆略,因而得到刘元卿的褒扬。范琼(?—1129),字宝臣,开封人,宋高宗时将领。建炎初年,他为平寇前将军,金兵进逼扬州,他避至寿春(今安徽寿县)。寿春百姓讥其不战而走,他恼羞成怒,纵兵入城杀掠。后苗傅、刘正彦发动兵变,他又与苗、傅暗中勾结,参与叛乱。这样一个贪生怕死、为非作歹的奸佞将军得到了他应有

的下场。又如《锁熊柜中》:

> 宁王常猎于鄠县界,搜林莽草际一柜,扃锁甚固,王命发之,乃一少女,问所自,姓莫氏,夜遇贼僧劫至此。王惊悦之,载以后乘。时猎者方生获一熊,因置柜中,如旧锁之。时明皇方求极色,王以莫氏殊丽,即表上之,具奏所由。上令充才人,经三日,京兆奏鄠县食店有二僧,以万钱赁店作法事,惟舁一柜入店。夜久,膈膊有声,店户人怪之,启视有熊冲出脱走,寻二僧,已骨矣。上知之,大笑曰:"宁哥大能处置此僧也。"

本篇故事写唐玄宗时,宁王外出打猎,偶然发现二僧人绑架良家妇女以供淫乐,于是不动声色地将一头熊放在柜中,巧妙地处置了作恶多端的淫僧。

《达命》有十四则。所谓达命,即乐天知命、旷达乐观之意,如《祸福倚伏》:

> 刘元城贬梅州,章惇辈必欲杀之。郡有土豪,以贿得官,见章惇自言能杀元城,惇大喜,即除本路转运判官,其人驱车速还及境。郡人使人告元城,元城略处置后事,与客笑谈饮酒以待之。至夜半,忽闻钟声,问之,则其人忽呕血死。秦桧晚年尝一夕秉烛,独入小阁治文书至夜分,盖欲尽杀张德远、胡邦衡诸君子,凡十一人。区处既定,四更忽得疾,数日而卒。桧父尝为静江府古县令,守胡舜涉欲为桧父立祠,县令高登坚不奉命,涉大怒,文致其罪送狱,备极惨毒,登不能堪。未数日,舜涉忽殂,登获免。又大理评事胡梦昱以直言贬象郡,过桂林帅,钱宏祖欲害之,未及有所施行亦暴亡。人生祸福之不可预策如此。

本篇故事写宋代正直之士刘元城、张德远、胡邦衡、高登、胡梦昱等遭奸臣章惇、秦桧等处心积虑、挖空心思地罗织罪名、构陷、残害,可害人者不是自己早死,就是派出的爪牙暴亡,而正直、旷达之士却在面对死亡威胁时"与客笑谈饮酒以待之",镇定泰然,顺利地躲过了人生劫难。又如:

> 虞雍公初除枢密,偶至陈丞相阁子内,见杨诚斋《千虑策》,读一遍叹曰:"东南乃有此人物,某初除合荐两人,当以此人为首。"陈导诚斋谒雍公,一见握手如旧。诚斋曰:"秀才子口头言语,岂可便信?"雍公大笑,卒援之登朝。诚斋尝言士大夫穷达,不必容心,某平生不能开口求荐,然荐之改秩者,张魏公也。荐之立朝者,虞雍公也。二公蜀人,皆非平生之雅。

本篇故事写杨万里乐观面对人生之穷达,他没有请求、干谒他人引荐自己,一切顺其自然,然而又正是这份顺其自然让他获得了命运的垂青。陈俊卿、张魏公、虞雍公三位丞相都非常赏识他,将他举荐至朝廷,使他得到朝廷的重用。

从上述故事来看,《贤弈编》卷一、卷二显然是学习《世说新语》,采撷、记录的是历朝历代包括明朝当代的名人故事,记录他们积德行善、仁爱、乐观的嘉言懿行,也反映他们为官为政的丰功伟绩。不过,它与《世说新语》又有明显的不同,《世说新语》还有《假谲》《忿狷》《谗险》《纰漏》《惑溺》《仇隙》等恶德恶行类,《贤弈编》则淘汰了这些类别,从中可以看到刘元卿欲以正能量引导社会风气积极向上的用意,正如其在序中所称"使里风朴略、古意盎然"。

当然,《贤弈编》不仅仅是仿《世说新语》,不仅仅是一部逸事小说,因为其中还有志怪作品和笑话故事。

卷三中的《仙释》类、《观物》类和卷四中的《志怪》类收录的主要是志怪故事。《仙释》类有二十四则,《观物》类有二十三则,《志怪》类有九则。如观物中的《爱犬活主》:

> 晋大和中,广陵杨生畜犬,甚爱之,行止与俱。后生饮酒,醉卧草中。时野火起,乘风火烈。狗周章号唤,生醉不觉。前有坑水,狗走浸水中,还以身水洒生左右草,令湿。火寻过,生醒方觉。又暗行坠空井中,狗呻吟彻晓,人过怪之,往视见生,曰:"可出我,当厚报。"曰:"以狗见与。""可也。"乃出之。系狗去后,五日狗夜走归。

本篇故事实际上是选自晋代陶渊明的小说集《搜神后记》。作品写灵性的狗两次救了主人的性命,而且对主人非常忠诚,被人系去,五天以后又逃了回来。又如《观物》中的《玉京狐燕》:

> 宋末姚玉京嫁襄州小吏卫敬瑜,溺水死,玉京孀居。有双燕巢梁间,一为鹜鸟击死,一孤飞徘徊。至秋,止玉京臂,俨如告别。玉京以红缕系足曰:"新春复来为吾侣也。"明年果至,因赠诗曰:"昔时无偶去,今年还独归。故人恩义重,不忍更双飞。"自尔秋归春来,凡六七年。玉京死,明年燕来,周章哀鸣。家人语曰:"玉京坟在东郭。"燕遂飞至坟所,亦死。每风清月明,襄人见玉京与燕同游汉水之滨。

本篇故事即唐人李公佐的小说《燕女坟记》,文字略有差异。故事写闺中思妇与单飞的燕子同病相怜,互相慰藉,人燕一体,凄婉悲凉。融入其中的诗句通俗流畅,颇具民歌风味。由于故事与爱情有关,本则又可属传奇小说。卷四《志怪》类中的《妙寂复仇》即唐人小说李复言的《续玄怪录·尼妙寂》。

当然,《仙释》《观物》《志怪》等类不仅收录有前人小说集中的作品,也有作者记录的当代志怪故事,如《观物》中的《寺犬鸣冤》:

> 成化间一富商寓京师齐化门寺中,僧见其挟有重赀,约众徒先杀其二仆,遂杀商置坎中,而以二仆尸压其上。俄有贵官游赏过寺,寺犬嗷嗷不已,官疑之,命人随犬所至。犬至坎所,伏地悲噑。官使人发视之,尸见矣。起尸而下有呻吟之声,乃商人复苏也,以汤灌之,少顷能言,白其事,尽捕僧置之法。

本篇故事写京师齐化门寺犬的灵异,正是通过它的悲噑,才使官员破获了一起谋财害命的恶性杀人案件。不过,本篇故事与以往的同类故事相比也略有变化,即鸣冤的灵犬并不是被害富商养育的,而是害人的僧人之犬,由它出来鸣冤,颇有点"大义灭主"的意思。又如《志怪》类中的《泗州屠客》:

> 嘉靖中,泗州蒋成者,屠沽于鸭嘴湖,有孤客以竹荷包袱饮其店,成中夜酖之,沉于湖,匿其金,因而致富。既十余年,逢端午,置酒会邻友,成于座中忽举青丝系粽,"汨罗江里吊忠魂",属诸客对。一人号古洞者,先夕梦中有人教云:明当还对紫竹挑包,"鸭嘴湖边谋客命",叮咛曰:"能言之,管取获利。"古洞以为神,即以"是"答之。成骇然失色,席散独留古洞,以二十金灭口。古洞亦不求其实,喜而归语其妻,妻曰:"此冤鬼假子以雪之,不言将有祸。"古洞首之州,及至官,成遂服辜,取客尸于湖如生。

本篇故事写冤魂通过托梦,借仇人友人之口终得报仇雪恨。不过,本篇故事融入对子,使得作品颇有些文人情调。故事写古洞得知冤案详情后,只想求财不想求义,是他妻子劝他报官,以免罹祸,使作品更显情节曲折,增加了跌宕的意趣。

逸事、志怪作品之外,《贤弈编》中还有寓言故事和笑话故事,这主要集中在卷三的《警喻》《应谐》两类中。

《警喻》有二十九则故事,往往通过生动的故事讲述深刻的人生道理,如《舍籴户田》:

> 昔有十家之邻,皆荒其百亩,日惟转籴于市,以瞻朝夕。邻家之农劝之

曰：“曷若力耕，可积而富乎？”其二人听之，舍籴而田。八家之人竞相非沮曰：“吾安得待秋而食。”其一人力田不顾，卒成富家。一人惑其言，复弃田而籴，竟贫馁终身。

本故事说明的道理是：一个人只要认定了目标，就一定要坚持到底，不要受环境和他人影响，就一定能实现自己的理想。反过来，如果惑于他人之言，半途而废，其结果也只能是自作自受。又如《黎丘惑似》云：

邑丈人有之市而醉归者，黎丘之鬼效其子之状扶而道苦之。丈人归，酒醒而诮其子曰：“我醉，汝道苦我何故？”子泣而触地曰："昔也往责于东邑，人可问也。"其父信之曰：“嘻，是必夫奇鬼也。”明旦之市而醉，其真子迎之，丈人望其真子拔剑而刺之。丈人智惑于似其子者而杀于真子。夫惑于似士者而失于真士，此黎丘丈人之智也。

本故事显然是在劝诫人们凡事不能迷于表象，不能惑于形似，而必须真正认识事物本质，才能把握真相，才是真正的智慧。又如《黠儿窃李》：

西邻母有好李，苦窥园者，设阱墙下，置粪秽其中。黠竖子呼类窃李，登垣陷阱间，秽及其衣领，犹仰首于其曹：“来，来，此有佳李。”其一人复坠，方发口，黠竖子遽掩其两唇，呼“来，来”不已，俄一人又坠。二子相与诟病。黠竖子曰：“假令三子者，有一人不坠阱中，其笑我终无已时。”嗟嗟不善者之妒善人类如此，彼惟恐善人之笑之也。而为善者又奈何怀贪李之私，卒中于其所诱也哉。

本篇故事揭示了人性的虚伪和复杂性，具有非常深刻的讽刺意义。一方面，人人都善妒，害怕别人获利而自己没有；同时，在自己落难时又害怕别人脱难。另一方面，人们又非常在意别人的嘲笑和讽刺，人们也很喜欢嘲笑和讽刺别人。正因为人有这样一些缺陷，所以也就容易掉入他人设置的陷阱中。

《应谐》类有三十八则，多为诙谐幽默的笑话故事，或撷自前人著作，或据当朝的传闻、道听途说编撰而成，内容丰富且有深刻的寓意，如《拾金自累》：

有牧竖子敝衣蓬跣，日驱牛羊牧冈埛间，时时扼嗌而歌，意自适也，而牧职亦举。一日拾遗金一铢，纳衣领中，自是歌声渐歇，牛羊亦时散逸不扰矣。又燕市一瞽子，佣为人作面，且磨且罗，中夜作苦，浩歌自如。一夕主妻感慨，蹴主公谓曰：“阿公微天，颇饶于赀，视瞽奚若，乃终生营营，反不逮渠之适,何也?"主人曰:"唯唯,吾第试之。"翊日,瞽请发廪取麦,主人故置金锃麦中,时从旁伺之,瞽倾麦磨上,忽闻铿然声,手探拾之,以为遗也,怀之,踧踧色动,凝宁踌躇,窃四听无人声,乃瘗之床下,时作时往蹴之,自是歌辍,作亦不力。主乘间发取其金,瞽不知也。逾时,瞽辞主人却去,主人佯许之,濒行即地取金,亡矣!宧然自丧,乃复跽,恳求复为佣云。

本篇故事写到的牧竖子和燕市瞽子本来的生活情态,他们日夜劳作,非常辛苦,但也非常快乐,悠闲自适。但当他们拾得意外之财以后,有了想法,有了负累,虽然仍在做同样的工作,却丢失了原有的快乐。又如《夸父名猫》:

齐奄家畜一猫,自奇之,号于人曰"虎猫"。客说之曰:"虎诚猛,不如龙之神也,请更名曰龙猫。"又客说之曰:"龙固神于虎也,龙升天须浮云,云其尚于龙乎,不如名曰云。"又客说之曰:"云霭蔽天,风倏散之,云固不敌风也,请更名曰风。"又客说之曰:"大风飚起,维屏以墙,斯足蔽矣,风其如墙何?名之曰墙猫可。"又客说之曰:"维墙虽固,维鼠穴之,墙斯圮矣。墙又如鼠何?即名曰鼠猫可也。"东里文人嗤之曰:"噫嘻,捕鼠者故猫也,猫即猫耳,故为自失本真哉。"

本故事说明,对任何事物的夸饰都是不必要的故弄玄虚,最能描绘事物本质、本真的恰恰是最朴素的语言。其他如《乍解张皇》《大痴善讽》《贡父课马》等都是非常著名的笑话故事。

《贤弈编》书末有附录,分为《闲钞上》《闲钞下》。《闲钞上》有二十九则,这些故事既为"钞",当然是采撷自其他的文献,与正编故事的另一个不同是没有小题目,如:

下蔡威公闭门而哭,傍邻窥墙而问曰:"子何故哭泣而至于若此乎?"对曰:"吾国且亡矣,吾数谏吾君,君不用。"于是窥墙者闻其言,举宗而去之于楚。居数年,楚王果举兵伐蔡,窥墙者为司马,见威公缚在房中,问曰:"若何以至于此?"曰:"吾何以不至于此?且吾闻之也,言之者行之役,行之者言之主也。汝能行,我能言,汝为主,我为役,亦何以不至于此哉?"窥墙者乃言之于楚王,遂解其缚,与俱之楚。

本篇所写为战国时的故事,刘元卿没有说明故事的来源,他想借本故事说明的道理是:仅仅对问题有所认识是远远不够的,必须在清醒认识的指导下投入实际的行动,才能取得预期的效果。故事中的威公认识到蔡国国君昏聩荒淫,蔡国必亡,但他不采取行动,不逃亡、不躲避,结果最后做了俘虏。而他的邻居却在听了他的分析以后迅速采取行动,逃到了楚国,不仅自己避免了做阶下囚,而且在楚国做了高官,还救了威公一命,可见实际行动的重要性。今天人们经常说,世界上最远的距离是"知道和做到之间"说的正是这个道理。又如:

  宋仁宗时,有张吴二士者,负纵横才,不事干谒,而规礼聘,尝作诗有"踏破贺兰、扫清西海"之句,韩范守边,咸狂视之。异时,二士刻诗石上,洒泣过市,二帅竟弗之省。二士无所适,遂亡走西夏,易名张元、吴昊,触夏主讳,耸其听闻。夏国收为谋主,势日强大,关右震惧,遂不可制。韩公时为四路招讨,驻兵延安。忽夜有人提匕首入卧曰:"某西夏张相公遣取相公头,不忍加刃,第取金带去。"盖宋君臣之用人狭矣。

本篇故事的出处,作者说明了"出《胡子衡齐》",即转抄自明人胡直所撰《胡子衡齐》一书。胡直,字正甫,泰和人,嘉靖丙辰(1556)进士,官至福建按察使。他将与门人讲学、问答之语辑为是书。故事批评了张元、吴昊的卖国行径,也批评了宋代君臣的用人。又如:

  蔡文忠公喜酒,饮量过人。既登第,通判济州,日饮醇酎,往往至醉。是时大夫人年已高,颇忧之。一日,山东贾存道先生过济,文忠馆之数日。先生爱文忠之贤,虑其以酒废学、生疾,乃为诗示文忠曰:"圣君恩重龙头选,慈母年高鹤发垂。君宠母恩俱未报,酒如成病悔何追!"文忠矍然起谢之,自是非亲客不对饮,终身未尝至醉。

本篇故事早在宋代胡仔的《苕溪渔隐丛话》中已有记载,记录的是宋代文化名人蔡齐的逸事。蔡齐(988—1039),字子思,洛阳人,迁居莱州胶水(今山东平度)。蔡齐为宋真宗大中祥符八年(1015)科考状元,历官将作监丞、兖州通判、起居舍人知制诰、翰林学士、密州知府、右谏议大夫、御史中丞、权三司使、枢密副使、礼部侍郎、参知政事等职,死后获赠兵部尚书,谥号"文忠",是宋代名相。本篇故事记录他戒酒的过程,赞扬他闻过则改的勇气和毅力。

《闲钞下》有八十四则,流于考证,如其考证"缠足"恶俗的形成:"缠足一事谓之妖,古无此,盖自妲己始。妲己乃雉精,足犹未变,故用裂帛缠之,后世习俗既久,以足小为美。"又如其考证"江河"之别曰:"南方之人谓水皆曰江,北方之人谓水皆曰河,随方言之便。而淮济之名不显,司马迁作《河渠书》并四渎言之,《子虚赋》曰下属江河,事已相乱,后人宜不能分别言之也。"

刘元卿考证的视野非常宽广,不仅涉及民间习俗、古人读书之方法,还有许多涉及历代的政治文化制度,如:

> 国初科举,第一场问四书疑一道,五经义各一道。第二场论一道,诏诰章表内科一道。第三场策一道。犹循元制也。洪武甲子乡试,乙丑会试,初为小录以传,然惟列董事之官,试士之题,及中选者之等第、籍贯、经籍而已。其录前后虽有序,然犹未录士子之文以为程式也。次科戊辰,加刻程文,自后永为定式。但此后五科,其间命官列衔,或多随时不一,永乐以后,其制始一定而不更易矣。然永乐中各省乡试,犹有儒士主考品官同考者,其序文亦不拘篇数。景泰中序文禁称公考官,正用实授教官序为前后二篇,以两京为法也。然两京序文称臣,独与会试同云,按初场例出四书义三道。正统元年会试,出《大学》《论语》《中庸》,而不及《孟子》。成化元年顺天府乡试,出《论语》二道,《孟子》一道,而不及《大学》《中庸》。其后定《大学》《中庸》内量出一道,《论语》《孟子》各出一道,遂为例。

本篇故事叙述介绍了明代科举考试内容的形成和完善过程。我们常说明代科举考试只从"四书"中出题,从本则考证可以看到,这个规定的形成经历了比较长的过程。从明建立到明宪宗成化元年(1465),出题都无定规。直到成化以后,才定为"《大学》《中庸》内量出一道,《论语》《孟子》各出一道"。又如:

> 新举人朝见,着青衫不着襕衫者,闻始于宣庙,欲其异于岁贡生耳。及其下第送国子监,仍着襕衫,盖国学自有成规也。本朝政体度越前代者甚多,其大者数事。如前代公主寡再为择婿,今无之。前代中官被宠,与朝臣并任,有以功封公侯者。今中官有宠者赐袍带,有军功者增其禄食而已。前代重臣得自辟任下僚,今大臣有专擅选官之律。前代文庙圣贤皆用塑像,本朝初建国学,革去塑像,皆用木主。前代岳镇海渎皆有崇名美号,今止以山水本名称其神。郡县城隍及历代忠烈士,后世溢美之称,俱令革去。前代文武官皆得用官妓,今挟妓宿娼有禁,甚至罢职不叙。

这是考证叙述明代政治制度、选官制度以及祭祀制度的演变,非常真实地记录反映了明代的政治文化生态。当然,《贤弈编》不仅考证明代当代的政治文

化历史,对以前历朝历代的制度文化也多有涉及,这也反映出刘元卿的博学、严谨,如:

> 宋世于郡县立慈幼局,凡贫家子多,欲厌弃不育者,许其抱至局,书生年月日。局置乳媪鞠视,他人家或无子女,却来局取养之。岁侵,子女多入慈幼局,道无抛弃者。信乎,仁泽之周也。

从本则可以看到,早在宋代,我国就建立了慈幼局,这是类似现代孤儿院这样的慈善机构,收养被遗弃的儿童。这说明,中国人的人文关怀和慈爱文化是源远流长的,无怪乎作者感慨道:"信乎,仁泽之周也。"

总之,刘元卿《贤弈编》是一部全面学习《世说新语》《搜神记》《笑林广记》的小说集,它以志人小说为主,同时又集神怪小说、笑话故事、寓言故事、琐议考证于一身,种类全面,内容丰富,有非常高的文化价值、认识价值和文学价值,是明代中后期一部非常重要而有特色的文言小说集。

第十一章　郑仲夔《玉麈新谭》

《玉麈新谭》是明末江西小说家郑仲夔一生随闻随记而成的一部小说丛书、小说汇编,包括《清言》十卷、《耳新》八卷、《偶记》八卷、《隽区》八卷,多记载明末掌故、传闻、野史,较全面地反映了明末的政治、经济、民生、文化、风俗状况,不啻为明末社会的一面镜子。

郑仲夔(约1580—1640),字肖师,又字龙如,信州(今江西上饶)人,父母早亡,由兄孟孺抚养长大。他自幼聪颖勤勉,师从王退仲,崇祯年间考获贡生,然于明末,目睹乱世、衰世景象,自觉难有作为,遂隐居于乡,以著述、教学为业,布衣终生,尤工诗。同治版《广信府志》卷九曰:"上饶郑仲夔,字肖师,崇祯贡生。幼失怙,兄孟孺抚以成立。师事王梦旸子退仲,博学工诗。母没,赋《哀屺篇》。新城杨思本为序,有云:行行苦泪,鲟蠹食而不甘。字字啼声,枯鱼过而加泣。及兄卒,夔哭以句曰:有泪皆成血,无言不痛心。其孝友性成如此。与铅山费云仍、玉山董思王号南屏三子。游大江南北,马君常、归子慕辈争与缔交。晚岁不售,以著述自娱。有《清言》若干卷、《质草》若干卷、《耳新》八卷、《冷赏》八卷行世。"①王重民《中国善本书提要》曰:"《上饶县志·卷二十二·孝友传》:'仲夔字肖师,崇祯贡生,师事王梦旸。仲夔与费云仍、董思王号'南屏三子',游大江南北,马君常、归子慕辈争与归缔交。有《清言》若干卷、《质草》若干卷、《耳新》八卷、《冷赏》八卷行于世。"②钱仲联《中国文学大辞典》曰:"郑仲夔,明笔记杂著作家,字肖师、龙如,玉山(今属江西)人。天启七年(1627)举人。博学工诗,以孝友诗名闻于乡里。其诗文集未见,今传世者唯笔记杂著多种。"③

郑仲夔著述主要有《玉麈新谭》三十四卷、《根启》八卷、《冷赏》八卷等,其中以《玉麈新谭》影响最大。

---

① [清]蒋继洙:《广信府志》,清同治十二年(1873)刊本。
② 王重民:《中国善本书提要》,上海古籍出版社1983年版,第395页。
③ 钱仲联等:《中国文学大辞典(修订本)》下册,上海辞书出版社2000年版,第965页。

书有其门人刘日杲所作序曰：

> 牛蹄之涔无以量江海之大，拘墟之士无以与文章之观，才有所短，力有所诎也。吉光一羽，五色为迷，悬圃片石，光照千里，精气所烛，亦足自见，非其至焉矣。体备众妍，材掩群瑜，非圣于文者，孰能与于斯乎？余师郑胄师先生，才绝一世，博学多闻，予文靡弗工。怀古异书辄效之临川《世说》，千古所宗，师厥玄旨而撰《清言》，吕可悬金左鲜覆瓿，寿于天地，曷以加兹。若乃今古杂陈，《偶记》斯出，子年《拾遗》，差足相拟。好闻今事，得斯笔之，厥有《耳新》谭塵，是佐世有中郎秘帐中矣。至于《隽区》，玄味既永、咀英茹秀、悠然余韵，致使当代不愧晋人赖有此也。千秋大业，得其一焉已足不朽，况其备焉者乎。集九凤以为裘，汇夜光而筑室。潘之江、陆之海，于以宏先生之大也，又不翅蹄涔焉矣。①

刘日杲在序中先是盛赞郑仲夔的才情，说他"才绝一世，博学多闻"，为文各体皆工，接着指出，《玉麈新谭》所含四部作品，各有特色。《清言》是仿《世说新语》之作；《偶记》则"今古杂陈"，是一部仿王嘉《拾遗记》的颇有志怪色彩的小说集；《耳新》则侧重于记"今事"，是明末朝野传闻的生动记录；《隽区》趣味深厚，余韵悠长。刘日杲认为，即使只有其中一部作品，也足以使郑仲夔在文坛享有不朽盛名，何况有这样四部作品。因此，郑仲夔可以说是明末极其重要的文言小说家。

第一节 《清言》

《清言》，又名《兰畹居清言》，无疑是郑仲夔的代表性小说集。书有明末浙江平湖人、进士曹徵庸（官至山西汾郡守）所作序曰：

> 晋、宋之际，厥有《世说》。语殊至致，使读者尽而有余，似非吾辈未易能言也。而说者间指为祸本，顾夷考，当时所以祸晋室者，了未相关。食桃不康以咎李，此前人固有辨之。独怪夫嘉、隆以前，学者知有所谓《世说》者

---

① 中国社会科学院历史研究所明史室：《明史资料丛刊（第三辑）·〈玉麈新谭〉摘录》，江苏人民出版社1983年版，第133页。

绝少。自王元美《世说补》出，而始知有所谓《世说》，然已非晋、宋之《世说》矣。夫以不知有所谓《世说》者，而哆口谈清言之祸可笑也已。吾友郑龙如氏，踵《世说》《语林》诸书之后，而葺《清言》一编，虽晚出而旨微不同。大氐《世说》，在因事以傅言，其言精；《清言》在因言以征事，其事核。《世说》之精，使人流想于片言，《清言》之核，期以示的于千古。编则耦列，理实孤行，至其清妙，淹通奇属，隽远可以，味得尤难，以率赏知言之士。好风良月，炉烟乍飘，幽琴罢韵，或风雨如晦，忧从中来。手是编婆娑数则，宿俗新障，一时都洗，绝胜吞刀而饮灰也。世不乏韵人，无容不相语，遂谬为之序。①

《清言》是非常典型的仿《世说》之作，一共十卷，分为德行、言语、政事、文学、方正、雅量、识鉴、赏誉、品藻、规箴、捷悟、夙惠、豪爽、容止、自新、企羡、伤逝、栖逸、贤媛、术解、巧艺、宠礼、任诞、简傲、排调、轻诋、假谲、黜免、俭啬、汰侈、忿狷、谗险、尤悔、纰漏、惑溺、仇隙等三十六门类。门类的分法、排序都与《世说新语》完全一样。正如《四库全书总目提要》卷一百四十三所说：

> 其书采录隽事隽语，自汉、魏以迄嘉、隆，分门别类，一如刘义庆《世说》之例。其已见刘孝标注及王世贞所补者，则不复载。又以一人编中错见，名字爵谥不一其称者，别为释名，以附于前，亦仿汪藻校定《世说》之例。②

关于《清言》之成书及编撰原则与方法，郑仲夔在凡例中曾清晰地说明：

> 是编肇自汉魏，迄于嘉、隆，五易草而就绪，三阅岁而成。
>
> 临川王《世说》，极为绝唱；而刘孝标《世说注》、王元美《世说补》，咸互相发明者也，兹不重案一事。
>
> 《续世说》等书，未为具目者所深赏，故得而节采之，然事取奇僻、语尚冷隽外，是概从删抹，不以滥陈。
>
> 近日名流辈出，硕士踵生，非无至德，可师不乏，佳言如屑，然传信贵其有征，公论久而斯定。月且无稽，裴郎骤此见诧；风闻失实，谢公不免笑人。悉佚考衷，徐当续附。

---

① 中国社会科学院历史研究所明史室：《明史资料丛刊（第三辑）·〈玉麈新谭〉摘录》，江苏人民出版社1983年版，第137页。
② ［清］纪昀：《四库全书总目提要》，河北人民出版社2000年版，第3682页。

余年过入洛,数奇泣荆,门庭萧寂,愧名士之风流;图史杂陈,欣往贤之景烁,是用精采,勒为一家,岂希通都大邑之传,聊仿穷愁著书之意。

郑仲夔非常倾慕临川王刘义庆编撰的《世说新语》,赞其为"绝唱"。他对刘孝标《世说新语注》和明人王世贞《世说新语补》的评价也非常高。因此,他立志也要编撰一部类似的书。从《凡例》的说明来看,郑仲夔在"年过入洛"时编撰《清言》。"年过入洛"应该是用"陆机入洛"之典。陆机生于261年,280年二十岁时东吴灭亡,他与弟弟陆云隐退故里,闭门读书近十年。直至晋武帝太康十年(289),二十九岁的陆机才来到京城洛阳,受到文坛泰斗张华的赏识,由此名气大振,时有"二陆入洛,三张减价"之说("三张"指张载、张协和张亢)。郑仲夔用此典,意在说明《清言》之编撰在他三十岁左右开始,三年编成,则是他三十三岁后,即1612年后。另据其《偶记》卷一有一则《征刻清言疏》记载:"寅卯间,余《清言》告成,贫无锲资,遂久陈笥中。余友费文孙慨然疏告同人,共襄此举。丙辰秋,得付杀青。"其中记明,《清言》成于"寅卯间",刻于丙辰秋即万历四十四年(1616)秋。按丙辰前的寅、卯年一为万历三十、三十一年(1602、1603),一为万历四十二、四十三年(1614、1615),结合"年过入洛"之说,则《清言》之成书应在万历四十二、四十三年间。中国社会科学院历史研究所明史室编《明史资料丛刊·第三辑》定为万历三十、三十一年间①,此时的郑仲夔只有二十三四岁,距"年过入洛"尚远,恐不确。

《清言》编成后,由于郑仲夔家境贫寒,未随即付梓刻印。到万历丁巳年(1617),其友铅山人费文孙(云仍)得知,乃疏告朋友、同道,集资资助其刊行,这在《征刻清言疏》说得很明白。另外,从曹徵庸《清言序》题于"万历丁巳花朝",韩敬《清言序》题于"万历丁巳秋日",王宇春《题清言后》书于"丁巳上元"等也可知。

《清言》叙事起自汉魏,终于明世宗嘉靖、明穆宗隆庆年间,时间逾千年。集中记述故事追求"奇僻""冷隽",绝不与《世说新语》《世说新语注》《世说新语补》重复。郑仲夔还注意到宋人孔平仲所著《续世说》,认为《续世说》由于种种

---

① 中国社会科学院历史研究所明史室:《明史资料丛刊·第三辑〈玉麈新谭摘录〉》,江苏人民出版社1983年版,第133页。

原因影响不大、流传不广,没有得到人们应有的重视,因此他从《续世说》中转载了一些作品,其他的大量故事或是自己的记录,或是从经史文集中采撷而来。

凡例还反映了郑仲夔的小说观念。他认为"传信贵其有征",也即故事必须是真实的,经得起考信的,这样的故事他才加以收集。他还提到魏晋小说集裴秀的《语林》曾"大为远近所传,时流年少,无不传写"(《世说新语·文学》),却因为记有谢安的一件逸事被谢安否认,以至于小说集"遂废"(《世说新语·轻诋》),"众咸鄙其事"而难以在社会上流传。从这里我们可以看到,郑仲夔还坚持着"求实""求信"的小说观,尚不认同小说的虚构特性。

至于书名为什么叫"清言",有郑仲夔朋友董思王所作《清言跋》说得很好:

> 苟其人为持筹钻核之流,俗物来败人意则品不清;习为组织之语,艳冶之词则才不清。品不清、才不清未有能为清言者也。龙如所居兰畹风雨一室,琴书自娱,客非幽气韵士,屐不为倒也。发而为诗文,清气逼人,杂之庾开府、鲍参军集中恐不能辨。龙如之品之才俱清绝一时,故其著为《清言》,词则冷,旨则远。斯编出,而《世说》一书且得独有千秋哉!夫龙如之品之才,既清绝一时,异日身际清朝,位列清秩,以清德持己,以清节事君,以清政泽民,其清声不独以言著矣。

董思王在这里强调,只有品德清、才情清的人才能"发而为诗文,清气逼人"。郑仲夔正是品德清、才情清的人,因此他以他的标准来采撷那些品德清、才情清、诗文言语清的故事,作品也名之曰《清言》。

《清言》中有不少汉、魏、晋、唐、宋故事,但着重记述"近日"之"名流""硕士",实际上是以明代历史人物为主,因此在一定程度上可以说是"明代世说新语"。如下面一则:

> 杨荣从文帝北征,与胡广、金纯、金幼孜迷失,道入穷谷中。幼孜堕马,胡、金不顾而去,荣下马为整鞍辔,不数步,幼孜复堕马,鞍尽裂。杨即以所乘马让之,自乘骡马从,夜至旦,不胜其疲。翼日谒上,幼孜备奏。上嘉荣之义,荣谢曰:"僚友之分谊所宜然。"(《德行》第21则)

在迷路的情况下,杨荣没有丢下同僚,他细心照顾金幼孜,冒着风险把自己的马让给金幼孜骑,自己则骑着没有鞍具的马艰难行军一整夜。更加难能可贵的是,回到京城后,他没有邀功。当皇帝要嘉奖他时,他只淡淡地说了句"僚友

之分谊所宜然",把帮助别人看作是自己理所当然的职责,这与胡广、金纯的"不顾而去"形成鲜明的对比,杨荣重情重义的高贵品格跃然纸上。又如:

郑端简居吏部,里中士宦有馈金,承篚以将而上覆之茗,公直以为茗也。受之已,而夫人拨茗,亟为言。公随令夫人整理其茗,覆篚如初,出语其人曰:"初以家适乏茗,故拜君惠。顷入内,询家尚有余茗,心谢尊意已。"授之,令持归。(《德行》第29则)

郑端简即郑晓(1499—1566),字室甫,小字阿文,号淡泉,海盐人。嘉靖元年(1522)乡试第一,嘉靖二年(1523)进士,官至吏部尚书、刑部尚书,逆严嵩,为严嵩构陷而罢职,家居一年卒。隆庆初平反昭雪,赠太子少保,谥端简,是嘉靖、隆庆时期名臣。本篇故事写他误收乡人赠金,发现后立即归还。作品用寥寥几笔就非常生动传神地刻画了郑晓清正廉洁的形象。又如:

韩魏公帅定武时,夜作书,令一侍兵持烛于旁。侍兵他顾,烛燃公须。公遽以袖摩之,而作书如故。少顷回视,则已易其人矣。公恐主吏鞭之,亟呼视之,曰:"勿易渠,今已解持烛矣。"军中感服。(《雅量》第6则)

这是一个宋人的故事。韩琦(1008—1075),字稚圭,自号赣叟,相州(今河南安阳)人,宋仁宗天圣五年(1027)进士,与范仲淹、富弼等主持"庆历新政",至宋仁宗末年拜相,后封魏国公,谥"忠献"。韩琦为相十载,辅佐宋仁宗、英宗、神宗三朝,为北宋的繁荣发展做出了重大贡献。本篇故事写他晚上办公事时,手持蜡烛照明的小兵因疏忽大意把他的胡须烧着了,他不仅没有惩罚小兵,而且还阻止主吏对小兵的鞭打,其宽忍大度、胸襟博大的品质确实令人钦佩。又如下面这一则也有异曲同工之妙:

屠太宰新衣,白绫甚泽。有一吏捧砚,误倾墨汁,摄息吏请罪。公曰:"吾方嫌其白,而欲染之。适与意会。"(《雅量》第15则)

屠太宰体恤下情、宽容待人的情怀一点也不亚于韩魏公,而且他语言幽默风趣,以谈笑的方式化解了小吏失误造成的尴尬紧张气氛。又如《规箴》第7则:

李泌儿时,张九龄尝引至卧内。张与严挺之、萧诚善,严恶萧佞,劝张绝之。张独念严太苦劲,不若萧软美可喜。方命左右召萧,泌在旁率尔曰:"公起布衣,以直道至宰相,顾喜软美者乎?"九龄改容惊谢,因呼小友。

所谓规箴就是劝谏告诫。本篇故事写李泌规箴张九龄,对比非常鲜明,戏剧冲突非常强。李泌是儿童,张九龄是大宰相,小儿童规箴大宰相,古今中外不能多见;严挺之厌恶萧诚奸佞,劝张九龄与之绝交,张九龄不听。李泌同样劝之,张九龄却听进去了。故事短小精悍,而李泌大胆、从容,有独到的见解,张九龄虚怀若谷、知错就改的不凡气度都得以展现。又如《规箴》第9则:

屠应峻欲治一仆,怒甚。仆遑遽,求解于夫人。夫人笑谓:"置一大鱼来。"莫测其指。屠素嗜鱼,见而诧其肥。夫人从旁笑曰:"但水宽耳。"仆以此获免。

规箴不仅要大胆力争,更需要智慧。屠应峻夫人的劝诫可谓巧妙不露痕迹,其智慧令人敬佩。

豪爽类主要勾画历史人物豪迈奔放、不同流俗的个性,如:

陈子昂初入京,不为人知。有卖胡琴者价百万,豪贵传视无辨者。子昂突出,顾左右曰:"辇百缗市之。"众惊问,答曰:"余善此乐。"皆曰:"可得闻不?"云:"明日可集宣阳里。"如期偕往,则酒肴毕具,置胡琴于前。食毕,捧琴语曰:"蜀人陈子昂有文百轴,驰京走毂,碌碌尘土,不为人知。此乐,贱工之役,岂宜留心。"举而碎之。以其文轴遍赠会者。一日之内,声华溢都。(《豪爽》第5则)

陈子昂初到京城,不为人知。为了向京城各界推介自己,他百万买琴而碎之,故意制造噱头和话题,从而举办了一场非常特别的推介会、赠文会,确可当得起"豪爽"二字。又如:

韩晋公镇浙西,戎昱为部内刺史,郡有妓善歌,色亦闲妙,昱情属甚。浙西乐将闻其能,白韩,召置籍中。昱不敢留于湖上,为歌赠之,且曰:"至彼令歌,必首唱是词。"妓如戎言。韩异之,讯得其实,召乐将责曰:"戎使君名士,留情郡妓,何故不知而召置此间,成余之过。"命与妓百缣,即时遣还。(《豪爽》第11则)

韩晋公不夺他人之爱,内心不乏情怀,大体也可以置其于"豪爽"类。但说下面的思想和行为是"豪爽"就令人不解了:

徐有贞酒中忽问门下士杜堇曰:"汝谓何等人可作宰相?"堇谢不知。徐曰:"左边堆数十万金,右边杀人流血,目不转睛者真宰相也。"(《豪爽》

第 17 则）

徐有贞（1407—1472），初名徐珵，字元玉，号天全，吴县（今苏州吴中区）人，明朝中期内阁首辅。他曾谋划明英宗复辟，诬告杀害于谦、王文等功臣，独揽大权，后又为石亨等诬陷，谪贬金齿（今云南保山）蛮荒之地。本篇作品写他认为金钱十万不足以动其心，杀人流血不眨眼是真宰相，是他观念意识中的真英雄、真豪杰。然而这实际上却是贪婪凶残，不是真正的豪爽。真正的豪爽应该是下面这则写到的人：

太祖造邦，法制严峻。王行欲往金陵，其友坚沮之，行大声曰："虎穴中好歇息。"（《豪爽》第 13 则）

明太祖制定的法律过于严苛，王行决意前往京城南京劝阻，为民请命。朋友告诉他，明太祖不纳谏，有可能将进谏者杀害。王行不为所动，毫无惧色，反而说龙潭虎穴也要闯一闯，为此拼上性命也是值得的，一句"虎穴中好歇息"才是真正的豪言壮语，王行才当得起真正的"豪爽"。

任诞类是要展示主人公率真、任性、放诞的个性。如《任诞》第 5 则：

王无功嗜酒，闻太乐有府史焦革，家善酝酒，冠绝当时，乃苦求为太乐丞。数月，革死。革妻袁氏犹时送美酒。岁余，袁又死。无功叹曰："天乃不令我饱美酒。"遂挂冠归田。

作品勾画出王无功爱酒、嗜酒如命的个性。做官时努力谋求能喝到好酒的职位，没有好酒喝就干脆连官也不做了。当然，王无功表面上是为了追求好酒，实际上却是追求自由和个性。又如《任诞》第 16 则：

桑悦为博士，一御史闻其名，数召问，谓曰："匡说诗，人解颐。顾子有是乎？"答曰："悦所讲谈玄妙，何匡鼎敢望？即鼎在，亦解颐。公幸赐清燕，毕顷刻之长。"御史壮之，令坐讲。少顷，除袜，跣而爬足。御史不能禁，令出。

桑悦（1447—1513），明代学者，字民怿，号思亥，常熟人。成化元年（1465）举人，会试得副榜，少年得志，但仕途并不顺利。他为人怪妄，以孟子自况，谓文章举天下惟悦，次则祝允明。本篇写一御史欲让其讲诗解诗，却又怀疑他不能讲得通透明白。桑悦心里不高兴，不愿意讲，于是除袜，跣而爬足，既表现出不做作、不受拘束的率真洒脱性格，又以此表达对御史的蔑视和羞辱。

术解类比较特别。其他门类所写的主要是文人士子、达官贵人、豪富群体，而术解写的是技艺超群的百工之人，颇有为平民百姓、为小人物作传的意味。如《术解》第1则：

> 陆平原尝饷张司空鲊。于时，宾客满座，张发覆便曰："此龙肉也。"众未之信。张曰："试以苦酒濯之，必有异。"既而五色光起。机还问鲊主，果云："园中茅积下得一鱼，质状殊常，以作羹过美，故相献。"

陆机宴请张司空鱼羹，却说是"龙肉"。这当然不是龙肉，之所以这样说，是为了形容鱼羹的精美和不同寻常，以此赞美厨师技艺的高超。又如《术解》第5则：

> 积公嗜茶，非陆羽供御不乡口。羽出游数载，积公绝于茶味。代宗召入内供奉，命宫人善茶者以饷，积公一啜而罢。上疑其诈，私访羽召入。翼日，赐斋俾煎茗，积公喜动颜色，一举而尽。上问故，曰："此茶有若羽儿所为也。"上喜，出羽见之。

本篇写积公只喝陆羽所煎之茶，既赞美了茶圣陆羽高超的煎茶技艺，又赞美了积公品茶术的出神入化。

《清言》能为小人物作传，这是难能可贵的，也是其与《世说新语》表现出的不同。对于这一点，郑仲夔友人韩敬也注意到了，他所作之《清言序》说道："郑君龙如，天下士也。弘览博物，于书鲜所不精，综而又能舍。临川琅琊两家列，不重案一复事，不滥陈一秒语。上自东西京以及国朝之宗匠逸民，皆采而为竹头木屑之助。""此临川琅琊两家所无，亦两家不容不有者也。"

排调类也比较有特色。所谓排调，是指用风趣幽默的语言对不平、愤懑的人或事进行嘲笑、戏弄、讽刺、反击、劝告等。这类故事往往简练有味，可见作品中人物的随机应变、善于应付，如《排调上》第3则：

> 刘瑀位本在何偃前，孝武初，偃为吏部尚书，瑀图侍中不得，与偃同从郊祀，偃乘马在前，瑀策驷居后。瑀谓偃曰："卿蹇何疾？"曰："牛骏驭精，所以疾耳。"偃因问："卿马何迟？"答曰："骐骥罹于羁绊，所以居后。"偃曰："何不著鞭使致千里？"曰："一蹴自造青云，何至与驽马争路？"

刘瑀与何偃同为官场之人，两人互相竞争，也互相不服，于是借所乘之马、所驾之车互相驳难。两人语言都非常含蓄，应对得体，表达精妙。又如《排调上》第12则：

玄宗封禅太山,张燕公为使。张女婿郑镒本九品官,旧例封禅后自三公以下皆迁转一级,惟镒因说骤迁五品,兼赐绯服。因大脯次,玄宗见镒官位腾跃,怪问之,镒无词以对,黄幡绰曰:"此乃太山之力。"

张说女婿郑镒在玄宗封泰山后升官四级,由九品直升五品,连唐玄宗都感到奇怪。黄幡绰"此乃太山之力",一语击中要害,暗藏机锋而又幽默诙谐,深得排调之妙。

贤媛类塑造的是众多坚贞、刚强的女性形象,如《贤媛》第3则:

魏郑公薨,太宗使百官赴丧,给羽葆鼓吹,陪葬昭陵。裴夫人曰:"郑公平生俭素,将无以羽仪违其志。"悉辞不受,以布车载柩而葬。

魏徵死后,唐太宗深为哀恸,派出羽葆鼓吹为他送葬。但魏徵夫人却深明大义,推辞不受,保持了魏徵生前生后俭朴的本色。又如《贤媛》第8则:

解缙儿祯亮,聘胡广女,是文帝命。未几,缙得罪,家悉戍边。广欲使女改适,女以刀截耳,血被两颊,曰:"薄命之婚,皇上主之,父面承之,一与之盟,终身不改,背主违父,何用生为!"越数年,祯亮蒙宥,女卒归之。

胡广女明知自己的未婚夫一家已获罪被流放,却仍坚守婚约,不愿他嫁,其坚贞、节烈之气正是作者所要提倡表彰的。

在三十六门类中,赏誉类故事最多,有四十九则;其次为文学、排调类,均四十三则;接下来为言语类三十九则,德行类三十六则,方正、豪爽类各三十则,可见这些门类较受作者重视;自新类故事最少,只有两则,捷悟、俭啬、谗险类四则,仇隙类五则,假谲、黜免、尤悔类六则;宠礼类八则,伤逝、贤媛、忿狷类九则,这些类别相对不受重视,可能是因为这些类别塑造的多是负面形象。其他类在十则至二十则之间。

总之,《清言》虽是仿《世说》之作,但其反映明末乱世社会现实非常深入,因此,有人对它的评价还是非常高的,认为在所有的仿《世说》之作中,《清言》几乎是最好的。恰如龚立本作《序》所言:"其用物弘,其取裁隽,其托意深,不知者以为小史也,其知者以为有忧世之心也。"①

---

① 四库全书存目丛书编纂委员会:《四库全书存目丛书·清言》,齐鲁书社1995年版,第330页。

第二节 《偶记》

《偶记》是郑仲夔的第二部小说集。小说集有其友人朱谋㙔所作《偶记叙》曰：

> 自春秋之法废，而公是公非，不复昭明于天下，犹赖贤人君子记录当时是是非非，以纠正史臣之得失，故闻史别记一皆耳闻目击，至公至平之言，实后世史臣针砭之要药也。自非大雅名流学有识鉴，以董狐南史毅然自任者，亦乌足以语。此余友信州郑龙如，禀珪璋之资，具经纬之学，性好著述，闻见绝人，尝拟刘氏《世说》，作《清言》十卷，该括古今无逸美矣。并又撰《偶记》八卷，略似洪景庐随笔，多识近世嘉言懿行，杂以古昔奇奥之闻，其纠是与非，可资千古针砭，功不细矣。丈夫仅有七尺之躯，函牙树颊，吐唇擢项，揆百龄之内，建不朽之声以与天地争为长久者，舍文章著述又何恃乎。故具耳目而一无闻见，与无耳目同。多所闻见而无一著述，与无闻见同。著述而不本诸道德，爽诸世教与无著述同。今龙如之书，典正精约，可讽可劝，有益世教多矣。使景庐而在，必且避席以谢不敏，又况著述不逮景庐者耶。余辱龙如特达之知，遂妄题数语而归之。①

朱谋㙔认为，《偶记》与宋人洪迈的《容斋随笔》非常相似，记录的主要是作者日常生活中的思考与见闻，以及一些文人名士的嘉言懿行，属于野史笔记的性质。由此看来，《偶记》与《清言》颇有些不同，《清言》有大量的采撷，杂以自己的记录，而《偶记》则采撷甚少，主要是作者的记录。

《偶记》有八卷，每卷有三十多则，共两百九十五则，每则故事都有题目，以明代历史人物为主要描述对象。如卷一《梦舜投钟》：

> 韩大司马邦奇精乐理，杨仲芳从之受乐，三月得其数。韩令备十二律之管，管各备五音七声，而成一调。公退而凝思，废食寝者三日。梦大舜，投以金钟使击，谓曰："此黄钟也。"公醒而汗，恍若悟者。起篝灯，复制管，

---

① 中国社会科学院历史研究所明史室：《明史资料丛刊·第三辑〈玉麈新谭摘录〉》，江苏人民出版社 1983 年版，第 155 页。

至明而成者六,已而十二管成。韩公拊膺曰:"得之矣。始吾辑乐志,成而九鹤飞舞于庭,其应乃在子耶。"

这是一个音乐故事,故事写杨仲芳在老师韩邦奇的指导下创作乐曲。他废寝忘食、凝神静思多日,梦见舜帝投钟,终于得到灵感,将作品完成,老师也非常满意。又如卷一《清狂自晦》:

> 王仲光初名国宾,长洲人。有异才,于经、史、子、集、天官、乐书、兵家、稗志,靡所不该览,尤精于医。不乐仕进,乃自晦为清狂。貌故寝又以药黡面,及肘股间。鬅发短服,行歌道傍。故旧有访之者,辄箕踞扪虱,不相酬对,以益自废。郡守姚公知之,微服再三往候,乃稍稍露其奇。姚大叹赏,为具宾主,成礼而去。越人戴原礼,国初名医也。来吴,宾叩其秘传,原礼不肯授,欲使折节。宾不可,因瞰其亡,直往取书去,乃益善,为方所治,无不全。宾奉母笃孝,年七十病革,母呼之,绝而复苏,已又闻其声若在左右,犹称儿不忍舍母者,良久乃灭。所著有《光庵集》《吴中名贤记》。

这是一个狂傲才士的故事。作品的主人公王仲光于经、史、子、集无所不通,尤精于医,但他又颇有魏晋名士狂放不羁的个性和气度。他身上表现出众多的矛盾,奉母至孝,却又不遵礼法;他傲视官员,后来又在官员面前竭力表现自己;他以药黡面,奇装异服,不与朋友相交,一副颓废的样子,却又勤奋地钻研医术;他想学习贤者医术,却又不肯折节下拜。作品从多个侧面描述这个复杂的个体,也折射出时代的风貌。又如卷二《疫无鬼》:

> 杨仲芳,年弱冠读书僧舍。诸僧病疫,同舍生俱亡去。公独曰:"吾去是吾死僧矣。"为之视爨事,问医调药,僧以次愈。后其兄亦病疫,报至,公奔归。扶侍,日夜不解衣,兄寻愈。时人异之,为语曰:"疫无鬼,以为不信,视杨子。"

本篇作品写士子杨仲芳宅心仁厚,心地善良。僧舍的僧人集体生病,他不像其他士子那样逃去,而是冒着被传染的风险留下来,为僧人问医调药,使僧人们陆续康复。哥哥病了,他更是日夜不解衣,小心细致地照顾料理,最后哥哥也痊愈了。人们从他身上看到了疾病的真相,更看到了人性的力量。又如卷四《忠贤奇秘录》:

> 松阳人王诏游治平寺,观转藏,闻藏上嚘嚘有声,异之。令人缘藏登绝

顶,得书一卷,载建文时出亡臣二十余人事。纸毁浥,字多断烂不可读,读数日稍铨,录其可识者,得梁田玉、郭良、梁中节、梁良用、宋和、郭节、何洲、梁良玉、何申凡九人。人仅数言,诏怜其忠。又得之异,各赞数语,题曰《忠贤奇秘录》。

《忠贤奇秘录》的发现竟如此之神奇,这使本篇故事带上了一定的志怪色彩,但它反映的是现实,是明朝宫廷的互相争斗。而最能反映明代社会现实的作品还数卷七的《刘大将军》:

刘大将军綎,南昌人。名播远夷,系海风凤望者,几二十年。东虏猖獗,乃就家调綎往征,虏人闻之胆慑。时经略杨镐素与綎不协,欲使长驱捣虏。綎曰:"虏势方张,难可猝图,且地形未谙,深入恐不利。"镐怒曰:"国家养士,政为今日,若复临机推阻,有军法从事而已。"遂悬一剑于军门。綎不得已,与都督杜松分道进兵,大破虏阵,连捣其巢者三四。养子刘昭孙曰:"孤军深入,而援兵糗粮无一至,可退师。"綎曰:"女视杨经略岂复肯憖遗我辈耶?报主致命,得其所矣。"军次清风山,人马饥乏,方与诸士解甲暂休。昭孙进曰:"腥鳣气不可当,恐有虏兵至。"綎登山望曰:"此杜将军旗帜,昨相约会战,岂其来耶?"时松已陷殁,虏袭其旗帜,奋忽拥至。綎不及防,为冷箭射伤左臂。又战,复伤右臂,遂遇害。天下莫不哀綎之死,而切齿于镐也。

本篇是大题材、大事件,写的也是大人物,应该是《偶记》中最生动、最具审美价值的一篇。主人公刘綎大将军在与倭寇的战斗中英勇献身,可歌可泣。但他的牺牲本来是可以避免的。作品反映了明末的时代风云,批判了明朝廷的腐败,抨击了官僚的刚愎无智、嫉贤妒能、残害忠良、尔虞我诈、互相倾轧。

第三节 《耳新》

《耳新》八卷,是郑仲夔的第三部小说集。作者曾于崇祯甲戌年(1634)秋作自序曰:

国朝王元美良史才也,而恨不居史职。以今读史料一书,既赡且核,一代之文献在焉。埒于司马子长、班孟坚,居然季孟之间哉,范蔚宗远不逮已。而顾以身非史职,退然自悬于稗官之列。夫元美之史,而云料也,谁为正史者哉。乃说者谓孟坚《汉书》,多取之刘子骏杂记。盖子骏博综西汉典故,退收精撷,储其宝以有待,则子骏作之劳,而孟坚享之逸也。余少贱耽奇,南北东西之所经,同人法侣之所述,与夫星轺使者,商贩老成之错陈,非一耳涉之而成新,殊不忍其流遁而湮没也,随闻而随笔之,书成行世且久,而兹取详加订焉,以是为可以质今而准后也。庶几窃比于子骏之义,以待夫他日之为孟坚、元美者,岂曰小说云乎哉。邓泰素凡两为余序,而未明作者之旨,故漫自志其缘起,以告夫世之有耳者。①

从此序可知,书中所记既有作者一生漂泊、南北东西奔波所经历的事,也有朋友、同道向他讲述的见闻,甚至有军工驿使、商贾行人、贩夫走卒的道听途说。他将这些经历、见闻、听说"随闻而随笔之",勤勉地记录下来,并加以考订,不使其湮没,以"质今而准后也"。这些人物和故事都非常新奇,是人们基本上没有听说过的,因此,他将作品命名曰《耳新》。同时,记录这些故事他还有更高的追求,"储其宝以有待",即希望后来的修史者能从中采撷一些有用、可资考信的材料。他特别交代,不要把他的作品仅仅看作是小说,他自比为汉代刘歆,说班固修《汉书》曾于刘歆之书中取材众多,故希望自己也成为刘歆,期待后来的良史能从自己的著作中取材。

《耳新》现存有明熹宗天启六年(1626)的刻本,这也应该是最早的刻本。因此崇祯甲戌年的刊行应该是复刻,也正因为这样,郑仲夔才在序言中说"书成行世且久"。初刻时有邓泰素两次为书作序,但都未曾将作者的意图揭示出来。故再次刊印时,郑仲夔不仅仔细地进行修订,而且还亲自作序,将自己的苦心孤诣表达出来。而邓泰素的序可能由于作者不满意等原因未附上,故未见。

《耳新》将故事分门别类,共有令德、藐吉、经国、正气、立言、博赡、集雅、懿好、惠济、神应、仙踪、梵胜、同声、知遇、矜奇、谐艳、陈风、纪土、正缪、异述、时令、今文、志怪、说鬼、奸恣、丑媚、灾变、孽召、物表、兆先、命相、艺术、宝遗、人瑞等三十四类,每类故事数量不等,故事没有题目,记载的主要是明末史事,如魏

---

① 中国社会科学院历史研究所明史室:《明史资料丛刊·第三辑〈玉塵新谭摘录〉》,江苏人民出版社1983年版,第175页。

忠贤之发迹与败亡,周顺昌、杨琏、黄尊素等人的死难,还有许多文人诗人的创作活动、作品品评,众多的志怪故事等。书后有瓯山人金忠淳的题识曰:

> 《耳新》八卷,分类三十有四,陈言务去,入耳皆新,其命名亦卓尔不群矣。夫书之以耳名者,如王同轨《耳谈》、李中馥《原李耳载》,咸推说部上乘,人知珍秘,独兹编流传未广,惟《日下旧闻》续采书目中,曾一见之,庸耳未之闻也。余亟以授梓,俾人人快睹其新,勿至褎如充耳云。

金忠淳肯定《耳新》是"说部上乘",痛惜此书流传不广,所以主持了它的刊刻,他曾在《日下旧闻》续采书目中见过此书,故其主持的无疑是复刻。

《耳新》能在不到十年的时间内多次刊刻,说明它深受人们喜爱,有其鲜明的特色。《四库全书总目提要》卷一百四十四著录《耳新》时评曰:"是书杂记琐事,多及仙鬼因果,亦《辍耕录》之流亚。"①如卷八的宝遗类记载:

> 番僧利玛窦有千里镜,能烛见千里之外,如在目前。以视天上星体,皆极大;以视月,其大不可纪;以视天河,则众星簇聚,不复如常时所见。又能照数百步蝇头字,朗朗可诵。玛窦死,其徒某道人挟以游南州,好事者皆得见之。

这应该是记录西洋望远镜传入中国的最早的文献之一,非常有史料价值。又如卷一的令德类记载一个爱民的官员:

> 石明府有恒,字伯常,黄梅人。初令遂安,再令长兴。所至,视民如子。一日,有盗数十人来劫长兴库藏,不得,怒欲杀公。公子孝廉确,请以身代。盗不听,竟害公。寻复开囹圄,纵诸重囚去。诸囚曰:"石公无冤民,我辈宁忍以贪生负之耶!"盗复欲害确,诸囚与之持,得免。已而,喊声大举,盗惧遁去。诸囚竟无一人匿走者。后公丧归,两县之民咸来护送,如孝子之悼其亲焉。

这里写到的石有恒确实非常特别,强盗来劫库藏时,被他亲手治罪的囚犯不仅没有与强盗同流合污,也没有趁机逃走,反而联合起来对抗强盗,主动合力保护石有恒的后人,可见其深得民心。这在晚明末世是极其难得的,无怪乎郑仲夔将其事记录在作品中,为其作传。

---

① [清]纪昀:《四库全书总目提要》,河北人民出版社2000年版,第3703页。

卷二的正气类深受作者重视，他在这一类别中记载了众多明代秉性刚直、一身正气的官员，尤其详细记载了"东林前六君子""东林后七君子"与魏忠贤阉党坚决斗争的事迹。如写御史周宗建被害后的情形：

> 周侍御宗建，三疏发逆，不为群凶所容。逮狱时，备极惨毒而毙。讣音尚未至家也。有舟子于清江浦，接一秀才来雇舟，许价一金。问姓氏暨所从来，答云："我周季侯也。自京师出。"舟子因问吴中诸大臣逮京状，秀才颦蹙曰："俱死，甚惨，甚惨。"更问魏监，秀才曰："伊罪恶贯盈，不久被显戮矣。"至吴江，秀才曰："尔即相随我往家取金。"舟子如言。至一大家门，秀才先入。待久不出。舟子频声促之。一管家出，问何因来此？舟子具言故。管家曰："此吾主人名字。渠前被逮赴京，今存亡未卜，安有附舟之事？"正喧嚷间，夫人急出，问故。管家将舟子语备述。夫人曰："良然，良然。昨夜半梦侍御来家，自称逮京后，备极苦刑以死。上帝鉴其忠直，俾为神苏州。今自清江浦附舟归，许以舟子一金，明晨来取，当与之，不可令我食言。"夫人言未终，号泣不胜。举家闻之，皆哭，舟子亦哭。与舟资，固不受。夫人曰："侍御生而特介，汝不受值，是令其死后有诺责也。"舟子始肯受，谢曰："不惟侍御精忠贯日，夫人亦且大义凛然，一门正气乃尔。"因再三叹息而去。

本篇故事以虚实结合、现实主义和超现实主义手法结合的方式非常细腻地刻画出周宗建的"正气"形象。他三次上疏弹劾魏忠贤阉党，与阉党坚决斗争，不为阉党所容，被逮并受酷刑致死。死后他的魂灵还坚信魏忠贤恶贯满盈，不久终将灭亡。故事通过他的魂灵雇船回家不忘付船费这一情节进一步展现他精忠贯日、大义凛然、正直守信的个性。作品情节比较曲折，塑造的氛围凄凉感伤，非常有感染力。

《耳新》既褒扬东林党人的美德、正气、大义，同时也抨击魏忠贤阉党的残暴、丑陋，如卷七的奸恣类：

> 魏忠贤广置缉事之人，密布天下。丁卯余邑有徐生者，偶过渡，逢一京师人同舟。生问曰："魏监荼毒朝绅，今复何似？"其人怒曰："魏尚公举朝奉为天生圣人，汝一小书生敢妄诋毁，何胆大如斗也？"时南昌书肆中，有一生阅三朝要典，偶发不平之慨。忽一人攘臂直前，欲挟以见杨抚院。众为解

劝,俾生与多金始获免。

魏忠贤广收党徒,耳目密布天下,罗织各种罪名钳人之口,制造了震颤人心的恐怖氛围,本篇故事对此有十分形象、细致的描述,从中可见魏忠贤邪恶、暴虐的嘴脸。

《耳新》也有许多作品记录当时文人士子的逸事,如卷二的博赡类写一个博学士子的命运:

> 俞国声琳,信丰人,为郁仪王孙舅氏。博洽多闻,尤敏捷强记,手录子史百家言,每篇略抄起句,下即接以云云。或间录数句,复接如是。人问故,答曰:"我所记忆者,不欲复赘耳。"俞尝为学博,值中秋节诸司道陪御史宴,御史命题赋诗。俞一夕作七言律百首,次早持献,使事工切,如出凤构。御史一读一叹赏,欲特剡荐之。俞耳重听,先是所亲谓曰:"君对官长时,第视其开口,随唯唯,可无重听之嫌。"俞然之。会献御史诗,出谒一参藩。参藩谓曰:"君如此才高,真不减班焉。"俞连声称是。参藩志之,言于御史,谓其骄傲异常,遂不得荐,竟以此罢官去。

士子俞国声博学多闻,才思敏捷,曾得御史赏识,本有机会得其推荐走上仕途,得展宏愿。谁料却因听力问题,在与御史的交流中产生了误会,御史以为他骄傲刚愎、恃才傲物,于是将他放弃。本故事与唐人小说中所记孟浩然"转喉触讳"的故事有异曲同工之妙,两个故事都十分形象地揭示了封建时代文人士子对皇权、对封建官僚体系的强烈依附,他们命运的起伏与人生的荣达往往系于最高统治者和封建官僚的一念之间。因此,郑仲夔在这里对俞国声的命运表达了强烈的不满和同情,实际上也是对自己不平命运、对所有封建时代文人士子不平命运的痛苦宣泄。又如卷五的矜奇类写到一个行为怪异放诞的士子:

> 张幼于献翼,好为奇诡之行。吴中相国慕其名,特造访焉。至门,一苍头延之中堂,云:"相公少坐,主人当即出矣。"有顷,一老人昂藏飘举,须髯如银,携短筇从阶前过,旁若无人。逾时不见幼于出,相国讶之。苍头云:"适间从阶前过者,即吾主人也,相国问何故不相见?"答曰:"主人谓相公第欲识其面,今已令识之矣,不烦见也。"竟不出。幼于置有五色须,每出行携之满袖中,不数步辄更带焉,其诡异如此。

张幼于好为奇诡之行,吴中相国来拜访他,他乔装打扮出来观察一下以后,觉得没有相见的必要,于是对相国不再理睬。张幼于颇有蔑视权贵的傲骨,这也是郑仲夔特别为之作传的原因所在。

《耳新》还大力关注各地的风土人情,如卷六的陈风类:

> 宜黄独重七夕,四门各祀一神,至期分门迎赛。先东门,次北门,次南门。前导则彩旗十里,次马上杂剧,皆白皙少年,或伶人为之。间以铁仗,仗高十数尺,以四五岁稚子缀其上,或鱼龙角觝之戏,无不巧妙绝伦。最后威仪驺从,一如王者,间以大旗,皆裂五色帛为之。近神处有银丝灯笼、看马、曲柄伞、香案之属。神戴黄金盔,蟒袍玉带。轿仿王府制,柱盖刻蟠龙,饰以黄金,用八人舁之,周游四门,委蛇竟日。各门争出,奇巧相尚,劣则加罚。至晚,张灯结彩,游人骈肩错趾,赏玩达旦。四方奇货,一时云集。西门迎赛亦然。独在中秋,灯亦如之。

宜黄属江西抚州,与信州相距不远,因此郑仲夔对这里的民风民俗非常关注,也比较熟悉。本则详细记录了宜黄七夕节的风俗活动,从中可以看出,晚明时期的宜黄人口众多,商业发达,非常繁华。这里盛行巧妙绝伦的杂剧、鱼龙戏、角觝戏,无怪乎在这样的环境中培养出了汤显祖这样伟大的戏剧家。又如卷六的纪土类:

> 云、贵之界,有八十里无人烟处,环山谷蹊径皆桃花,虎、豹、犀、象出没其间,人莫敢擅经。有猱能制诸兽,欲过其地者,必呼为乡导。猱识人言,召而与之约,用命生,不用命死。令其护送,酬以食物,毋相负。遇猛兽,猱即跃至兽制之。巨兽毕集,猱一啼,则皆散去。竟其路,猱始还。中途欲炊煮,有坑窨火,不用新炭。

本则所写的是与江南完全不同的云贵之界的奇特景象,它充满了异域风情,令人感到神秘的同时也令人神往。

在《耳新》中,郑仲夔还较系统地表达了他的文学思想,在卷二的立言类中,他提出了具体的作文之法:"善为文者,观天之道,类物之情,广稽乎酉藏之秘,冥探炳巧智之渊。……泽于理,审于则,凝于气,琢于辞。泽于理,则不肤。审于则,则能训。凝于气,则不佻。琢于辞,则齐观。不可以一家名。不可以一端测。夫是之谓至文。""广稽乎酉藏之秘",是指作家要重视学问,要多读书,学问是创作的重要源泉之一;"冥探炳巧智之渊",是指作家也要聪慧灵动,善于思考。郑仲夔强调作家要多观察、多体验,了解世间万物的特性,既得到物理的润泽,又掌握文学创作的一般规律和原则、方法;既能养气,大力提高自己多方面的修养,又勤奋地加以琢磨,细致地推敲字词,这样写出来的文章才令人叫好。

在卷三的集雅类中,他说他自己"弱冠好言诗,遍搜古今诸体,精辑成帙,各为一序",在《古诗序》评曰:"乃说者谓五言始苏、李,稍变风雅之旧。谓之古者,犹有古之遗也。即今观苏、李诗,与其所为,十九首质而宕婉,而多风政,使千百载之下,穆然咏歌,庶几想见其人。夫能使千百载下如见其人者,此真得风雅之宗者也。……宋、齐、梁、陈、隋、北朝诗,瑜一而瑕百,则亦稍示存羊,以备一代之体制而已。"《唐诗序》曰:"七言古诗,唐多作者,高达夫遂为冠军。太白天才腾逸,咳唾成珠,绝句之美,冠绝三唐。少陵工诗律体,所自云性癖耽佳,语必惊人,大而非夸也,乃绝句非其长。"《明诗序》曰:"明诗必首称济南。济南有诸家之长,而不必尽其长也。五言古诗,何仲默骎骎魏晋间作者,于鳞则居然汉风哉,吾无能名其所至已。七言古诗气格稍逊于唐。"由此可见,郑仲夔对中国古代诗歌之演变发展熟稔于胸,研习深刻。郑仲夔既然提倡美文,自然就蔑视"时文""八股文",卷六的今文类曰:

> 子史谈事,在数千百年以前,而能使数千百年以后之人读之灿若指掌。今四子家言,童而习之,阅近日制举文,并其题亦茫然不可识矣。所谓青天白日,故兴妖雾,使对面不见者也。乃作者自谓子史而竟为之,观者亦误以为子史而竟收之。生心之害莫知所底,吾为兹惧也。

郑仲夔在这里对明代科考的"制举文"大加抨击。他指出,古代的子、史记事,非常清晰明了,千百年后的人阅读起来,也没有什么障碍,读后也能明白事件的来龙去脉和作者的意旨。而制举文却连题目也不通,不知其所谓,这对文坛文风的影响是非常恶劣的,也让作者感到深深的担忧和恐惧。

第四节 《隽区》

《隽区》是郑仲夔的第四部小说集。书有庚午年即明崇祯三年(1630)文震孟所题序,可见书应刻于是年。序曰:

> 顷余以使事抵江右,迫于简书,毋敢逾越跬步,盖中怀有歉然者三事。

匡庐接壤,未能枉道登览,慰生平梦寐之思,一也。信国公墓在文水,不遑展拜,二也。文章节义之区,胜友如云,而辀轩所至每多,匆遽无能访求,同声与相披对,三也。抱此三歉,非独身鲜韵骨,亦缘衷多隐忧。犹幸雨阻盱江,一涉麻姑,顺至仙岩,获览怪异之迹。过信州与郑胄师相闻也。胄师名高望伟,所著有《清言》《耳新》等书,远追临川,近掩贞山诸公,业已纸贵艺苑。今又新辑《隽区》一编。著述之富,盖日新月盛,且骎骎南北诸史而超乘矣。于今风雅凋谢,文统不尊,不腆东吴,夙绍斯文之绪,绵延未绝,而今渐以凌替。藏山正脉毕竟在大江之右,山川灵异,节气磊落,岂偶然耶。聊题数语,以慰兰藉,宁敢谓胄师玄晏也哉。①

《隽区》共八卷,包括品隽、行隽、业隽、政隽、学隽、奇隽、诗隽、评隽、阐隽、闺隽、地隽、事隽、丛隽、景隽、玩隽、艺隽、术隽、诞隽、幻隽、荒隽、通隽等二十一类。"隽"是一个会意字,上"隹"为禽鸟之象,下"乃"为弯弓之象,"隽"表意为"以弓射禽鸟",本义指鸟肉肥美,后引申为"意味深长"之意。隽又通"俊",指才智超群。郑仲夔用"隽"以命书名和类别名,就是指作品中的人或事在某一方面非常超群突出,而且意味深长,值得人们注意和品评。如品隽指人品出众者,行隽指有独特的德行、行为者,业隽指人生业绩优良者,政隽指为官政绩突出者,试看《政隽》中故事:

> 肖郡尊思似,直隶泾县人。在郡多惠政,尤喜为民除蠹。郡之铅山,为八闽冲会,冠盖络绎,而役夫隶藉者绝少,往往雇之民间。四方无赖子争应其募,以故官杠屡被掠去,至不可稽。有宋三四者,尤为渠魁。先是,一府幕署铅事,宋以掠杠被获,或教幕无苦刑,宋第令其多报富人名,谓藏物实寄其家,可获无算。于是,幕以宋为奇货,而富民尽无辜累系,即稍足衣食者,亦受其害,卧不帖席者数年。宋反得善脱,繇是盗风愈炽,莫可谁何。公莅郡,即廉得其情。宋故不悛,他日复以掠杠被获,讯之,妄扳富家如前。公怒责之曰:"汝作不义,宁有以盗物寄他人耶!"严鞠吐实,就其家,搜出赃物,一无所失,不妄及无辜一人。寻令毙宋于狱中,盗风遂少息。民间赖以

---

① 中国社会科学院历史研究所明史室:《明史资料丛刊·第三辑〈玉麈新谭摘录〉》,江苏人民出版社1983年版,第205页。

安堵,一郡称快。

本篇故事写铅山郡守肖思似任职期间多惠政,尤其是为民除去为害多年的匪魁宋三四,使得当地老百姓终于能安居乐业,一带民风也为之改变。因此,其政绩确可用"隽"来形容、评价。又如《诞隽》中作品:

> 唐伯虎,高才任诞,好为诡谲之行。有太学某者,慕其名,不远数百里来访。入门,伯虎方作妇人装,与一僧对弈,都不一顾客。客见其所为,殊失望,悻悻而去。局完,阍人具述客所以不悦状。伯虎曰:"渠知有唐伯虎,更能责唐伯虎,此定奇人。"即命驾造访,时日已夕矣。刺入,客尚含怒,闭门不肯纳。伯虎排户直入,客避之室中。伯虎径趋室,客卧床转面向壁。伯虎邀之起,不得,遂解衣与同卧。多方致款,终不作答。伯虎因赋诗数首,鼾然假寐。明旦起,书其诗几上而去。客起见诗,殊自悔,遂趋谢不恭。伯虎知其当来,预陈觞酌,宴之暗室中。灯烛辉煌,歌舞缤纷,客极快忘疲,留连且久,始得辞去。归时,家人甚怪其久。问之,已逾三昼夜矣。

本篇写明代才子唐伯虎行为怪诞,好为诡谲之行。但他确实有才,诗文敏捷,所以他的怪诞放任也能赢得人们的尊重和敬佩。妥建清《颓废审美风格与晚明现代性研究》一书指出,晚明士人躲避儒家所追求的崇高精神的规约,不仅以生命扭曲的自放生活表征出怪诞化的社会审美风格,而且也以艺术化的社会生活表现出精致化的社会审美风格,这一点在本故事中得到了充分的体现。①又如《奇隽》中故事:

> 赣州郭老,于山中牧租。佃人从密林中抱一小虎来,形可猫大。郭饲以猪肉、小鸭,虽渐长大,与郭驯伏,不敢伤人。未几,有广中一怪奴来,俗呼为番鬼,一无所能,但善食,又能与虎子为戏。郭以虎付豢养而归。奴纵虎入山中食野兽,日负大瓢,盛生肉、生饭入深山。击柝,虎跳啸至,与奴搏戏,食肉而去。如是者,近十年,虎不轻出山。郭老将至,虎即于林莽中吼声,佃者每以此卜郭来期。后事闻于县,县令异之,命郭老引虎来,见虎驯扰郭旁,因置松木槛槛之。郭老坐其旁,虎无异也。比郭晚出县门,虎作威咆哮,啮槛伤隶卒数人,乃亟召郭老携虎归。郭仍令番奴驱虎入山,不数日

---

① 妥建清:《颓废审美风格与晚明现代性研究》,人民出版社2018年版,第1页。

番奴逸去。又数日大雨,虎随郭老入空屋避雨,梁坠压虎死,郭泣而葬之。又数月,郭老亦故。郭氏家藏有豢虎册,诗歌千首。郭孙咸和,以万历戊子孝廉任海丰令。

本故事以"奇"为特色,令人惊奇的情节层层推进。人养虎,一奇;仆人饲虎,可与虎戏,虎与仆人宛如一对友人,二奇;县令听说此事,也感到惊奇,让郭老将老虎引到县门观看,三奇;郭老坐在老虎旁边,老虎驯服;郭老离去,虎即伤人,四奇;老虎死后,郭老亦逝,五奇。有此五奇,无怪乎其成为《奇隽》类最突出之作品。

总之,郑仲夔一人有四部小说集,这使得他与朱孟震一起成为明代江西地区创作小说最多的小说家。不同的是,朱孟震的是系列小说,后作续前作,四部作品在创作模式、选材、主题上没有太大的变化,而郑仲夔的四部小说集却各有不同,虽然选材、主题上的区别也小,但在创作模式上的差异还是非常明显的。因此大体可以说,郑仲夔所表现出来的创造性要大些。

郑仲夔的四部小说集,以《清言》《耳新》影响大、流传广,《偶记》《隽区》在乾隆时曾被列入禁毁书目,故《四库全书总目提要》曾著录《清言》《耳新》,却将《偶记》《隽区》排斥在外。

郑仲夔的这些小说集中地反映了明末社会现状,对明末乱离之世的官僚、文人士子和平民百姓等各个群体都有关注、描绘,所以认识价值非常高。在艺术表现方面,人物塑造比较典型,文字比较质朴,缺乏唐代传奇的华艳文辞和婉转情思,这也是有明一代文言小说的普遍性使然。尽管如此,人们对郑仲夔小说的评价还是比较高的,如朱谋㙔序中曰:"龙如之书,典正精约,可讽可劝,有益世教多矣。"文震孟序说,其书一出,"业已纸贵艺苑"。

第十二章　陈弘绪《寒夜录》

陈弘绪的《寒夜录》是明末清初较有影响的文言小说集,作品直面明代崩塌前后的社会现实,反映了平民百姓遭受流寇盗贼蹂躏后的艰难生活情状,抒写了作者对明王朝深深的怀念之情,传达出其坚决为明王朝尽忠守节的遗民心志和民族气节。同时,作品也反思了明王朝灭亡的原因,揭露了明中叶以后官场腐败、士风堕落、文风虚浮等社会问题,提出了一些卓有见解的政论史论、诗文理论。

陈弘绪,因避清乾隆皇帝弘历讳,后人改作宏绪,字士业,号石庄,又号恒山,南昌新建人,是明末名臣、天启年间南京兵部尚书陈道亨之子。陈弘绪生于明神宗万历二十五年(1597),卒于清康熙四年(1665),享年六十九岁。

陈弘绪性警敏好学,博闻强记。少补诸生,崇祯年间以父荫获任子荐,征辟为晋州(今属河北石家庄)知州。时值清兵南进,陈弘绪在晋州大力修缮城池,储备粮草、军械,以图抵御。三月后被围,陈弘绪率军民坚守七昼夜,清兵始终无法攻入,只得退兵。此时,河北各地战事十分惨烈,保定、安平等重镇相继失守,总督卢象升战死。内阁重臣刘宇亮奉旨督师,率各地勤王兵马,却惧而不敢迎敌,欲入晋州城中避战,陈弘绪坚拒不纳,对此,《明史》卷二百五十三《张至发传附刘宇亮传陈弘绪事》有详细记载曰:

> 时大清兵深入,帝忧甚,宇亮自请督察军情。帝喜,即革总督卢象升任,命宇亮往代。宇亮请督察,而帝忽改为总督,大惧,与国观及杨嗣昌谋,且具疏自言。乃留象升,而宇亮仍往督察,各镇勤王兵皆属焉。甫抵保定,闻象升战殁。过安平,侦者报大清兵将至,相顾无人色,急趋晋州避之,知州陈弘绪闭门不纳,士民亦歃血誓不延一兵。宇亮大怒,传令箭:亟纳师,否则军法从事。弘绪亦传语曰:"督师之来,以御敌也,今敌且至,奈何避之?刍粮不继,责有司。欲入城,不敢闻命。"宇亮乃驰疏劾之,有旨逮治。州民诣阙讼冤,愿以身代者千计,弘绪得镌级调用。帝自是疑宇亮不任事,

徒扰民矣。①

陈弘绪不接纳逃跑重臣刘宇亮,刘宇亮大怒,上疏朝廷弹劾陈弘绪,陈弘绪被逮捕下狱。结果,晋州士民数以千计自发到京城喊冤,颂功保释弘绪,弘绪得以免罪,但仍屈谪为浙江湖州经历,权署长兴、孝丰二县事。在任上,他献《剿抚流寇策》,应对流寇乱贼有方,惠政为人称颂。不久,改任舒城县令,因治理当地豪强濮氏干政,被与濮氏狼狈为奸的巡按御史弹劾罢归。明亡前夕,陈弘绪再被吏部尚书郑三俊任命为安庐监军推官。入清后,陈弘绪决意为明朝守节,移章江上隐居,屡荐不起,特辑《宋遗民录》、赋《江城怀古诗六十首》以见其志。逝后,清初著名文人施闰章曾为作《故徵君晋州知州陈公墓志铭》述其一生行状。

陈弘绪工诗能文,享誉明末清初文坛,与同郡名士万时华、徐世溥、刘斯升、邓履右、贺贻孙、万佳、余正垣等友善,是明后期文学流派"豫章社"的重要成员,名重一时。史传赞他:"放为古文辞,规则庐陵、南丰之间。诗发已意,气象大类昌黎。"②他著述甚丰,有《石庄集》《恒山存稿》《寒夜录》《鸿桷集》《留书》《周易备考》(四卷)、《诗经群义》(八卷)、《尚书广录》《山房藏书》《嵝斋诗》《荷锄杂记》《南昌府志》《江城名迹录》(二卷)、《病榻杂语》《刺语》等十余种。后人曾将《石庄初集》(六卷)、《寒崖近稿》(二卷)、《敦宿堂留稿》(二卷)、《鸿桷集》(二卷)、《鸿桷续集》(二卷)、《恒山存稿》(二卷)等结为《陈士业全集》十六卷刻印传播,《四库全书总目提要》卷一百八十一著录,卓有影响。

《寒夜录》,一作《寒崖集》③,是陈弘绪所作笔记小说集。《清史列传·卷七十·文苑传·陈弘绪传》著录为"四卷"④,但《学海类编》《丛书集成初编》本均作三卷,胡思敬《豫章丛书》则作二卷,故疑有散佚。现存两百九十余则故事,篇幅短者四十字左右,长者近五百字,不署标题,或源于作者的亲身经历与耳闻目

---

① [清]张廷玉:《明史》,中华书局1974年版,第6537页。
② 康熙版《新建县志·陈弘绪传》,见《豫章丛书·寒夜录》附录,江西教育出版社2002年版,第250页。
③ 道光版《新建县志·陈弘绪传》,见《豫章丛书·寒夜录》附录,江西教育出版社2002年版,第252页。
④ 《清史列传·陈弘绪传》,见《豫章丛书·寒夜录》附录,江西教育出版社2002年版,第250页。

睹，或辑录自前代史著、笔记丛谈，内容丰富，多记录宋、明两朝历史人物之逸事，江南尤其是江西地区的风土人情，也有不少诗话文评及经传史论，真实地再现了明清易代之际的社会历史文化状况，反映了作者的爱国忠君思想和民族气节，属典型之逸事、琐闻类文言小说集。

《寒夜录》的成书时间已难以推考，大体为作者中年以后所记，入清后编印流传。题名"寒夜"，反映了他因故国沦亡而陷入的灰暗孤寂、愤世嫉俗心态。

《寒夜录》所"涉明末世事"①，首先在于直面明代崩塌前的社会状况。由于清代大兴"文字狱"，身为亡明遗民的陈弘绪不敢直接描写清兵入关与明清战争带来的残酷杀戮，遂多写平民百姓遭受流寇乱贼蹂躏后的艰难生活情状，既体现他对民瘼的同情关怀，又曲折地反映出家国沦丧的历程，如他在卷下一则中写到畿辅、齐、鲁、中州、江北等广大地区的人口，本来非常富庶，但自崇祯以来，"苦虏苦寇，半毙于锋镝，半窜于荆蛮"。更令他不敢想象的是："未知数年后，又复何似？"又如：

> 壬申间，土寇冲临汝，宜黄、崇仁、乐安三县甚被蹂躏，村落盖藏尽空。一日，天忽雨黑黍，壳坚类荞麦，春之得小米，色白，煮以疗饥，贫民多赖全活。庚辰、辛巳，南北奇荒，死者枕藉。庐凤间产一种土，滑腻，微似面色，和糠作饼食之，名"观音粉"。又江北遍地生人面豆，眼耳鼻口，居然人形。饥者采煮群啖，未有不旋踵毙者。或曰："此兵刃冤魂之所化也。"予有《人面豆》诗云："渴勿饮鸩乌血，饥勿食人面豆。莽莽淮徐郊，白日窜鼪狖。糠秕啖已空，粉泥亦难糅。掠人呼为羊，膊裂甚猛兽。所怜脂膏干，未足充粮糗。尤来大枪骤风雨，瘦人死尽肥人脯。冤魂化作人面形，大豆小豆落区斛。农皇未知岐伯迷，饥来岂暇细详瞧？采之盈掬延喘息，一粒入口横黄泥。吁嗟乎，九六之厄良可慨，其菽杀人如乌喙，何况金戈与铁镞！"（卷下）

作品展现的是一幅土寇横行、邪恶猖獗、旱疫交加、民不聊生的社会图景，战火中的平民百姓无以为生，只能以观音土、人面豆这些不是食物、甚于毒药的东西聊以充饥。作者努力地让人们看到，无论吃或不吃有毒的观音土、人面豆，百姓们都只有死亡的必然结局。作品后面附上作者"缘事而发"的《人面豆》诗

---

① 蒋克己：《江西历代作家作品选》，江西人民出版社1989年版。

歌,采用"诗传结合"的方式,交相咏叹,尽情地传达出凄凉、沉痛、怨愤的心情。又如:

> 昔有一国大乱,民争逃他邦,道旁室庐皆空。一老兵过之,闻呱呱之声,入视之,有婴儿仰视屋梁。老兵随视之,乃悬饭囊耳。为解开,视之则灰也,婴儿见之即死。盖其母欲弃去,不忍杀,悬此囊,绐云此饭耳。故其系念不忘,识其为灰,则无余想矣。世间一切,谁非婴儿饭囊?惜无开示之者,遂使呱呱之声,达于大千,遍于万劫。(卷上)

家破人亡、流离失所、弃儿卖女的社会乱象哪里是发生在"昔有一国"的往事,饿殍满地、白骨四野、易子相食不正是上演在眼前的惨剧吗!陈弘绪在这里用冷峻的笔调相当激愤地揭示出曾经祥和的大千世界正沦为万劫不复的人间地狱。

正因为天下之大,已难容安宁的家园,陈弘绪特别辑引《高僧法显传》所述"华胥国"一则故事,幻想"四洲之内",真能找到如此温馨的"乐土":

> 东晋沙门法显,尝游天竺诸国,至一处,"寒暑调和,无霜雪。人民殷乐,无户籍官法,惟耕王地者,乃输地利,欲去便去,欲住便住。王治不用刑罔,有罪者但罚其钱,随事轻重。虽复谋恶逆,不过截右手而已。王之侍卫左右,皆有供禄。举国人民悉不杀生,不饮酒,不食葱蒜。唯除旃荼罗。旃荼罗,名为恶人,与人别居,若入城市,则系木以自异,人则识而别之,不相揩突。国中不养猪鸡,不卖生口,市无屠行及酤酒者,货易则用贝齿,惟旃荼罗猎师卖肉耳。"法显自纪如是。乃知四洲之内,自有华胥国土也。(卷上)

陈弘绪不仅将故国沦亡的凄凉与惨痛铭刻于心,他还深入反思明代灭亡的原因。在他看来,流寇乱贼奸诈凶残、无穷杀伐,消耗了国家的实力是一方面,另一方面则是叛臣误国。因此,他在小说中曾提到有"八大王""争世王""左衿王"等多群"流寇"(卷上),并特别写到明末义军首领张献忠:

> 张献忠用兵最狡,常以少胜多。破舒城时,实叛将孔廷训勾之。城陷,献忠犒赏各头目已毕,旋引廷训数之,曰:"尔不忠于朝廷,焉能忠于我?"立斩之阶下。时原任太仆卿濮中玉亦投降,数日,见廷训被杀,股栗无措。献忠曰:"汝乡绅,吾不斩汝。"遂授伪礼部尚书。中玉舞蹈谢恩。留其营中,四阅月乃还。初,中玉以请托不遂,下石于予。或传其城陷死难,予拟为草

揭请恤，不意丧心辱国乃如此。此事舒人目击甚确，而诸生孙秋我亦被贼掳，述其颠末尤祥。孙云："濮既授伪礼部，余户、兵、工三部，各有伪官，惟吏、刑部献忠自领之：不欲以爵人刑人之柄，畀之他贼也。"又伪中军来姓者，号来达子，最为献忠亲信。其陷合肥诸属，惟来达子昼夜密谋，诸营皆不与闻云。（卷上）

作品写张献忠用兵有方，深谋远虑，常常"以少胜多"。张献忠用人也常出非常之策，他诱使叛臣为自己攻城略地，但并不真正信任他们，往往在他们失去利用价值后杀掉；他自领吏、刑两部尚书，将权力牢牢掌握在自己手中，保证自己对部众能恩威并施，由此可见其狡诈多疑的形象。作品同时刻画出叛将、叛臣孔廷训、濮中玉投降变节的丑恶嘴脸。尤其是濮中玉，入仕以前一意钻营，身为太仆卿却甘心附贼，先是恐惧被杀，"股栗无措"，接受礼部尚书的伪职后又"舞蹈谢恩"，其贪生怕死、鲜廉寡耻的形象跃然纸上，为作者所极度鄙视。对此，陈弘绪表示："人臣事君，扶颠持危者，有死无二，天之制也。若坐视宗国之垂亡，缄默而去，岂人臣之善哉？"（卷下）

与抨击卖身求荣的叛臣相呼应，陈弘绪大力歌颂忠贞爱国的志士。当然，为了不刺激清朝统治者，他也回避了对明末杀身成仁者的直接描述，而从历史中选材，多表彰北宋、南宋的抗金、抗元志士，曲折地表达他的抗争，如：

绍兴唐琦，本卫士。建炎间，高宗航海，琦病留越州。李邺以城降金人，芭八守之。邺方与芭八并马行，琦从后持一大甓，祝曰："愿天一击杀两贼。"甓中马，不杀，被执，骂贼不绝口。芭八谓曰："汝欲何为死？"曰："我愿以布裹灌油，烧焚三日，示愧降贼之臣。"卒焚之，其意恐芭八追及高宗，欲以缓其程也。事闻，诏为立庙长檐街，赐名旌忠。明沈周为作诗云："一甓真如博浪锤，事机不偶亦空施。降城未分身无用，骂贼犹知舌可为。膏火愿延三日死，海天能信六龙之。长檐街上春秋祀，李邺魂应愧此祠。"琦事颠末载于碑刻者如此。《绍兴志》但据《宋史》书之，至布裹灌油之事，则未之及也。琦以执殳下士而大节屹立乃尔。（卷上）

故事中写到的唐琦是宋高宗的卫士，是非常卑微的小人物，但他在国变来临之际，保持自己的气节，"以执殳下士而大节屹立乃尔"；而国家重臣、"大人物"李邺之流却甘于投降卖国，追求富贵荣华，二者形成强烈的相比，衬托出勇烈抗争者的可亲可敬、可歌可泣及懦弱小人的遗臭万年,表达了作者极其鲜明的情感与价值取向。

陈弘绪在卷下还说欲编一部著作《南宋遗贤传》:"金华戚雄纪亡宋遗老有名者:淮阴龚开、南阳仇远、隆山牟应龙、紫阳方回、永康胡长儒、句章戴表元、钱塘邓牧心,又谢翱、方凤、吴思齐、郑所南、林景曦,皆有名能诗。若忠义可称、卓然不污左衽者,则翱、凤、吴、郑、龚、林为无愧耳。诸公之外,尚有刘须溪、唐钰、邓光荐、汪水云、温日观,雄未之及。予欲取其大节奇伟如所南、翱辈者,为作《南宋遗贤传》,而苦于故老无传。海内知交能出其笥藏以相助,亦幽魂之一快也。"陈弘绪要将"南宋遗贤"的事迹流传万世,一方面是希望世人能以这些气节之士为榜样,忠贞爱国;另一方面则是要传达出其自己决心为明朝尽忠守节的心志。这样的思想还通过在明初"靖难之役"中忠于建文帝的先贤之事迹来表达,如:

国朝有金川门守卒龚翊者,昆山人,值靖难兵入,大哭,遁去,隐居教授。宣德中,周忱抚吴,荐为学官,辞不就,曰:"恐负往日城门一恸耳。"翊虽不能如琦之轰烈,亦庶几逾于其侪偶多矣!(卷上)

靖难之变,逊国诸死节家,皆以党籍株连。其或幸免于覆巢之下者,类变姓名自匿。黄公子澄之后为田氏,卓公敬之后为宋氏。今卓氏已复原姓,而太常遗裔犹冒田姓未改也。(卷下)

"靖难之役",即明成祖朱棣夺取皇位的政治事变,发生于1399—1402年。"靖难之役"之后,为建文帝守节的大臣被朱棣残酷地杀戮,往往株连十族,黄子澄和卓敬之后虽然幸免,但为了避祸,他们的子孙只能改姓田氏、宋氏。而前一故事写到的金川城门守卒龚翊其至比唐琦还要微不足道,但他即使在朱棣已逝后的明宣宗朝被荐为学官也坚拒不就,他的凛然气节、他对建文帝的忠诚堪为世之楷模,令作者十分赞赏。

实际上,陈弘绪自己也不愧为一个气节之士。他以明朝遗老自居,深深地眷恋、怀念明朝,入清后,他不与清朝统治者合作,"国朝中丞蔡公、制府张公闻其名,先后礼遇,不可屈,只应命修《南昌郡志》而已"。① 他移家于章江之上,做

---

① 康熙版《新建县志·陈弘绪传》,见《豫章丛书·寒夜录》附录,江西教育出版社2002年版,第250页。

了一个为明王朝守节的隐士。由此,在《寒夜录》中,陈弘绪也多褒扬隐士的风采,赞叹隐士的乐天知命、恬淡宁静,如他赞赏致仕以后穿着粗布衣服、每日跨一小马到市井中观看傀儡戏而心满意足的杜佑,赞赏"自秘书监退老南溪之上,敝屋一区,仅庇风雨,长须赤脚,才三四人,吟咏于江风山月间,醉则以天地为衾枕"的杨万里,赞他们"高致如此","诚士大夫退处之规范也"(卷下)。而他最为推崇的还是安贫乐道、蔑视权贵、清高自砺的真君子:

> 张荐隐居顺志,家有苦竹数十顷,在竹中为屋,一郡号为"竹中高士"。王右军闻而造之,荐避不与见。刘恕家贫,一毫不肯妄取,自洛阳归时,已十月,无寒具,司马公以衣袜一二事及旧貂帽赠之,固辞,强与之。行及颖州,悉封而返之。不见逸少,不受温公之馈,他又可知矣。(卷上)

> 仲长子光瘖而隐,无妻子,结庐河渚,凡三十年,非其力不食。王无功爱其真率,徙以相近,未尝交一语,而独与对酌甚欢。吴思齐宦游十年,田无半亩。(卷下)

张荐、刘恕都是东晋人,仲长子光、王无功是唐代人,吴思齐是南宋遗民,他们都是中国历史上著名的隐士,他们最大的特点是甘于清贫、超然物外,即使"田无半亩"、冬无寒具,也绝不"妄取一毫"或依附权贵以自污,品行完美。对此,陈弘绪钦佩有加。当然,这样的隐士前代有,当代也有:

> 陈白阳,人知其画品入神,不知其诗歌之妙,仿佛渊明。又大字逼米元章,小字逼欧率更,盖艺苑之兼材也。白阳声称既著,一日,巡抚江南陈公以刺邀见,白阳曰:"王公不得召我,况中丞乎?"掷其刺于地。谒者以报,陈怒甚,益迫令见。白阳穿破白衣,直入辕门,大笑。陈公曰:"汝善绘,可就此景作一图否?"白阳笔墨乱淋,少顷,云山如覆,蔽以茅屋,屋下渔舟点点,老翁持竿酣啸,岸傍一人以手招之,渔翁作摇首状;大书五言绝句于其端,且目中丞曰:"渔人,我也;岸傍人,汝也。"中丞观纸上神色飞舞,语言豪轶,亟下堂以宾礼见。(卷下)

陈白阳(1483—1544),是明中叶著名画家,初名淳,字道复,后以字行,又改字复甫,号白阳、白阳山人,长洲(今苏州市吴中区)人,工花卉、山水,擅行草,与徐渭并称"青藤、白阳"。本篇故事写他气概豪雄,特立独行,卓尔不群。他毅然决然地拒绝巡抚的强行召见,表现出对当朝权贵的极度蔑视,其傲岸精神在作者看来是十分难能可贵的。华亭(今上海)陆树声也是一个这样的高士,他在登第入仕不久,即辞官归隐,"里居闭门宴坐,焚香啜茗,即亲戚故人罕接其面"(卷下)。

《寒夜录》多记录明清易代之际种种凄凉的社会现状,多讴歌抗击异族入侵的志士、保持民族气节的隐士,表达了作者对明王朝深深的怀念之情。尽管并没有直接抨击清朝统治者,到清代中期,《寒夜录》仍被列入禁毁书目:"宏绪……著有《士业全集》《周易备考》等,此书为四库馆总裁英廉奏缴,乾隆年间奏准禁毁。"①

陈弘绪既是隐士,又是明朝故吏,还是著名的文人、学者,他见识广博,对政治、历史、文化等问题都有深入严谨的思考。因此,《寒夜录》在记录现实惨痛、抒写隐士心志之外,还存留了他的官场见闻、仕宦感想、文学创作心得等。如其抨击晚明官场的贿赂之风:

> 贿赂之盛,莫如此日。都下有"白变黄,黄变白"之谣,盖前此以黄镠代白镪,取其易于挟持;近又以美珠代精金,其挟持尤易而人不觉也。曾见馈遗名刺书经稿几册者,即黄金几两而诡托刻文。朱仲晦疏云:"今之在位,以金珠为脯醢,以契券为诗文。"今直以金珠为诗文,又一变局矣。(卷下)

贪官污吏行贿受贿,猖狂无以复加。行贿之物,先是白银,后是黄金,再后来是珠宝。为了掩人耳目,发展到假托刻书而送礼,尽显贪腐官员的诡诈伎俩,晚明社会的腐败可见一斑。又如揭露逢迎谄媚之风:

> 嘉隆以来,往还名刺,居上者傲而非礼,处卑者巽而可笑,固是风俗大弊。韩襄毅总制两广,平大藤峡,威势张甚。顺德钱大尹乃其属官,其致韩书简,止称"乡生钱溥端肃奉复"而已。邢太守宥,琼州人,止称"侍生宥百拜奉书"而已。后来乃有"晚生""治生""门生""晚学"之称,不自知其陷于谄媚也。词林非本衙门先辈,概不称"晚",又不知起于何时?吾乡有某先辈词林,寓居铁柱官傍,须谒许旌阳庙。某踌躇数番,令写一"乡侍生"名刺于神座前焚之,长揖而退。或谓某曰:"旌阳是晋时人也,须写一'晚生'。"某忿然曰:"我词林无此体格。"(卷下)

---

① 王彬:《清代禁书总述》,齐鲁书社1988年版。

作者认为,文人士子应该有傲岸的个性,追求人格之独立,不依附于权钱。然而,明中叶以后,面对衙门官员,文人士子们竟竞相自称"晚生""治生""门生""晚学",媚权之风盛行,奴颜丑态百出,充分体现了士风的堕落,令作者愤怒。再如批判晚明刻书作序之风:

> 近代名家诸集,莫如序文为盛,献寿贺迁、报满送别,每事辄须一序,而仕宦之吏课、文武乡会之试录、生童之刻稿、山人墨客之游记,无一而不有简端之弁语。扬诩夸耀,灾及梨枣,遂无虚日。陈明卿云:"未有王唐时文、秦汉古文而须题端者也。"可谓名言。万历间,沈晴峰刻《长水文钞》,计序文多至二十八篇,只此一集,剞劂氏已不胜其劳攘矣。(卷下)

无论是贺寿、乔迁,还是送别、考试、游记等,都要有一篇序文,有时刻印一部文集,竟多达二三十篇序文。序文泛滥,必然没有实质的内容、真挚的情怀,只能流于互相夸耀的套语,这也反映了文坛的浮艳、虚饰、取巧之风。

陈弘绪有真才实学,曾补为诸生,最后却只凭父荫荐举入官,可见其科考并不顺利,由此也促使他关注历代科举制度。在《寒夜录》中,他对科举展开批判。如:

> 唐有书生读经书甚熟,不知近代事,因说骆宾王,遂云:"某识其孙李少府者,兄弟太多。"意谓"骆宾"是王封号也。宋谢无逸闲居,多从衲子游,不喜对书生。一日有贡士来谒,坐定曰:"每欲问无逸一事,辄忘之。闻人言欧阳修,果何如人?"无逸曰:"旧亦一书生,后甚显达,尝参大政。"又问:"能文章否?"无逸曰:"也得。"当时以诗赋取士,犹尚涉猎典籍,而书生之陋已如此。自八股之业既盛,寻常《史》《汉》,俱束高阁,况于当代之人物典故哉!曾记一举子,问予中山王是何姓名,予曰姓徐名达。举子曰:"此自是老魏国公耳,中山王恐另是一人。"(卷下)

本篇故事指出,自从科举兴起之后,不管是诗赋取士还是八股取士,士子们都被严重束缚了视野和思想,只死读经书,不涉史传、诸子、文人文集,不闻世事,闭门造车,浅陋无知,以致唐书生不知骆宾王,宋秀才不知欧阳修,明举子不知开国大将徐达。这样的士子即使科考得中,又怎能经时济世、安邦定国呢!因此,他感叹:"科举之法,行之逾久,而应举者荒疏逾甚。"因忆"昔人有'《文选》烂、秀才半'之语,彼时之为诸生者,较今悬绝乃尔。夫《文选》之不能顿造于烂,虽老师宿学难之。烂矣,而仅得秀才之半,其所谓全者又属何等耶"(卷上)对人才培养和选拔也越不利。不仅如此,他还鞭挞科举考试中盛行的请托之风:

> 近时奔竞最甚,无如铨选、考试两端。督学试士,已不免竿牍纷沓;若郡邑之试,请嘱公然,更不复略为讳忌;至有形之章奏,令童子纳金助饷,无使缙绅专利者。按此风亦不始于今日,胡忠简何等人品?偶读《澹庵集》,有《与蓝守师稷书》云:"某复见乡中小童郭洵直,颖脱不群,淹贯《九经》《诸子》,以应科目,委得允当。自非郡大尹乐育有方,善诱不倦,何以及此?谨采之舆论,仰溷高明,伏乞台慈,特赐收录。"则忠简亦尝为郡试缓颊矣。然忠简生平仗忠信以感人,所谓"颖脱""淹贯",定非虚语。此札实为怜才而作,非时辈之所可借口也。(卷上)

晚明科考,考生奔走通关,请托嘱咐,明目张胆。通过如此舞弊手段考上来的士子不仅没有真才实学,而且丧失了诚信正直的品质,不可能在社会危机前有应变之智、忠诚之节。因此,陈弘绪认为,考察一个士子不能完全依据一纸试卷,更重要的是要直接观察他,要从其言行中考察出其品性。他通过这样一个故事来说明这一点:

> 陈忠愍公选,天顺中以御史督南畿学政,尽列诸生姓名,并不弥封,曰:"吾不自信,何以信于人?"胡静庵先生世宁,以左都御史掌院事,时当考察,执政请禁私谒。公曰:"臣官以察为名,非接其貌,听其言,无以察其心之邪正、才之长短,若屏绝士大夫,徒按考语,则毁誉失真,而求激扬之当难矣。"光明卓荦如二公,尚何嫌疑可避?编号糊名,杜门谢客,其为私窦逾甚,只足明其自欺而已。(卷下)

在陈弘绪看来,科考试卷糊名、考官封闭,以为这样就能杜绝舞弊现象的发生,杜绝私情请托,这不过是自欺欺人的假象而已。要保证学风、考风的端肃,更重要的是人心要正,世风清明。因此,他赞扬了光明磊落的主考官陈选、胡世宁。

陈弘绪进一步指出,士子科考成功以后,要更加注重修身,谨言慎行,否则,骄傲自满,狂妄自大,终将走上堕落之路:

> 吴邑徐元懋言:提学高汝白之诸父,隐君子也,教汝白以举子业,每叹

曰："可惜可惜！假令做得状元，亦自枉过一生。"其后汝白举进士，以书督责之曰："汝得一第，吾不为喜，而以为忧，此后必骤放肆，可录逐日言行寄我。"汝白叹曰："吾终身在侧，岂不我知，而忧我放哉？"试问一老家人，曰："比旧渐不同矣。"乃警惧。置一簿，录其所为，试自简点，其过不可胜书。乃大惧，激历为学，卒为善士。此父固不必言，此老家人亦岂非所谓济以上人耶？（卷上）

故事中写到的高汝白叔父在教授高汝白学业的过程中及高汝白中进士以后，都时时提醒、督促高汝白不能放松修身，可谓教导有方。而高汝白自以为做得不错，可将自己每日言行记录再行检查以后，却怵然惊醒，发现非常多的过错。可见，高汝白叔父的担忧不无道理，科考成功的士子更要严于律己，只有这样，才能最终养成为"善士"，成为时代之楷模。

在《寒夜录》中，陈弘绪还记录了一些独特的地域风情，如：

予署长兴，二月间诣顾渚山致祭。后数日，采茶童子以黄纱笼盛本山新茶入邑。予朝服鼓吹，迎之郭外。盖此茶采以荐高皇寝园，故其礼特甚盛，非如他贡物比。考《辍耕录》："湖州长兴金沙泉，唐时用此水造紫笋茶进贡。泉不常出，有司具牲牢祭之，始得水。事讫即涸。元亦仿而行之，赐名'瑞应泉'。"今但祭山而不祭泉，似当补此缺典。（卷下）

采茶祭山、祭泉，黄纱笼茶，饶有趣味，风情独特。这一风情的形成与进贡宫廷有关，见出皇家的奢靡，也反映了中国茶文化的源远流长。

陈弘绪广涉载籍，知识渊博，对诗、文、小说等多种文体都深有研究，因此《寒夜录》还有许多小说评论、诗文评论，如：

《说部》诸书，如沈存中《梦溪笔谈》、洪容斋《随笔》、王伯厚《困学纪闻》，博极载籍，兼之辨析精当，直是案头三种大书，非他稗官家之可拟也。《东坡志林》、景纶《玉露》、《经锄堂杂志》、石林《避暑录》，随意点染，饶有风韵，亦令读者靡靡忘倦。若岳珂之《桯史》、高似孙之《纬略》，臃肿恒钉，绝少生动，真所谓诃痴符耳。（卷下）

陈弘绪认为，沈括《梦溪笔谈》、洪迈《容斋随笔》、王应麟《困学纪闻》是文人必备必读之书，远比其他稗官小说的内容丰富，可堪借鉴。苏轼《东坡志林》、罗大经《鹤林玉露》、倪思《经锄堂杂志》、叶梦得《避暑录话》等作也生动形象，饶有风韵。而岳珂《桯史》、高似孙《纬略》却相形见绌。从中我们大致可以看到陈弘绪的小说观念。

对于诗文创作,陈弘绪也提出了自己的一些理念,他提倡"浅淡",讲究"嬉笑怒骂",不拘一格:"渊深宏博便不能动人,动人处只在浅淡。然非历尽渊深宏博之境,政不知浅淡之难言也。""除却嬉笑怒骂,更无文章。司马子长、苏子瞻得力都在此。汉魏乐府、李杜诗歌,亦是此处独绝。孟坚、昌黎便不免略带古板矣。过此,间有怒骂,全无嬉笑。夫既不解嬉笑,又何曾解却怒骂哉。"(卷上)

总之,《寒夜录》涉及晚明社会的各个阶层,真实地记录了从官员到一般士子、从平民百姓到乱贼流寇、从叛臣逆将到忠贞爱国的志士、隐士等各式人群的言行事迹,从多个角度反映了明末清初社会的政治历史文化状况,有较高的认识价值。同时,这些作品叙事平直朴素,文字雅洁,较少夸饰铺陈,虽略嫌生动不足,但瑕不掩瑜。《寒夜录》不愧为一部非常值得我们大力关注、深入研究的文言小说集。

主要参考文献

[1] 干宝.搜神记[M].上海:上海古籍出版社,1998.

[2] 陶渊明.搜神后记[M].北京:中华书局,1981.

[3] 王定保.唐摭言[M].上海:古典文学出版社,1957.

[4] 赵令畤.侯鲭录[M].北京:中华书局,2002.

[5] 刘安,朱弁.淮南鸿烈解=曲洧旧闻[M].长春:吉林出版集团有限责任公司,2005.

[6] 洪迈.夷坚志[M].2版.北京:中华书局,2006.

[7] 李昉.太平广记[M].北京:中华书局,1961.

[8] 瞿佑,等.剪灯新话(外二种)[M].上海:上海古籍出版社,1981.

[9] 郑仲夔.清言[M].济南:齐鲁书社,1995.

[10] 朱孟震.朱秉器全集六种[M].北京图书馆藏明万历刻本.

[11] 郭子章.六语[M]//北京图书馆古籍珍本丛刊65.北京:书目文献出版社,2000.

[12] 上海古籍出版社.汉魏六朝笔记小说大观[M].上海:上海古籍出版社,1999.

[13] 上海古籍出版社.唐五代笔记小说大观[M].上海:上海古籍出版社,2000.

[14] 上海古籍出版社.宋元笔记小说大观[M].上海:上海古籍出版社,2001.

[15] 上海古籍出版社.明代笔记小说大观[M].上海:上海古籍出版社,2019.

[16] 胡应麟.少室山房笔丛[M].上海:上海书店出版社,2001.

[17] 谢肇淛.五杂组[M].上海:上海书店出版社,2001.

[18] 邓士龙.国朝典故[M].北京:北京大学出版社,1993.

[19]余嘉锡.世说新语笺疏[M].北京:中华书局,1983.
[20]纪昀.四库全书总目提要[M].石家庄:河北人民出版社,2000.
[21]都穆.都公谭纂[M].上海:商务印书馆,1937.
[22]张廷玉.明史[M].北京:中华书局,1974.
[23]赵尔巽.清史稿[M].北京:中华书局,1976.
[24]胡思敬.豫章丛书[M].南昌:江西教育出版社,2002.
[25]二十五史[M].郑州:中州古籍出版社,1996.
[26]中国社会科学院历史研究所明史室.明史资料丛刊[M].南京:江苏人民出版社,1983.
[27]刘义庆.世说新语会评[M].南京:凤凰出版社,2007.
[28]李时人.全唐五代小说[M].西安:陕西人民出版社,1998.
[29]李时人.中国文学家大辞典:明代卷[M].北京:中华书局,2018.
[30]袁行霈,侯忠义.中国文言小说书目[M].北京:北京大学出版社,1981.
[31]石昌渝.中国古代小说总目[M].太原:山西教育出版社,2004.
[32]朱一玄.中国古代小说总目提要[M].北京:人民文学出版社,2005.
[33]程毅中.古小说简目[M].北京:中华书局,1986.
[34]孙楷第.日本东京所见小说书目[M].北京:人民文学出版社,1981.
[35]刘世德.中国古代小说百科全书[M].北京:中国大百科全书出版社,1998.
[36]丁锡根.中国历代小说序跋集[M].北京:人民文学出版社,1996.
[37]侯忠义.中国文言小说参考资料[M].北京:北京大学出版社,1985.
[38]孙逊.中国古代小说美学资料汇编[M].上海:上海古籍出版社,1991.
[39]黄霖.中国历代小说论著选[M].南昌:江西人民出版社,1985.
[40]吴海.江西文学史[M].南昌:江西人民出版社,2005.
[41]许怀林.江西史稿[M].南昌:江西高校出版社,1993.
[42]陈文华.江西通史[M].南昌:江西人民出版社,1999.
[43]吴宗慈.江西通志稿[M].江西省图书馆复印本.
[44]中国地方志集成:江西府县志辑[M].南京:江苏古籍出版社,1996.

[45]靳明全.区域文化与文学[M].北京:中国社会科学出版社,2003.

[46]周文英,刘珈珈,罗淦先,等.江西文化[M].沈阳:辽宁教育出版社,1993.

[47]曾大兴.中国历代文学家之地理分布[M].武汉:湖北教育出版社,1995.

[48]鲁迅.中国小说史略[M].上海:上海古籍出版社,1998.

[49]吴志达.中国文言小说史[M].济南:齐鲁书社,1994.

[50]侯忠义.中国文言小说史稿[M].北京:北京大学出版社,1993.

[51]董乃斌.中国古典小说的文体独立[M].北京:中国社会科学出版社,1994.

[52]石昌渝.中国小说源流论[M].北京:生活·读书·新知三联书店,1994.

[53]萧相恺.中国文言小说家评传[M].郑州:中州古籍出版社,2004.

[54]谭帆.中国小说评点研究[M].上海:华东师范大学出版社,2001.

[55]叶朗.中国小说美学[M].北京:北京大学出版社,1982.

[56]王汝梅,张羽.中国小说理论史[M].杭州:浙江古籍出版社,2001.

[57]方正耀.中国小说批评史略[M].北京:中国社会科学出版社,1990.

[58]王恒展.中国小说发展史概论[M].济南:山东教育出版社,1996.

[59]郭豫适.中国古代小说论集[M].上海:华东师范大学出版社,1985.

[60]宁宗一.中国小说学通论[M].合肥:安徽教育出版社,1995.

[61]齐裕焜.中国古代小说演变史[M].兰州:敦煌文艺出版社,1990.

[62]胡从经.中国小说史学史长编[M].上海:上海文艺出版社,1998.

[63]杨义.中国古典小说史论[M].北京:中国社会科学出版社,1995.

[64]夏志清.中国古典小说导论[M].胡益民,石晓林,单坤琴,译.南昌:江西人民出版社,2001.

[65]陈文新.中国文言小说流派研究[M].武汉:武汉大学出版社,1993.

[66]宋常立.中国古代小说文体论[M].天津:天津社会科学院出版社,2000.

[67]刘上生.中国古代小说艺术史[M].长沙:湖南师范大学出版社,1993.

[68]陈平原.中国小说叙事模式的转变[M].北京:北京大学出版社,2003.

[69]王平.中国古代小说叙事研究[M].石家庄:河北人民出版社,2001.

[70]王平.中国古代小说文化研究[M].济南:山东教育出版社,1996.

[71]邱昌员.诗与唐代文言小说研究[M].北京:中国社会科学出版社,2008.

[72]邱昌员.晋唐两宋江西小说史话[M].北京:中国社会科学出版社,2011.

[73]萧相恺.宋元小说史[M].杭州:浙江古籍出版社,1997.

[74]薛洪勣.传奇小说史[M].杭州:浙江古籍出版社,1998.

[75]胡士莹.话本小说概论[M].北京:中华书局,1980.

[76]苗壮.笔记小说史[M].杭州:浙江古籍出版社,1998.

[77]陈大康.明代小说史[M].上海:上海文艺出版社,2000.

[78]齐裕焜.明代小说史[M].杭州:浙江古籍出版社,1997.

[79]罗宗强.明代文学思想史[M].北京:中华书局,2019.

[80]徐朔方,孙秋克.明代文学史[M].杭州:浙江大学出版社,2006.

[81]袁震宇,刘明今.明代文学批评史[M].上海:上海古籍出版社,1991.